람은, 렘을 정말 좋아해.」
과분하다고, 송구하다고, 축하 파티를
사양하려는 렘을 람의 고백이 막았다.

「저, 저기, 언니의 마음은 매우 기뻐요.
렘은 복 받은 사람이에요. 하지만 렘이
그렇게 특별대우를 받을 이유는……」

흑발과 칠흑의 드레스, 살짝 날카로운 눈매가 인상적인
그 인물은 나츠미 슈바르츠.
——닫힌 보관고 안에서 나츠미는 상황을
이해하지 못한 기색으로 눈을 깜빡였다.
나츠미의 손은 하얀 석고로
만들어진 팔 같은 것을 쥐고 있었다.

「———.」

닫힌 보관고에서,
흉기로 짐작되는 물건을 들고,
나츠미 슈바르츠가 서 있었다.

「어, 어라?」

희미하게 웃음을 띤
백발의 『마녀』였으니까.

창백하게 쏟아지는 달빛이 숲의 틈새에 머무른 소녀들을 비추었다.
그리고 『짐승』을 껴안고 옛 존재와 대치한 소녀가 숨을 집어삼켰다.
왜냐하면, 소녀의 눈앞에 서 있는 것은——.
「——그렇군. 나를 보고도
멀쩡하다니, 제법이야.」

Re: Life in a different world from zero

The only ability I got in a different world "Returns by Death"
I die again and again to save her.

CONTENTS

Re:제로

Re: Life in a different world from zero

부터 시작하는 이세계 생활

단편집 6

나가츠키 탓페이 지음
이세가와 야스타카 일러스트
오츠카 신이치로 캐릭터 디자인
정홍식 옮김

표지 · 본문 일러스트

이세가와 야스타카

『——외딴 마을의 오니 자매 Ex 축복의 날』

1

"축하 파티를 열자."

람이 그런 말을 꺼낸 것은 사용인으로서 한창 아침 업무 중일 때였다.

아침 식사 전, 둘이서 온 저택의 세탁물을 회수하고 있던 스바루는 갑작스러운 람의 발언에 "뭐어?" 하고 눈을 동그랗게 떴다. 세탁물을 든 채로 갸우뚱하다가 대꾸했다.

"뜬금없네. 평소라면 그렇게 뜬금없이 구는 건 내 일 아니야?"

"즉, 람에게 주가를 빼앗겨 존재 가치를 잃은 바루스가 이 세상에서 소멸한다?"

"갑자기 엄청 SF틱한 소리를 꺼내는구만! 그렇게 장대한 얘기가 아니거든!"

"에스에프……."

입술에 손가락을 짚고 들어본 적 없는 단어를 복창하는 람의 모습이 살짝 귀엽다. 하지만 스바루의 관심은 람의 몸짓이 아니라 그 뜬금없는 발언 쪽에 쏠렸다.

축하 파티. 그것 자체는 나쁠 게 없지만——.

"무슨 축하할 일이라도 있어? 경축일이나 축제 같은 거?"

축하 파티라는 말에 스바루가 맨 처음 떠올린 것은 '관혼상제' 다. 축하라고 부르기에는 일부 어폐가 있는 행사도 있지만 얼핏 말하면 그렇다. 그 밖의 가능성이라면 이 세계 특유의 이벤트나 제사—— 크리스마스나 할로윈 부류일까.

"그런 걸 가지고 뭔 완구 회사니 과자 회사의 음모다—라고 말하기 시작하면, 세상 그 무엇도 점점 즐길 수 없어지지. 그렇게 생각 안 해?"

"무슨 말인가 싶지만, 이야기가 장렬하게 샛길로 빠진 건 느껴져."

"무슨 일이든 즐기는 자세가 중요하단 소리야. 물론 선을 지킬 필요는 있다고? 안 그러면 설날까지 크리스마스 트리를 놔둔 채 방치하다가 이웃의 웃음거리가 되거든."

나츠키 가족은 축제 좋아하는 아버지와 귀찮아하는 어머니의 의향 때문에 크리스마스부터 설날까지 이어지는 대 이벤트가 잡탕찌개로 섞이는 게 통례였다. 자칫하면 거기에 할로윈의 호박도 추가되기에 그 카오스함은 이웃의 이야깃거리였다.

"호박 몸통에 빨간 산타 모자를 쓴 아빠도, 지금 와서는 좋은 추억인가……."

"……바루스 고향의 암흑 의식이야 어쨌든, 갑작스러운 발상이나 별난 잔치 부류가 아니니까 안심해. 바루스도 평소부터 늘 렘에게 신세 지고 있잖아. 은혜를 갚을 기회야."

"——응? 렘에게 은혜를 갚는다니, 근로 감사의 날 같은 거야?"

"근로에 감사, 재미있는 사고방식인걸. 그래서, 싫어?"

"그거, 전에 렘의 휴일을 만들자고 제안한 저한테 하실 말씀이랍니까?"

람의 도발적인 말투에 도발에 약한 스바루가 정면으로 떡밥을 물었다.

로즈월 저택의 안정된 일상에서 렘이 맡는 역할은 매우 크다. 솔직히 렘 의존도가 너무 높아서 무슨 이유 때문에 렘이 쉬는 순간, 저택이 망할 거라고 단언할 수 있을 수준이다.

이전에 딱 하루만 렘에게 휴가를 주었을 때도 그 위대함을 전원이 통감했지만.

"뭐, 그러니까 렘을 위한 축하 파티라면 나도 대찬성이야! 언니분 말대로 렘에게는 매일 신세만 지고 있으니 은혜를 갚긴 해야지!"

"……자기가 한 일에는 무덤덤한 주제에."

"방금, 뭐라 말했어?"

"'은혜 갚는 건 당연하지. 제대로 격려해' 라고 그랬어."

콧방귀를 뀌고 눈을 가늘게 뜬 람의 대답에 스바루는 "물론!" 하고 끄덕였다.

렘에게 은혜를 갚자. 그건 명안이다. 좀 갑작스럽기는 하지만 여동생을 끔찍이 사랑하는 람이 꺼낸 말이라면 위화감도 없다.

단——.

"그거라면 축하라는 표현은 미묘하게 뉘앙스가 다르지 않아?"

"핫! 시시콜콜 자잘한 데에 얽매이는 남자구나. 그릇이 훤해."

"어법을 지적했을 뿐인데 타박하는 거 봐! 엇, 이크크."

야박한 대접에 스바루가 불만을 토로하지만 람은 상대도 하지 않는다. 람은 자신이 회수한 세탁물을 스바루의 바구니 안에 던져 넣고 말했다.

"세탁물, 맡길게. 그리고 이 일은 렘에게 비밀로 해 둬."

"거절할 수 없는 화제랑 거절하고 싶은 일을 동시에…… 에잇, 알았다, 알았어."

부탁과 세탁물, 양쪽을 스바루에게 떠넘긴 람이 "착하구나." 하고 떠나갔다. 그 등을 지켜보던 스바루는 세탁 바구니를 고쳐 들면서 중얼거렸다.

"그나저나, 축하 파티라. ……렘이랑 상담할 수 없다면, 에밀리아땅을 찾아가야 할까."

스바루는 멀뚱하게 아침 식사 뒤의 방침을 정한 뒤 남은 일의 정리에 착수했다.

마침 렘이 손수 만든 아침밥의 냄새가 슬며시 풍겨올 때니까.

2

"그런 이유로, 람이 축하 파티를 하고 싶다더라."

"어, 하지만 평소라면 스바루의 역할인데…… 괜찮니? 낙담하지 않았어?"

"그게 내 아이덴티티가 아니니깐! 소멸 안 해! 끄떡없어!"

눈에 걱정이 서린 에밀리아의 물음에 스바루는 가슴을 펴고 호들갑스럽게 주장했다. 아까 람과 나눈 대화를 모르는 에밀리아는 "소멸?" 하고 갸웃거렸지만, 그 부분은 애교다.

아무튼 간에——.

"요전의 휴일도 그렇고, 렘을 위해서 뭔가 해 주는 건 나도 대찬성이야."

뜬금없는 제안임에도 불구하고 에밀리아는 '축하 파티' 를 쾌히 승낙해 주었다.

장소는 에밀리아의 방. 아침 식사 뒤의 상담 타임이라며 큰 마음 먹고 나선 참이었다. 사람 좋은 에밀리아이기에 쾌히 승낙해 줄 건 스바루의 기대대로. 단, 입술에 손가락을 짚은 에밀리아가 "하지만." 하고 갸우뚱거렸다.

"스바루가 아니라 람이라니 엄—청 느닷없는 제안이네."

"으—음, 튼튼이 느껴지는 나라는 인간에 대한 신뢰. ……하지만 에밀리아땅도 그렇게 생각한다는 건, 이 나라의 축제 같은 게 아니라는 거지?"

"나도 아직 공부 중이지만…… 잠깐 있어 봐. 저기, 팩, 듣고 있어?"

"——응~? 뭔데 뭔데, 리아."

대화 중에 에밀리아가 자신의 목에 걸린 녹색 결정에 말을 걸었다. 옅은 빛이 결정에서 흘러나오고 새끼 고양이 정령——팩이 그녀의 어깨에 뒹그러니 나타났다.

팩은 손으로 세수하다가 "후아암." 하고 크게 하품했다.
"아침밥 먹을 때 없다 싶었더니, 오늘 아침은 꽤 늦잠 잤었군."
"어제는 베티랑 같이 밤을 새우는 바람에…… 그래서, 무슨 일이야?"
"깨워서 미안해, 팩. 실은 궁금한 게 있거든. 저기 말이야……."
에밀리아가 자다 깬 팩의 머리를 쓰다듬고 경위를 설명했다.
왕국의 축제일에 대해 에밀리아 이상으로 팩이 해박한 것도 이상한 이야기지만, 이 새끼 고양이는 가끔 의문의 지식 보따리를 풀어내기에 그쪽에 기대한다. 그러나——.
"으—음, 달 축제의 날이 가까운 느낌이지만 그거 말고는 떠오르지가 않는데."
"그 달 축제라는 건?"
"아, 그건 있지, 매달 25일을 말하는 거야. 루그니카 왕국의 건국이 라그나력 말슈바의 달 25일인데, 그래서 그날은 매달 왕도나 큰 마을에서는 축하 파티를 열어! 흐흥, 몰랐지."
"갓 공부한 지식을 얘기하며 득의양양한 얼굴 귀엽네."
여행지에서 가이드북 내용을 말해 주는 느낌이 있지만, 스바루는 그 설명에 수긍했다.
이쪽 세계도 1일의 시간이나 1년의 주기—— 12개월이 있다는 점은 원래 세계와 동일하다. 달의 호칭이 다르기에 그 부분만 좀처럼 귀에 익지가 않지만.
"그 위화감은 세월과 함께 익숙해지기로 하고…… 그런데 25일이라면 벌써 지나지 않았어?"

"그러니까, 느낌이다 싶다고. 아직 사흘 전이니 눈 깜짝할 차이잖아?"

"장수종족 특유의 시간 감각! 더구나 이벤트는 전날이라면 모를까 뒷날이 되면 기분상 단숨에 멀어지니 말이야. 크리스마스 다음 날의 케이크는 끔찍하지."

사물은 똑같은데 이벤트 당일이 지난 관련 상품에 서린 애수는 눈뜨고 볼 수도 없다. 이브나 이브 이브라고 추어올리는 크리스마스조차 다음 날에는 저리 치우라고 매몰차기 그지없다.

"상황에 따라선 크리스마스 같은 건 당일조차 뒷북이란 느낌이 드니……."

"'크리스마스'가 뭐야?"

"성스러운 밤과 선량한 붉은 노인의 이야기는 언젠가 하고 싶은데, 길어지니까 나중에 할게."

본인이 샛길로 빠져 놓고, 스바루는 에밀리아의 의문을 애매하게 웃으며 얼버무렸다.

"그렇긴 해도, 람이 날짜를 틀릴 것 같은 인상은 없으니 달 축제일 가능성은 없지 않겠어?"

"나도 동감해. 그 분홍 머리 아이는 그럴 일이 없다고 봐."

"와, 둘 다 호흡이 딱 맞아. ……나도 그렇게 생각하니까 셋 다일지도 모르지만."

에밀리아가 의견 일치를 재미있어하며 키득키득 미소 지었다. 그 웃음에 스바루와 팩도 얼굴을 마주 보다가, 어깨를 으쓱이고 웃음을 주고받았다.

이렇게 견해가 일치하는 것도 람의 성격과 능력에 대한 신뢰가 있기 때문이었다. 그런 점에서 이들 셋도 람을 과대하게 평가하는 렘과 방향성은 동일할지 모른다.

"결국, 정작 무슨 날이냐는 의문은 제쳐 둔 꼴이지만…… 시시콜콜한 문제는 신경 쓰지 말고 요전번처럼 렘을 위한 거라며 접어 두면 되려나."

"그날은 힘들긴 해도 즐거웠으니까. 꼭 궁금하다면 내가 람한테 물어볼까? 스바루는 안 되어도 나라면 가르쳐 줄지도."

"으극…… 그거 왠지, 게임 플레이 도중에 난이도 내리는 식의, 보통보다 패배한 기분에 젖는 짓 아냐?"

"――응? 이기고 지는 문제가 아니라고 보는데."

모르는 비유로 스톱이 걸리자 에밀리아가 개운치 않다는 표정을 지었다.

솔직히 스바루에게 에밀리아가 람에게 직접 묻는 행동을 막을 권리는 없다. 다만 문제는 그 질문의 답변을 에밀리아가 비밀로 할 수 있느냐 없느냐였다.

"요즘 깨달았는데, 에밀리아땅은 꽤 덤벙이니까. 람이 '비밀입니다' 하고 가르쳐 준 게, 어떤 식으로 나한테 누설될지……."

"스바루의 그 염려는, 자못 정확할지도 모르겠는걸."

"역시 그렇습니까, 장인어른."

"누가 장인어른이더냐. 하지만 딸을 이해해 주고 있어서 기쁘다네."

에밀리아의 비밀 유지 능력에 대한 의문을 통해 스바루와 팩이 굳게 악수를 나누었다. 스바루의 손바닥에 팩이 몸째로 들어가는 다이내믹 악수다. 그 모습을 지켜보며 혼자 따라가지 못하던 에밀리아는 살짝 불만스럽게 입술을 삐죽였다.

“아유, 둘이서 나만 놀리고…… 알겠습니다. 람에게 묻는 건 보류해 줄게. 하지만 나도 렘에게 뭔가 해 주고 싶은 건 똑같으니까 정확히 알게 되면 가르쳐 줘.”

“그야 물론이지. 나 혼자서 뭘 하기보다 다 같이 하는 편이 제대로 축하해 줄 수 있을 테니까. 스스로 말하기도 뭐하지만 나 단독으로는 진짜로 미력하단 말이지.”

“스바루가 해 주는 거라면, 미력하더라도 그 파란 머리 아이는 기뻐할 것 같은데.”

“렘에게 줄 선물에 미력해선 내가 만족할 수가 없다고.”

꼬리털을 손질하면서 던진 팩의 말에 스바루가 팔짱을 끼고 대꾸했다.

저택의 일만이 아니다. 스바루가 렘에게 감사하는 점은 정말 많다. 조금이라도 보답할 기회가 있다면, 한 줌이라도 더 많이 보답해 주고 싶다.

“그러니 하이에나 같은 집념으로 기회에 달려들겠단 말씀이지.”

“왠지 보답하고 싶은 아이의 말투가 아닌 것 같아…….”

니힐하게 폼을 잡은 스바루의 선언에 에밀리아는 난처한 표정으로 중얼거렸다.

3

——그렇게 스바루와 에밀리아와 팩이 대화하던 것과 같은 시간.

"로즈월 님, 잠시 괜찮으실까요?"

"어이쿠—우. 람인가? 업무 중에 별일이군. 어쩐 일일까아—?"

노크 소리에 고개를 든 로즈월은 작업을 멈추고 깃털 펜을 놓았다.

평소 스바루 등은 방탕 귀족이라고 여기는 로즈월이지만 이래 봬도 그는 매일 변경백의 입장에 걸맞은 대량의 정무에 쫓기고 있다. 본래라면 문관 여러 명이 처리할 안건을 단 혼자서 소화하고 있는 것이다.

그 사실을 알기에 람이 정무를 방해할 때는 거의 없지만——.

"죄송합니다. 실은, 로즈월 님께 드릴 부탁이 있어서."

"——네가, 나한테 부탁을?"

별일이 겹쳤다고 로즈월은 람의 발언에 눈썹을 세웠다.

누구에게나 오만불손하게 보이는 람이지만 주인인 로즈월은 그 예외다. 그녀가 충실하게 섬기는 로즈월에게 이렇게 부탁을 하는 일은 드물다.

——아니, 거의 처음 있는 일이었다.

"단, 저택에 데려왔을 당초를 제외하면 말이지이—만."

"……그때는, 크게 실례를."

"아니, 아니, 탓하고 있는 게 아아—니라고? 너나 렘이 나에게 무언가를 바라는 건, 이게 또 의외로 나에게도 기쁜 일이거든."

로즈월은 황공해하는 람에게 미소를 건네고 의자 등받이에 기대었다.

로즈월에게 람과 렘 자매와의 관계는 10년가량이 된다. 그동안 두 사람이 과분한 소망을 바란 적은 한 번도 없다.

그렇기에 이번 람의 요청에는 놀라는 동시에 마음이 설레었다.

"그래서, 바라는 것이 무엇이지? 뭔가 해 줬으면 하는 일이나, 원하는 물건이라도? 평소의 너와 렘의 공헌을 고려하면 웬만한 건 이루어 주고 싶은데……."

"——그럼 오늘 하루 동안, 로즈월 님의 시간을 얻을 수 있을까요?"

"호오?"

예상이 빗나가 시간을 요구받은 로즈월은 신선하게 놀랐다.

과연, 참으로 드문 요청이다. 평소의 람이라면 하지 않을 엉뚱한 제안과 요구. 로즈월은 그 진의가 어디에 있는지 헤아리며 한쪽 눈, 파란 쪽 눈으로 람을 주시했다.

"그건, 렘을 위해서?"

"명철하십니다."

"모를 리가. 너는, 자신을 위해서 무언가를 청한 적은 없으니까아—."

"……그건 오해하시는 겁니다. 렘을 위해서 하는 일은 람을 위해서 하는 일이니까요."

"그렇다면 정확하게 바꿔 말하지. 너는, 자신 '만' 을 위해서는 청하지 않아."

침묵하는 람의 반응에 로즈월은 만족스럽게 끄덕이고 깃털 펜을 펜 받침대에 세웠다. 그리고 책상 위의 하던 업무를 내던진 뒤 일어섰다.

"그래서, 내 시간을 받아 너는 무엇을 하고 싶을 걸까아—?"

"그렇군요. 몇 가지 있습니다만."

람은 사려 깊은 연홍빛 눈을 가늘게 뜨고 로즈월에게 말했다.

"——우선, 귀성부터일까요."

4

"로즈찌랑 람이, 어디로 외출했다고?"

"네. 오늘은 저택 일을 렘에게 일임한다고, 그렇게 말씀하셨습니다."

일하는 중에 복도에서 마주친 렘의 보고에 스바루는 깜짝 놀랐다.

람이 부재중이라면 에밀리아와 약속한 그녀의 진의를 추궁하는 시도가 곧장 좌절된 꼴이다. 설마, 그러리라 미리 내다보고 부린 심술이라고는 생각하기 어렵지만——.

"언니분이라면 할 수도 있어……. 차라리 지금부터 달려서 쫓아가기라도."

"두 분은 로즈월 님의 마법으로 날아가셨기에 쫓아가는 건 어려울 줄로…….”

“보병은 제공권 빼앗기면 약하단 말이지!”

실력 있는 마법사인 로즈월은 하늘을 나는 새도 무색할 속도로 비행할 수 있다. 여러 종류의 마법을 조합한, 아주 난이도가 높은 마법이라는 모양이다.

“렘은 흉내 내서 날 수는 없는 거야?”

“죄송해요. 짧은 거리라면 사람을 던질 수는 있는데…….”

“대체 의견은 중지! 추적은 단념한다!”

렘에게 던져져서 추락사, 다윈상을 수상할지도 모를 어리석은 결말이다. 덧붙여 다윈상이란 어리석은 유전자를 미래에 남기지 않은 것을 평가한 풍자용 상이다.

어쨌든 람의 외출은 오산이었다. 당연히 예정에 없는 외출이었을 터이기에 이 또한 그녀의 갑작스러운 ‘축하 파티’ 발언과 관계가 있는 것 같지만.

“찜찜한 감각은 부정할 수 없군……. 렘은 둘이 어디로 갔는지 못 들은 거야?”

“네. 하지만 오늘 중에 돌아오신다니 그리 멀리 외출하신 건 아닐 거예요. 스바루 군은 로즈월 님께 용무가 있었던 건가요?”

“응, 그래. 실은…… 어, 아차차!”

“——?”

렘의 질문에 깜빡 말실수를 할 뻔한 스바루가 아슬아슬하게 멈춰 섰다. 웬 뻔한 실수를. 이래서는 도저히 에밀리아 보고 웃을 수 없지 않은가.

람의 진의는 궁금하지만 렘을 서프라이즈로 축하하자는 건 스바루도 대찬성이다.

"그것이 엔터테이너의 마음가짐이라는 것이지."

"스바루 군, 렘에게 뭔가 숨기고 있지 않은가요?"

"아니, 아니, 그렇지 않답니다?! 그보다…… 맞아! 이렇게 람이랑 로즈월이 외출하다니 드문 일이지. 얼마 전에 날아갔다 왔을 때 이후로 처음인가?"

"전의…… 아, 로즈월 님이 가프에게 불렸을 때 말이군요. 지금 생각하면, 그때 가프가 쓸데없는 짓만 하지 않았으면 스바루 군이 그런 일을 겪지 않아도……."

"렘? 렘 씨? 저기요— 귀여운 얼굴이 무서워졌습니다요?"

마수(魔獸) 소동 때 기억이 새록새록 떠올라 목소리가 낮아져 가는 렘. 그 소동으로 스바루가 생사의 경계를 헤매던 것은 사실이지만 그건 렘도 마찬가지였을 터다.

그 가프라는 인물이, 로즈월이 자리를 비우게 만든 악조건이 된 것은 사실이지만——.

"뭐, 그 덕분에 렘하고도 친해질 수 있었으니 결과가 좋으면 다 좋은 거로 치자고. 응?"

"스바루 군은 너무 착해요. ……알겠습니다. 렘도 다음에 만날 때에 싫은 소리 하는 정도로 가프를 용서하겠습니다."

"오오, 힘내라, 아직 보지 못한 가프 씨라는 친구."

스바루는 겨우 렘의 불만 방향을 다른 사람에게 돌리고, 모르는 상대의 건투를 빌었다. 언젠가 어디서 맞닥뜨렸을 때는 오늘의 무례를 사과하기로 하고.

“그런고로 언니가 계시지 않아 불안하기는 하지만, 렘과 스바루 군만으로 어떻게든 저택을 지키죠. 책임이 막중해요.”

“렘이 없어서 저택이 망할 일이 있어도 그 반대는 없다고 보지만 말이야.”

호들갑스러운 렘의 말에 스바루는 쓴웃음 지으면서 람이 부재중인 상황에서의 업무 할당에 대해 고민했다. ——역시 거의 다 영향은 없었다.

“람이 없어도 지장 없음……. 그것도 문제라고 보지만.”

“언니는 계시기만 해도 렘에게 힘을 주어요. 아, 스바루 군도요.”

“헤헤, 그러냐……. 그거, 언외로 전력 외 통보 아냐?”

“————.”

“아무 위로도 없어!”

그렇지만 그 평가에 반박할 만한 실적이 없다. 낙담한 스바루에게 소매를 걷어붙인 렘이 “자, 스바루 군.” 하고 말했다.

“일을 재개하죠. 스바루 군은 정원, 렘은 동관입니다.”

“에고고…… 요새 렘의 배려에 어리광부리던 만큼 깊숙이 푹 꽂혔어…….”

스바루는 역부족을 한탄하면서 먼저 걷기 시작한 렘의 등을 터덜터덜 따라갔다. 도중에 문득 복도 창문을 통해 구름이 뜸한 푸른 하늘을 실눈으로 바라보았다.

“하늘을 날아간 거야 좋은데 말이지…….”

대체 둘이 나란히 어디로 날아갔단 말인지.

답을 돌려주지 않는 하늘을 바라보며 멍하게 우두커니 선 스바루를 렘이 불렀다. 그녀의 목소리를 들은 스바루는 세탁물을 회수하러 허둥지둥 정원으로 향했다.

5

그 장소는, 녹음이 우거진 산속에 고즈넉이 존재하는 외딴 마을이다. ——아니, 그 말은 정확하지 않다. 정확히는, 외딴 마을 '이었던' 장소다.

마을터는 인적이 끊긴 지 오래되어 완전히 산림 일부가 되고 말았다. 세심하게 보면 가까스로 길이나 밭의 흔적은 남아 있지만 그것도 감상 이상을 주지 못한다.

"몇 년씩 방치하다니, 박정하기도 하지."

길게 자라난 풀을 밟은 람이 자조하듯 뇌까렸다.

변할 대로 변한 고향을 바라본 람의 눈에는 복잡한 빛깔의 감정이 휘몰아치고 있다. 일부는 그리움과 안도, 또 다른 일부는 자조와 서글픔. 그런 감정이 하나로 융화되어 있었다.

"귀성은, 복수를 보고한 이후로 처음일까아—?"

로즈월은 그런 람 옆에 서서 같은 광경을 바라보고 있었다. 그의 물음에 람은 "네." 하고 조용히 끄덕인 뒤 말을 이었다.

"혈족의 진혼은 마쳤습니다. 그 이후로 발길을 옮길 이유는 없었으니까요."

"무덤 앞에 발길을 옮기는 긴 진혼 말고도 이유가 있다고 생각하아—지만……. 하기야 이건 개개의 사고방식 차이지. 종족의 차이도 있을까."

"로즈월 님께선, 묘소에 집착하시니까요."

"어이쿠, 이런. 너답게 않게 비꼬는거얼."

꼬집는 말투에 로즈월이 즐겁게 웃고, 람은 작게 한숨지었다.

부주의한, 평소라면 하지 않을 한마디. 그 부주의를 부른 원인은 가슴의 술렁거림이었다.

람과 렘의 시발점이자 오니족(鬼族) 종언의 땅. 고향에 맺힌 감정은 많을 수밖에 없다.

——오니족은 아인족(亞人族) 전체 중에서도 남달리 튀는 힘을 가진 종족이었다.

하지만 대신에 오니족은 그 절대수가 모자라 이곳이 『오니족』 마을로서는 마지막 장소였다. 그것도 10년 전에 멸망했으니 일족과 외따로 떨어져 사는 오니라도 없는 한, 오니족의 생존자는 람과 렘 자매 두 명밖에 없다.

그때의 분쟁으로 람은 뿔을 잃었기에 실질적으로 렘이 마지막 오니족이다.

마을이 멸망한 날 밤, 람과 렘은 운이 좋게도 로즈월이 거두었지만 그 뒤의 10년 동안 고향에 발길을 옮긴 적은 몇 년 전에 단 한 번뿐——.

"위령비가 있는 곳은 기억하고 있나?"

"로즈월 님께서 가장 전망이 좋은 곳에 세워 주신지라. ……오늘은 투정을 받아주셔서 감사합니다."

"뭘, 오늘 내 시간은 네 것이야. 그리고 고향에 귀성하는 길에 따라가는 것쯤이야 투정 축에도 못 들다아—마다."

어깨를 으쓱인 로즈월의 말에 람은 눈만 힐끔 돌려 등 뒤를 살폈다.

자신의 기억 속 정경과 여기까지 걸어온 길을 조합한다. 그, 겹치지 않는 정경 전부가 발길이 멀어졌던 10년 세월의 증명이다.

10년 동안, 망향심의 주장이 너무나 약하던 탓에 이곳은 이미 모르는 땅이었다.

"——저거일까? 하도 오랜만이라 나도 역시 자신이 없지만."

불현듯 먼 곳을 바라보며 중얼거린 로즈월의 목소리에 람의 의식도 그리로 쏠렸다. 로즈월이 바라보는 산길 방향에 야트막한 언덕이 보였다.

마을 전체를 내다볼 수 있는 언덕 위에는 옛 족장의 저택이 있었다. 그 저택도 불길에 무너지고 대신에 남은 것은 멸망한 오니족을 진혼하고자 세운 위령비였다.

——하얀 결정석(結晶石)의 석비에는 넋이 편히 잠들기를 비는 기원문이 새겨져 있다.

그 위령비도 이전에는 고개를 꺾어 봐야 할 만큼 컸었다. 그러나 지금의 람에게는 자신의 신장과 비슷한 크기여서, 그 점에서도 세월의 경과를 느끼고 말았다.

"——?"

그 위령비 앞에 선 람은 위화감에 눈썹을 찌푸렸다.

위화감의 원인은 위령비의 상태였다. 황폐하던 산길과 밭, 우거진 초목은 마을을 완전히 자연의 일부로 만들었지만, 이 위령비 주변만 그런 변화가 없다. 잡초가 나지 않도록 땅을 고르고, 석비 자체에도 정기적인 손질의 흔적이 있다.

만약 누군가가 손질을 하고 있었다면, 여기에 어느 정도 감상을 품은 자뿐. ——람이 아니다. 렘 또한 발길은 멀어졌을 터.

그렇다면 용의자는 한 명밖에 없었다.

"로즈월 님, 아까 오랜만에 왔다고 말씀하셨던가요?"

"——으—음, 그렇게까지 실언도 아니었다고 생각하는데."

람의 차분한 물음에 로즈월이 쓴웃음 지으면서 "항복." 하고 두 손을 들었다.

"그렇게 무서운 표정 짓지 않아도 대답하다마다. 확실히, 이 주변을 가끔 손질하던 건 내가 맞아. 그 밖에는, 이따금 클린드도 괜히 참견했을까?"

"바쁘신 로즈월 님과, 얄미운 그 작자가?"

로즈월이 덤덤하게 예상 밖의 사실을 밝히자 람은 경악했다.

당연하다. 이 땅은 람과 렘에게는 고향이어도 로즈월에게는 아무 가치도 없는 장소일 터. 그런데, 어째서 두 사람에게 비밀로 로즈월이——.

"——무덤 앞을 찾는 건 진혼 말고도 의미가 있지. 개개의 사고방식과, 종족의 차이야."

"————."

"네가 생각하는 만큼 자주는 아니었고, 나는 여기까지 오는

데 썩 시간이 들지 않으니까.”

비행 마법을 쓰면 저택에서 여기까지 날아오는 데 불과 몇 시간이다.

그러나 로즈월에게 위령비의 손질을 할 의리가 없다는 점과, 그 몇 시간조차 귀중하다는 점에 변함은 없다. 람은 그 사실을 여태까지 모르고 있던 자기 자신에게 동요했다.

“네 놀라는 얼굴을 볼 수 있지 않나. 그으—걸로 충분한 보답이지.”

“……황공한 일입니다.”

부드러운 미소에 람은 그저 감복하는 동시에 분노를 느꼈다.

왜 이 사람은 언제나 보이지 않는 곳에서만 남에게 자상하게 구느냐고.

“하지만, 그 작자에게 감사를 표해야 한다는 건 아니꼽군요.”

“열세 살 정도부터 클린드는 너에게도 렘에게도 흥미를 잃은 기색이었으니 말이지. 이건 어디까지나 그 친구의 선의야. 감사하고 싶지 않은 기분도 이해하지만.”

입술을 뒤튼 람의 중얼거림에 로즈월의 웃음이 쓴웃음으로 바뀌었다. 그 모습을 시야 끝에 잡아두면서 람은 작게 한숨을 내쉬고 다시 위령비 쪽으로 돌아섰다.

“————.”

손질한 보람이 있어 위령비에 비바람이나 이끼의 침식은 찾아볼 수 없다. 순도가 높은 결정석은 마나를 윤택하게 내포하기에 그런 영향을 접근치 못하게 하는 작용도 있는 것이다.

그 점까지 포함해 위령비를 세워 준 로즈월의 배려. 그 뜻에 감사하면서 람은 무릎을 꿇고, 자신의 이마에 남은 흔적을 만지며 위령비에 기도를 바쳤다.

"……목적은, 또 보고일까?"

"네."

사정을 아는 로즈월의 물음에 람도 짧게 긍정하는 것만으로 그쳤다.

그렇다. 이것은 보고다. 오로지 위령비에 잠든 오니족의 넋——그중에 포함된 부모님의 넋에 몇 년 만의 보고를 하고자 람은 귀성했다.

"알 권리는 있을 테지. ——렘이, 주박에서 해방됐어."

전한다. 부모님에게, 동족에게, 그 사실을.

물론——.

"——당신들은, 렘이 속박되어 있었다는 사실을 알아채지도 못했겠지만."

오니족의 넋에 호소하는 람을 로즈월은 등 뒤에서 말없이 지켜보고 있다.

렘의 주박(呪縛). ——그 발단은 9년 전에 오니족을 멸망시킨 적에게 복수를 마쳤을 때에. 혹은 10년 전, 이 마을이 멸망했을 때에.

——어쩌면, 17년 전에 람과 렘이 태어난 순간부터.

"그 아이는, 늘 자신을 속박하고 있었는걸."

동포들에게 악의는 없었다. 그 점은 람도 이해하고 있으며 렘도 마찬가지이리라.

부모님은 최소한 본인들 의식상 람과 렘을 평등하게 사랑했다. 마을의 동포들도 기대와 희망을 두 사람에게 쏟았다. 유일하게 족장의 속내만은 람도 의심하고 있지만.

그 애정과 기대의 뒷면, 숨길 수 없는 모멸과 동정이 렘을 불필요한 사명감으로 옭아매었다. 그것은 오래오래, 정말로 오랜 시간 동안 렘의 마음을 꽁꽁 묶어두고 있었지만——.

"렘은, 겨우 거기에서 해방됐어. 그렇게 해 준 상대가 약간 마음에 안 들지만."

갑자기 저택 생활에 끼어든 흑발 소년—— 그 남자가 이끌어낸, 렘의 아무 부담감 없는 웃음은 람이 오랫동안 바라던 표정 그 자체였다.

렘이 겨우 람에게 의존하지 않는 형태로, 행복을 향해 가게 하는 표정이다.

"그래서 그 사실을 보고하러 온 거야. 동포와…… 부모자식 간의 정으로."

동족애는 그다지 없다. 따라서 람은 자신을 박정하다 여기고 있다.

멸망당한 일족의 복수를 한 것도, 오늘이라는 날의 보고도, 양쪽 다 의무감에서 나온 행동이다.

람이 이 마을에서 사랑하던 것은, 자신의 반신(半身) 이상으로 소중한 렘뿐이었다. 사랑할 수 있는 것은 이 마을을 나간 뒤에 만난 것 쪽이 훨씬 더 많다.

그런데도 전해 두어야 한다고, 그렇게 생각했을 뿐이다.

"________."

일어선 람은 지참한 꾸러미를 풀어 술병을 꺼냈다.

예절에 따른 형식을 날려 버리고 마개를 딴 술병의 내용물을 석비에 붓는다. 술을 좋아하는 건 오니족의 습성이지만 몇 년만의 약주는 결정석에도 각별한 기쁨을 준 모양이다.

광채를 더한 위령비를 바라보며 람은 남은 술을 공양하고, 그걸로 만족했다.

"이제 충분한가?"

"전할 것은 전했습니다. 감사합니다. 꼭 오늘만이 아니라, 언제나."

의례를 마친 람의 감사에 로즈월은 한쪽 눈을 감고서 끄덕였다. 파란 쪽 눈에 람을 비춘 로즈월은 9년 만의 귀성을 빠짐없이 지켜보다가 말했다.

"그럼, 다음으로 넘어가려나. 귀성은 완료……. 하지만 내 하루는 아직 끝나아—지 않았지."

"——네."

로즈월의 말에 끄덕인 람이 두 팔을 벌린 그의 가슴속에 들어갔다. 살며시 부드럽게 안아 올려 재차 하늘을 날 준비가 끝난 순간 람이 말했다.

"또 부드럽게, 저택으로 부탁드립니다. ——다음 부탁은, 거기서 드리겠습니다."

6

"그런 이유로, 람이 자리를 비워서 도리어 렘이 의욕을 불사르고 있어. 이건 저녁밥도 기대가 많이 되는걸!"

"……일부러 그런 말이나 하러 오다니, 한가해도 참 한가해."

엄지를 척 세운 스바루의 보고에 접사다리에 앉은 베아트리스가 한숨을 쉬었다.

서가가 줄지은 베아트리스의 『금서고』—— 저택을 자유로이 오가는 신기한 서고를 스바루는 한결같이 좋은 감으로 찾아내어 그 방의 어린 사서에 엉기고 있었다.

스바루의 요행수에 관해서는 베아트리스도 더 이상 언급하지 않지만, 그것과 이것은 다른 문제다.

"베티의 독서를 방해하는 건 용서 못 해. 용건을 마쳤으면 얼른 나가는 것이야."

"매정한 소리나 하긴……. 애초에 너는 책 읽고 있지 않을 때 쪽이 드물잖아. 그런데 독서를 방해받으면 언짢다니, 칼슘이 부족해서 화를 잘 내는 거야. 멸치 먹어라, 멸치."

"네가 얼굴을 내밀러 오지 않는 게 제일인 것이야. 그게 최선의 해결법이라고."

"지나치게 발끈해도 건강에 안 좋다. 너무 어릴 적부터 고혈압이면 성인병 걸릴 위험성이 높아진다던데? 잘은 몰라도."

"해결법만이 아니라, 베티의 발언까지 무시하지 마!"

스바루의 마이페이스를 무너뜨리지 못한 베아트리스가 얼굴을 붉히며 외쳤다. 성난 베아트리스의 모습에 스바루는 "핫핫핫." 하고 허리에 손을 짚고서 웃었다.

"이렇게 베아코로 노는 할당량을 소화한 와중에, 오늘은 질문이 있거든."

"방금, 베티로 논다고 그랬어!"

"잘못 말했다고. 베아코랑 노는 할당량이야. ……그래서, 질문해도 돼?"

"……어차피 안 된다고 해 봤자 눌러앉을 속셈인 것이지. 그쯤이야 다 내다보여."

베아트리스가 지친 표정으로 얼굴을 가리고 깊은 한숨을 쉬었다. 그러다가 무릎 위의 책을 덮고는 "그래." 하고 스바루에게 손을 내밀었다.

"질문이고 뭐고 어서 마치는 것이야. 그리고 빨리 나가도록 해."

"끝에 가선 어영부영 받아들여 주니까 좋아한다고, 베아코."

"겉만 번지르르한 말만 늘어놓지 말고 얼른 말하라는 것이야!"

"알았어, 알았어. ……저기 말이야, 조만간에 특별한 날 같은 게 있어? 세계적으로 유명한 게 아니라도 되는데. 저택 내부 한정이라거나."

더 했다간 정말로 쫓겨날지도 모르기에 스바루는 부차 목적인 베아트리스 가지고 놀기를 포기하고 중심 목적인 질문 쪽에 착수했다.

에밀리아와 팩도 모르는 '축하 파티' 의 진상── 그것이 지극히 내부적인 이벤트라면, 로즈월 저택 경력이 오래된 베아트리스가 알고 있을 가능성이 있다.

"그렇게 믿고 던진 한 수다만."

"이 저택의 특별한 날……? 그렇게 풍류를 아는 짓을 로즈월이 할 거란 생각이 안 들어."

"굳이 따지자면, 로즈월보다 람 쪽이랑 관계가 있을 법하달까."

"그렇다면 더더욱 수수께끼인 것이야. 베티는 그 자매랑 딱히 친하지도 않아. 용무가 없으면 말을 나눌 때조차 드문 것이야."

"베아코, 너, 그렇게 당당히……."

'흥' 하고 콧방귀를 뀌고 고개를 홱 돌리는 베아트리스. 그 어깨에 스바루가 손을 얹고는, 그녀의 수상쩍어하는 눈과 정면으로 마주 보았다.

"그렇게 남을 멀리하는 삶, 외롭지 않니?"

"대답했으니까 약속대로 얼른 나가기나 해!"

"야고게르게?!"

기대가 어긋난 대답보다는 안쓰러워지는 발언 내용 쪽을 언급하자마자 나동그라졌다.

베아트리스가 쏜 수수께끼의 충격파에 휩쓸려 『금서고』로부터 굴러나온 스바루는 복도 벽에 격돌했다. 거꾸로 뒤집힌 시야에서 베아트리스가 거칠게 문을 잡고 말했다.

"저녁 식사에 부르러 오기 전까지, 넌 이제 들여보내 주지 않을 것이야!"

그렇게 굳센 말과 함께 문이 힘차게 닫혔다. 복도 융단에 엎어진 스바루는 머리를 흔들면서 "아고고고." 하고 몸을 일으켰다.

"저녁 식사 전까지라니, 분노의 강도가 높은지 낮은지 모를 녀석……."

렘의 저녁 식사에 대한 기대도가 적잖게 이겼는지, 출입 금지 시간이 짧다.

그나저나 베아트리스에게도 짚이는 구석이 없다면 완전히 두 손 들었다. 이리되면 역시 람이 돌아오기를 기다리는 게 현명하고도 상책으로 느껴진다.

"그런데, 그러면 진 기분이 들어서 말이야……."

"뭐가 진 건데요?"

"그야, 남자아이의 오기가. 의욕은 활활 타오르고 있지만 그 진의가 보이지 않으면……. 특히 이번엔 렘을 위한 축하 파티니, 건성으로 하고 싶지는 않단 말이지."

"……그, 그런 일을 하시려고."

"응, 그렇게 됐어……. 엇."

혼잣말할 요량인데 도중부터 누군가와 대화하고 있었음을 깨달은 스바루가 뒤돌아보았다.

그러자 거기에는 빨개진 뺨에 손을 짚고 눈이 촉촉해진 렘의 모습이 있었다. 렘은 눈을 동그랗게 뜬 스바루로부터 살며시 눈을 피하고는 말했다.

"스바루 군이 렘을 위해서…… 이젠, 그것만으로도 가슴이 벅차요."

"아, 아뿔싸! 나도 참, 이런 흔한 실수를……!"

몇 시간 전에 버텨낸 함정에 재차 발목이 잡힌 부주의성 실수.

렘을 위한 서프라이즈 계획을 당사자가 들었다고 람에게 들통나면 살해당한다.

"그래도 이해가 갔어요. 그래서 아까 에밀리아 님이 '렘은 뭔가 갖고 싶은 거라거나, 해 줬으면 하는 일 없어?' 하고 물으셨던 거군요."

"에밀리아땅도 참 허술하네!"

"아뇨, 몇 번씩 질문 도중에 '만약의 이야기, 만약의 이야기거든?' 하고 서두를 꺼내셨기에 렘도 의심이 확신으로 깊어지기까지는……."

"그렇게까지 숨기는 재주가 없는 것도 재능이군……. 렘도 그렇게 두둔하지 않아도 돼. 왠지 모르게 무슨 일이 있을 거라고는 감을 잡았을 거 아냐."

"에밀리아 님을 위해 묵비하겠습니다."

미소와 함께 렘은 언급을 피했다. 그 태도 자체가 답이었지만, 기껏 렘이 말하지 않으려는 눈치니 그 마음을 참작해 스바루도 아무 말 하지 않았다.

그러나 더 이상 발뺌하는 건 자신의 실수도 있어서 불가능하다고 판단했다.

"하아……. 체념할게. 아무튼, 그런 얘기가 나왔어. 람의 발안이지만 들킨 사실은 입 다물어 줬으면 해. 그리고 렘에게 묻고 싶은 게 있어."

"네에?! 하루 동안 스바루 군을 렘 마음대로 해도 되는 건가요?!"

"왜 그래, 뭔 소리야?!"

"아, 죄송해요. 무심결에, 마음이 앞서서 미래가 보이고 말았습니다……."

"마음이 앞서서 미래가?!"

얼굴이 붉어진 렘이 자신의 소망이 앞선 것을 사과했다. 스바루는 그런 그녀의 모습에 뺨을 손가락으로 긁으며 말했다.

"뭐, 렘이 무엇을 원하는지도 중요하지만 더 좋은 걸 원하는 편이 나을걸. 그리고 묻고 싶은 건 다른 일이야. ——람 얘기거든."

"언니, 말인가요?"

"그래. 축하 파티라는 말을 꺼낸 건 람인데, 뭐가 계기인가 싶어서."

스바루의 질문에 렘이 "축하 파티……." 하고 눈을 감고서 골똘히 생각했다. 그러나 한동안 생각하다가 느릿느릿 고개를 가로저었다.

"죄송해요. 딱히 짚이는 구석은……."

"아니, 아니, 사과할 건 없고. 그런데 그렇게 되면 진짜로 그냥 갑자기 떠오른 발상인가……?"

딱히 상관은 없지만 그리되면 저택에는 돌발적으로 축하 파티를 시작하고 싶어 하는 인간이 스바루와 람 두 명이라는 뜻이 된다. 스바루야 좋지만 에밀리아나 렘은 어울리느라 지치지 않을까. 그 점만이 걱정이다.

"게다가, 이대로는 무의미하게 렘에게 서프라이즈를 까발리기만 했을 뿐이 되잖아."

"——뭘 까발렸다는 거야?"

"그러니까 서프라이즈…… 즉, 축하 파티 말인데…… 히익!"

외래어를 풀어 설명하던 중, 스바루가 제3자의 목소리를 깨닫고 화들짝 놀랐다. 당연히 목소리 주인에는 짚이는 점밖에 없었다. 그, 절대영도의 시선에도.

그 시선의 주인은 자신의 팔꿈치를 안는 자세로 스바루를 노려보았다.

"개라도 기다리라면 기다릴 줄 알아. 어린아이라도 말하지 말라면 안 할 줄 알고. 그 양쪽 다 할 줄 모르는 바루스는 개 이하 어린아이 이하의 뭐가 될 셈이야?"

"저기, 그게 말이죠……."

"고작 반나절 사이에, 용케 이만큼이나 추태를 드러냈어. 되레 감탄할 지경이네."

"자, 잠깐만요, 언니분."

전혀 감탄하지 않은 눈초리와 목소리에 스바루는 변명도 못한 채 고개를 떨어뜨렸다. 그런 스바루를 대신해 앞으로 나선 렘이 시선의 주인—— 람과 대치했다.

"언니, 스바루 군은 잘못이 없어요. 그냥, 약간 경솔했을 뿐이에요!"

"그걸 실언이라고 하는 거야, 렘. 사용인답지 않게 입과 머리가 가벼운걸."

“하, 하지만 에밀리아 님도 숨기는 요령이 전혀 없으셨어요!”

“그래, 에밀리아 님에게도 털어놨구나. 입에 바람이라도 처박았어? 가벼워도 너무 가볍네.”

“들 낯이 없습니다……!”

렘의 머리 너머로 희번덕거리며 노려보는 눈빛에 스바루는 완전히 침몰했다. 렘도 스바루가 저지른 실태가 너무 많다 보니 변변히 두둔하지도 못한 채 쩔쩔매고 있다.

“——자자, 그으—만.”

그런 상황의 세 사람 사이에 손뼉을 치면서 끼어든 훤칠한 인물이 한 명. 로즈월이다.

람과 함께 돌아온 듯한 저택의 주인은 평소와 같은 표표한 태도로 세 사람을 쳐다보고 말했다.

“람의 말도 이해하지만 스바루의 경솔한 언동은 어제오늘 시작된 게 아니이—지. 그 부분을 탓해 봤자 별수 없어. 그리고 네 목적은 렘에게 끝까지 숨길 수 있는 게 아니다마다.”

“하지만, 로즈월 님…….”

“네 소원은 고결해. ——하지만 렘도 같은 소원을 빌 권리가 없다 할 셈인가?”

물고 늘어지려던 람이 이어진 로즈월의 말에 입을 다물었다.

사정을 아는 사이끼리 나누는 대화는 사정을 알지 못하는 쪽으로서는 물음표밖에 떠오르지 않는다. 다만 두 사람의 대화 중핵에 ‘축하 파티’ 의 진상이 숨겨져 있음은 알 수 있었다.

그리고 눈을 내리깐 람이 바야흐로 로즈월의 설득에 꺾인 순간인 것도.

"……일이야."

"……뭐라고?"

조그맣게, 속삭이는 것만 같은 람의 목소리를 알아듣지 못한 스바루는 되물었다. 그러자 람은 진절머리 난다는 듯이 스바루를 노려보고 거듭 말했다.

"그러니까, 생일이라고. ――렘을 위해서, 그걸 축하하고 싶었어."

말 후반부에서 람은 시선을 피하고 웬일로 토라진 것처럼 뺨이 뺏뺏해졌다.

그런 람의 태도에 스바루는 비로소 그녀의 진의를 이해해 자신의 미련함을 욕했다. '축하 파티' 와 생일은, 맨 처음에 연결지어야 마땅한 내용이었는데.

"크리스마스나 설날 따위보다 훨씬 가깝고 당연했었잖냐……. 아니, 이쪽 사람이 생일 축하하는 관습이 있는지 모르긴 했었지만!"

얼굴에 손을 짚고 자신의 미련함을 뉘우치는 스바루. 그러나 람이 렘의 생일을 축하하고 싶었다는 사실을 이해한 시점에서, "가만." 하고 갸우뚱했다.

"그런데 렘의 생일이란 말은, 람의 생일이기도 한 거지?"

"뭐, 그렇게 생각할 수도 있겠네."

"그렇단 말은, 너, 자기 생일 축하받자고 그런 소리 꺼낸 거냐?!"

알아채고 보면 실로 에두르고 뻔뻔한 제안이었다. 하지만 그런 람의 제안에 수긍한 스바루의 멱살을 갑자기 뻗어온 람의 손이 움켜쥐었다.

그대로 끌려간 스바루가 "우어!" 하고 놀랄 때, 람이 지척에서 귀엣말했다.

그 내용은——.

"눈치 좀 채. 올해 생일은, 렘에게 특별하다고."

"……설명을."

"저 아이가, 겨우 진심으로 자기 생일을 기뻐하게 되었을 거란 말이야."

거기서 멱살이 풀린 스바루가 뒤로 물러서고, 람이 콧방귀를 뀌었다. 스바루는 흐트러진 옷매무새를 고치면서 쌀쌀맞게 고개를 돌린 람의 진의를 진짜 의미로 이해했다.

람이 생일을—— 자신 것이 아니라 렘의 생일을 축하하고 싶다고 바란 진의를.

"……이러면, 내가 진짜로 왕 바보 자식 같잖아."

"자각이 없었어?"

"의외성 넘친다는 표정 관둬라! 아아, 알았어! 젠장, 협력할게!"

세심하게도 대경실색한 표정을 지은 람의 말에 스바루가 분개와 동시에 협력을 굳게 약속했다. 그런 스바루와 람의 결탁에, 작은 소리까지는 들리지 않았던 렘이 난처한 표정으로 말했다.

"저, 저기, 언니의 마음은 매우 기뻐요. 렘은 복 받은 사람이에요. 하지만 렘이 그렇게 특별대우를 받을 이유는……."

"——람은, 렘을 정말 좋아해."

과분하다고, 송구하다고, 축하 파티를 사양하려는 렘을 람의 고백이 말렸다.

렘에게는 행복해질까 봐 겁을 내는 나쁜 버릇이 있다. 이전에 렘에게 휴일을 주자고 다 같이 분투했을 적에 얼마나 중증인지 충분히 알 수 있었다.

그렇기에 이 세상에서 가장 렘을 아끼는 언니는 그런 여동생의 나쁜 버릇을 미리 때려잡았다.

"겨우 준비가 갖춰졌어. 람이 얼마나 렘을 생각하는지, 그걸 전할 수 있는 준비가."

"그럴 수가, 언니……. 렘 쪽이야말로, 언니께."

"람을 생각한다면, 람에게 렘을 특별 대우하게 해 줘. 그것이 지금, 람이 무엇보다도 원하는 선물이야."

미소를 건넨 람이 고개 숙인 렘을 정면에서 껴안았다.

조그맣게 "아." 하는 소리를 낸 렘의 이마가 람의 가슴속에 살며시 들어갔다. 그리고 다정하게 껴안은 언니의 몸을 쭈뼛쭈뼛 마주 안았다.

"언니, 언니이……."

"옳지, 옳지, 귀여워, 렘. ——그 사실을 람이 자랑하게 해 주렴."

오열이 섞인 목소리에 미소 지은 람은 다정하게 렘을 껴안고 쓰다듬었다.

한 폭의 그림이 되는, 자매애를 오려낸 한순간 같았다.

"……그런데 이거, 나나 로즈찌는 완전히 불필요한 훼방꾼 아냐?"

"여기에 끼어들면 이만저만 꼴불견이라는 점이라는 데에선 같은 의견이로오—군."

——부둥켜안은 자매를, 남겨진 남정네 두 명이 쓴웃음 지으면서 지켜보고 있었다.

7

——그걸로 이야기가 정리되었다고 여겼지만, 바로 쉽게 풀리지는 않았다.

스바루와 람이 렘의 사양하는 버릇을 얕보고 있었기 때문이다.

"언니와 스바루 군이 렘을 위해 그렇게나 애써 주셔서 기뻐요. 렘은 복 받은 사람입니다. 그 마음만으로도 이 가슴은 벅차고 있습니다. 그러니 정말로 괜찮아요. 그보다 언니의 생일을 축하하기로 하죠!"

" '그보다' 라니 그게 뭔 소리야?!"

자매의 포옹이 끝나고 생일 잔치에 대해 자세한 대화를 나누려던 순간, 이 꼬락서니였다.

자신을 과소평가한 나머지 무슨 일에도 소극적인 렘은 자기 생일조차 잊고 있었다. 그러나 그날은 가장 사랑하는 언니의 생일이기도 하다. 이 사실만으로도 렘이 얼마나 무의식중에 '생일' 이라는 존재 자체를 잊고 싶어했는지를 알 수 있는 바였다.

그 결과, 자매애를 과시한 뒤에도 렘의 마음을 완전 함락까지 몰아넣지는 못했다.

——하지만 그런 건 나츠키 스바루가 용서치 못한다.

“생일을 축하하지 않는 사태는 절대 있어선 안 되지.”

생일을 축하하는 데에 구구절절한 이유는 필요 없다. 이유가 꼭 필요하다면 태어나 준 것에 감사—— 이것 말고 대체 무엇이 필요하단 말인가.

생일은 축하받으며 1년에 한 번 투정을 부려도 되는 날.

그날은, 축하받은 아이가 모든 상황에 주역이어도 되는 날인 것이다.

특별한 이유는 없지만, 그건 스바루가 믿고 있는 진리였다. 이 세계든 어디든 관계없이, 렘도 당당히 행사하길 바라는 권리였다.

설령 렘의 사양하는 버릇이 골수까지 찌들었다고 해도 스바루는 결코 받아들일 수 없다. 그리고 그 의지는 동생을 더없이 사랑하겠다고 결심한 람도 마찬가지였다.

따라서 이 문제에 대해서만큼은, 스바루와 람은 완전한 공범자였다. ——단, 스바루가 축하하고 싶은 상대는 결코 렘만이 아니라고, 공범자의 옆얼굴을 보면서 생각한다.

그런 사양과 친애, 숨겨진 음모와 결의 끝에 무슨 일이 일어나는가. 그것은 로즈월 저택에서 일어나는 치열한 다툼—— 무자비한, 축하 경쟁의 개막이었다.

“고집스러운 렘도 귀엽지만 이대로 있으면 속수무책이 되겠어.”

방의 침대에 가녀린 다리를 꼬고 앉은 람이 울적한 기색으로 한숨을 내쉬었다.

그녀의 정면에서 같은 문제로 골머리를 썩이는 스바루가 동감하며 천장을 쳐다보았다. 슬슬 눈에 익은 자기 방의 천장을 노려보든 끙끙 앓든 타개책은 좀처럼 떠오르지 않는다.

설마, 축하받는 쪽이 사양하는 게 생일 파티에 가장 큰 장벽이 될 줄이야——.

"처음에는 그 자리 분위기를 타고 넘어갈 듯했는데, 바로 회복하는 게 딱 렘답단 말이지. 솔직히 소극적인 것도 문제이긴 문제라고."

"남의 일처럼 말하는 건 그만둬. 바루스가 스스럼없이 쭉쭉 들이밀다 보니 위축된 거잖아. 자각이 부족해."

"으극…… 그건 부정 못하겠다마는."

눈을 피하고 더듬더듬 잘못을 인정하는 스바루에게 람의 말없는 시선이 꽂혔다.

렘의 변심——아니, 사양하는 버릇의 재발은, 자매의 아름다운 포옹이 있었던 직후에 발생했다. 그 가장 큰 요인은 스바루가 생일 파티의 희망을 미주알고주알 물은 데에 있다.

"설마, 뭘 가지고 싶냐 뭘 해 줬으면 하냐 묻는 중에 렘의 마음이 꺾일 줄이야……."

"꺾인 게 아니라, 꺾은 거야. 말리지 않은 람의 실책이기도 해. 렘이 섬세한 것도 바루스가 무신경한 것도 알고 있었는데."

"으윽…… 아무튼, 다가올 X 데이까지 어떻게든 렘의 생각을 바꿔야지. 이대로는 최악의 경우 게릴라성 생일 파티를 하게 돼."

"엑스 데이는 뭔지 몰라도, 어지간히 잘해야만 하겠네. 그리고……."

거기서 람은 공세를 멈추고, 대신에 스바루의 등 뒤로 힐끔 눈길을 던졌다. 그 눈길을 좇던 스바루는 그녀가 무엇을 신경 쓰는지 알아차렸다.

책상 위에 놓여 있는 것은 다양한 파티 용품이었다. 아직 '축하 파티'의 요체가 생일 파티라고 발각되기 전부터 준비하기 시작하던 물건들이었다.

"내가 자작한 크래커나 장식용 공이야. 즉석으로 만든 거지만 파티의 필수품이지."

"크래커…… 이건, 어디에 쓰는 장난감이야?"

"장난감이라 그러기냐. 아니, 본질은 잡아냈지만."

흥미를 보인 람 앞에서 스바루는 자작한 크래커를 들었다. 두꺼운 종이를 원뿔형으로 말고, 원 부분에 마개를 덮은 간소한 물건이다. 하지만 원뿔 꽁무니 부분에는 제대로 고무가 튀어나와 있어 그것을 잡아당기면서 람에게 겨누었다.

그리고――.

"――받아라!"

고무 터지는 소리와 함께, 하얀 종잇조각들이 람을 향해 흩날렸다.

"――――."

사이즈에 비해 상당한 양의 종잇조각이 람의 머리 위에 쏟아졌다. 이 예상 밖의 효과에 람은 큰 눈을 동그랗게 떴고, 스바루는 반응이 있다고 흐뭇하게 웃었다.

옛날 여름방학에 보았던 교육방송의 지식이 불을 뿜은 결과다.

"헷, 고맙수다, 원숭이 인형 형아……. 화약 없이 어린이도 안전, 몇 번이든 재이용 가능한 친환경 명품이야! 축하 무대에 안성맞춤이지?"

"——바루스답게 손재주 있는 발상인걸. 람에게 뒤집어씌운 것, 방이 종이 쓰레기투성이가 된 것 말고는 칭찬해 줄게."

"화내고 있다면 더 직설적으로 말해라! 미안하다고! 하지만 사람에게 쏘는 게 법도라고요—! 그리고 종이 쓰레기라 하지 마! 종잇조각이라고 그래!"

람의 구박에 항변하면서 스바루는 흩어진 종잇조각을 빗자루와 쓰레받기로 회수했다.

아까도 말한 대로 자작 크래커는 내용물을 재이용 가능하다는 점이 강점이다. 후딱 종잇조각들을 모아서 다시 크래커 안에다 채운다.

그런 스바루의 재충전 작업을 보던 람이 물었다.

"바루스. ……그거, 몇 번쯤 시험해 본 거지?"

"응? 뭐, 성능 시험도 겸해서. 뭐야, 너도 해 보고 싶어졌냐?"

손을 내밀고 있던 람에게 스바루가 내용물을 채운 크래커를 건넸다. 받아든 람은 고무의 감촉 등을 찬찬히 확인하면서 "흐응." 하고 끄덕였다.

"즉, 바닥에 뿌려진 종잇조각을, 먼지랑 쓰레기와 같이 람에게 뒤집어씌웠단 말이구나."

"__________."

차분한 음성이었다. 람의 음성에 압도된 스바루는 눈을 피했다.

"……그렇게, 볼 수도, 있지, 않을까?"

다음 순간, 고무가 터지는 소리가 나고 스바루의 시야가 새하얗게 물들었다.

8

이러니저러니 람과의 실익이 있는 듯도 없는 듯도 하던 대화는 끝이 났다.

환경 보호만이 아니라 정신 위생상으로도 신경을 써야 할 필요가 있다고 자작 크래커의 문제점을 색출하면서 스바루는 자기 방을 떠나 식당으로 발길을 돌렸다.

방에서 만났던 람과는 다른 약속이 있는 것이다. 그 상대는——.

"기다리고 있었어요, 스바루 군. 자, 이리로 오세요."

"오오, 기다리게 해서 미안해. 언니분을 따돌리느라 좀 수고하는 바람에."

머리를 긁고 그렇게 변명하는 스바루를 기다리던 사람은 식당 한복판에서 달콤하고 따뜻한 향을 풍기고 있는 렘이었다.

렘은 "아니요." 하고 고개를 가로저은 뒤에 밝은 목소리를 죽이며 물었다.

"그래서 스바루 군, 언니의 눈치는 어땠나요?"

"안심해. 우리 계획은 눈치 못 챘어. 퍼펙트하게 속아 넘어갔을걸."

"다행이다……. 하지만 방심할 수는 없어요. 언니는 통찰력도 완벽하니 그 눈길을 피하는 건 렘과 스바루 군이라도 지난한 일일 테죠."

"언니분에 대한 신뢰가 너무 커서 우리의 경계가 헛고생이 될 기세네."

그렇지만 렘의 언니에 대한 과대평가도 아주 우습게 볼 수만은 없다.

실제로 람의 통찰력은 얕잡아볼 수 없다. 스바루의 묘한 꿍꿍이에는 특히나 민감하다. 따라서 세심한 주의가 필요했다. ——여하튼 스바루는 렘과 협력해 그 람을 함정에 빠트릴 심산이니까.

"렘을 축하해 주시는 언니의 마음은 정말 기뻐요. 하지만 렘이 언니보다 주역 취급이라니 그런 일이 있어서는 안 됩니다."

"그러니까 람에게 말없이 카운터 서프라이즈를 가한다. 렘과 내가 주모자로, 방심하고 있는 언니분에게 한 방 먹여 주자는 줄거리지!"

"네. 역시, 스바루 군의 발상은 천하일품이에요. 처음에 스바루 군과 이 일을 상담했을 때, 어쩜 이렇게 못되게 영리할까 하고 떨리는 게 멈추지 않았습니다."

"못되게 영리하다니, 앞에다 '못되다' 고 붙이자마자 잔챙이 냄새가 짙어지는군……."

"——?"

렘 입장에서는 칭찬이었는지 스바루의 탄식에 그녀는 이상하다는 표정을 지었다.

어쨌든 렘의 생일 파티 이벤트의 뒷면에서는 몰래 람의 서프라이즈 생일 파티가 계획되는 흐름이다. 이렇게 스바루와 렘이 식당에서 밀회하는 것도, 그 서프라이즈 계획의 일환이었다.

"자자, 그래서, 렘의 성과 말인데……."

"언니에 대한 렘의 감사를 구체화하기에는, 마음뿐이기는 합니다만."

소극적으로 표현된 렘의 마음이지만, 그 실상은 그렇게까지 소극적인 것이 아니다.

방에 들어왔을 때부터 느껴지던 달콤한 냄새의 정체가 탁자가 미어지라 놓여 있는 것이다. 그것은 동서고금의 다양한 디저트들이었다.

"이걸로 마음뿐이라고 하면 렘의 감사에는 한도가 없겠어."

"언니에 대한 마음에 한도는 없으니까요."

쓴웃음 지은 스바루의 말에 렘이 기분 탓인지 자랑스러운 듯 가슴을 폈다. 기본적으로 자신감 및 자랑하고 무관한 언행을 보이는 렘이지만, 람을 생각하는 마음에 관해서는 꼭 그렇지만도 않다.

그 모습은 렘을 자랑하는 람과도 겹치는 점이 있었다.

"좋아, 그 한없는 마음의 일부를, 미욱한 이 몸이 맛보도록 하겠소이다."

"네! 첫 도전하는 게 많으니 기탄없는 의견을 부탁드려요."

머리를 꾸벅인 렘이 탁자로 가는 스바루 옆에 시립했다. 그리고 잇달아 소개되는 디저트 접시에 스바루는 떡고물이 떨어졌다고 기뻐하면서 입맛을 다셨다.

친숙한 과자에, 왠지 모르게 본 적이 있는 디저트류. 그러나 처음으로 보는 이세계 특유의 디저트도 많다. 특히 감탄한 것은 모락모락 따뜻한 김이 오르는 찐 감자 같이 보이는 한 접시——하지만 그것은 기실 찐 감자와 일선을 긋고 있었다.

"이건, 설마 단순한 찐 감자가 아니라……."

"그 설마가 맞아요, 스바루 군. 전에 언니와 에밀리아 님이 스바루 군을 위해서 베이크드 포테이토라는 요리를 고안한 적이 있었죠. 렘도 그에 질세라 시행착오를 거듭해 만들어 봤어요."

"크, 입 안에서 감자가 살살 녹아! 그런데, 혀에는 단맛이 진하게 남고! 스위티! 스위트 포테이토다! 맛있어! 뭐야 이거!"

"그렇게나 기뻐해 주시면, 렘도 고안한 보람이 있었네요."

기쁘게 미소 지은 렘에게 보내는 감탄은 끝나지 않고, 한 입 먹을 때마다 스바루는 칭찬을 되풀이했다.

렘은 그 모든 것에 기뻐하고, 스바루도 칼로리를 신경 쓰지 않은 채 디저트를 비워나갔다. 그리고 흐뭇하게 식후의 차를 즐기며 만족스러운 한숨을 내쉬었다.

"수고하셨소. 어느 것이나 훌륭한 솜씨더이다. 이거라면 언니분도 한 방에 넘어갈걸."

"감사합니다. 그럼 렘이 치워둘게요. 저녁 식사까지 시간이

있으니, 스바루 군은 그사이에 배를 비워두고 계세요."

"그래야겠네. 저녁을 먹지 않는 걸 이유로 람이 감을 잡아도 난처하니."

"그런 거죠. ……그러니까."

거기서 말을 끊은 렘은 손을 뻗어서 스바루의 뺨을 만졌다. 한순간, 무슨 일인가 싶어 스바루의 몸이 뻣뻣해지자 그녀는 살며시 손가락을 움직였다.

"살짝 빵부스러기가. 언니라면 이것만으로 알아챌 수도 있으니까요."

"아, 아아, 그렇구나. 고마워."

겸연쩍은 마음에 스바루가 뺨을 긁자 렘은 "아니요." 하고 그 빵부스러기를 자신의 입술로 옮겼다. 그대로 낼름 핥는 모습에 스바루는 더 큰 부끄러움을 맛보았다.

그런 스바루를 장난스럽게 바라보던 렘은 말했다.

"그러면, 나중에 또 봐요. 스바루 군."

그리고 살며시 볼을 붉히고 내보냈다.

9

달콤한 만복감으로 부푼 배를 문지르면서 스바루는 몰래 식당을 벗어났다.

이러다가 깜빡 람과 맞닥뜨린다면 모조리 망한다. 발언만이 아니라 행동에도 신중함이 중요. 그것이, 타인을 속이는 엔터테이너의 극의.

그리고 속여야 할 타인은 람만이 아니다. ――렘도 그 중 한 명이다.

"――스바루, 스바루."

그런 경계를 하면서 걷는 스바루의 귀에 자신을 부르는 은밀한 목소리가 들렸다.

주위를 두리번거리자 살짝 문이 열린 방이 있고 거기서 하얀 손이 스바루를 손짓해 부르고 있었다. 그 손짓에 따라 스바루는 슥 방 안으로.

그리고 거기서 스바루를 기다리던 것은――.

"……에밀리아땅, 그 두건은 웬 거야?"

"후후, 람이나 렘에게 들키면 안 되잖아? 그래서 뭔가 좋은 방법은 없을까 팩에게 상담했거든. 그랬더니 이 명안을 가르쳐 주더라."

"명안…… 아니, 귀엽긴 한데."

그렇게 말하고 으스댄 것은 하얀 수건으로 하관을 가린 에밀리아였다. 아무래도 팩이 낸 꾀 같지만, 물론 그녀의 타고난 사랑스러움은 털끝만큼도 숨기지 못하고 있으니 아마도 장난일 것이다.

괜한 헛발질이긴 해도 주위를 경계하는 자세는 옳다. 그렇기에 스바루는 두건을 언급하지 않은 채 "그나저나." 하고 빈방을 둘러보았다.

"왜 이 방이야? 약속 장소는 에밀리아땅의 방이었는데."

"식당에서 스바루가 렘이랑 약속을 잡았다는 말은 들었으니까. 그래서, 어쩐지 엄—청 안달이 나가지고…… 앉았다가 일어났다가 가만있을 수 없어지더라."

"뭐야, 그 귀여운 이유……."

"그래서, 렘에게는 안 들켰니? 렘이 람의 생일 축하를 준비하는 뒤편에서 우리가 렘의 생일 축하를 준비하고 있다는 거."

"되게 번거로운 짓을 하는 탓이겠지만, 되게 번거로운 설명인걸."

"나도 말하면서 좀 헷갈려……."

혀를 내밀고 겸연쩍게 웃는 에밀리아의 토로에 스바루는 못 말리겠다며 어깨를 으쓱였다.

——이것이, 이 로즈월 저택의 수면 아래에서 진행 중인 생일 파티의 이면이다.

문제의 초점은 오니 자매가 언니든 동생이든 본인이 생일의 주역이 되려고 하지 않는다는 점. 그러나 그런 두 사람의 겸허와 완고함을 스바루는 절대로 인정할 수 없다.

람에게는 당초 예정대로 렘의 생일 파티 준비를 진행하고 있다고 말해 두고, 그 뒷면에서는 몰래 렘과 공모해 람의 생일 파티 준비를 하는 계획을 추진 중이다.

"그리고 그렇게 말해 두고서 사실은 렘도 축하하자는 계획인 거지, 이게 또."

즉, 실제 계획은 람과 렘 자매를 동시에 축하하는 생일 파티. 두 사람은 그런 줄 모르고 각자 상대의 생일 파티를 준비하며 서로 축하받을 준비가 마련되고 있는 것이다.

"그렇게라도 하지 않으면, 틀림없이 어디선가 계획이 파탄 나니까……."

"람도 렘도, 이런 점에선 엄—청 고집이 세니까."

"결국 자매라는 거지. 둘 다 이상한 곳에서 판박이야."

생긴 것만이 아니라 고집스러운 면까지 똑 닮지 않아도 될 텐데 하고 한숨지었다.

사양하는 버릇이 강한 렘도, 자신이 축하받을 몫까지 동생에게 바치길 바라는 람도, 궁극적으로는 그 나물에 그 밥인 짝이었다.

"람은 렘을 사랑해서 그래. 그리고, 렘은 람을 사랑하고."

"그 덕에 성립되는 작전이기는 해도 말이야. 솔직히 이중 스파이질 하고 있는 나로서는 어디서 뻔한 실수할지 몰라서 조마조마하지만."

말하면서 배를 문지르는 건, 별달리 디저트 때문에 배가 꽉 찼기 때문만은 아니다. 계획의 성패는 스바루의 처신에 달려 있다고 해도 과언이 아니다. 그 생각지도 못한 심리전에 위장이 지끈지끈 달콤하게 쓰라렸다.

"하지만 이게 서프라이즈 시도자가 짊어져야 할 고통……!"

"괜찮니? 사실은 내가 대신해 줄 수 있으면 좋겠는데……."

"뭐, 에밀리아땅에게 거짓말하며 총대를 메게 하면, 지금 것과는 또 다른 차원으로 위장이 아플 것 같으니까 마음만 받아둘게."

익숙지 않고 적성이 없는 에밀리아에게 거짓말을 시키는 건,

두 사람을 속이고 있는 현 상황 이상으로 자신의 위장을 해치리란 것을 알고 있었다. 결국 동반자폭할 미래가 보였기에 스바루로서는 정중하게 에밀리아의 제안을 사양해두었다.

"이도 저도 두 사람을 감쪽같이 놀래키기 위해서야. 이쯤이야 까딱도 안 해."

"응, 그렇지. ……실은, 나도 조심성 없을지도 모르겠지만 엄—청 재미있어."

"에밀리아땅 소악마로 가는 길이 개화하고 있나……. 호랑이에 날개 돋은 수준이 아니군."

"미안, 무슨 말을 하는지 좀 모르겠어."

그런 평소의 대화를 나누면서 에밀리아의 존재에 격려를 받았다. 두 사람을 위하자는 마음을 먹은 게 혼자가 아니라는 이유로 기분은 밝다.

"그것이 에밀리아땅이라면, 백만 군대가 한 편이 된 거나 마찬가지……."

"팩과 합쳐도 두 명 몫밖에 안 되는데……."

"됐으니까, 됐으니까. 아무튼, 에밀리아땅도 잠시만 더 답답하게 있어 줘야겠는데, 무리는 금물이야."

"물론 알아. 그 밖에 내가 뭔가 해 둘 일은 있어?"

"어디 보자. 일단 기합은 넣고 있어 줘."

"알았어. 잠깐 있어 봐. 웅! 좋아, 들어갔어."

"귀엽다."

주먹을 꽉 쥔 에밀리아에게 홀리면서 스바루는 경과 보고를 종료. 둘이서 몰래 빈방을 나와 앞으로의 건투를 맹세하고 헤어졌다.

"스바루, 반드시 성공시키자."

"여부가 있겠습니까."

그런 말을 남기고 에밀리아는 두건을 고치면서 총총 떠났다. 신중하게 창밖을 살피고 발소리가 들리지 않는지 귀를 곤두세우며 미정령(微精靈)을 날려서 주위에 사람이 없는지를 확인하고 마나의 빛으로 온몸을 반짝반짝 빛내면서 달려갔다.

실로 귀여운 공작원 흉내지만 하나도 숨기지 못하고 있다는 점에서 스바루의 통찰은 정확했다.

"……역시, 내 생각은 틀리지 않았나."

스바루는 고개를 틀어 에밀리아와는 반대쪽으로 걸어 다른 목적지로 향했다.

람과 대화하고, 람과 공모하고, 에밀리아와 음모를 꾸민 다음에 발길을 옮기는 장소―― 그곳이 마지막 목적지이며, 나츠키 스바루의 '공범자' 가 있는 곳이다.

"――여기로군."

스바루는 휘적휘적 저택 안을 걸어 다니는 중에 누구와도 조우하지 않았다는 사실에 안도하면서 그 '문' 의 문고리를 잡았다. 언뜻 보아 그것은 단순한 빈방의 문이다.

그러나 그 안이 빈방이 아님을 스바루의 직감이 이해하고 있었다.

"――여어―늦었지 않나, 스바루."

열린 문 너머, 무수히 서가가 늘어선 방 안에서 광대 모습의 남자── 로즈월 L. 메이더스가 웃음을 띠며 '공범자' 스바루를 맞이했다.

10

"그래서, 세 사람은 자알─ 속여 넘겼을까?"

"────."

"입을 다물고, 왜 그러지?"

"……아니, 이 짧은 시간에 비슷한 대화를 반복하다 보니까. 새삼 내가 더러운 삼중 스파이라는 사실을 곱씹고 있어."

"그건 심정을 이해하다마아─다. 그나저나 이것도 제법 귀중한 체험이야. 즐길 필요도 있지 않을까. 실제로 에밀리아 님은 그런 눈치지?"

로즈월은 한쪽 눈을 감으며 익살스러운 몸짓으로 직전에 나눈 대화를 야유했다. 그 말에 스바루가 눈을 동그랗게 뜨자, 로즈월은 자신의 귀를 손가락으로 가리키고 말했다.

"내 귀는 특별제……라는 건 농담이지만, 저택 내부 정도라면 노린 곳의 목소리를 듣는 수준의 재주는 부릴 수 있지. 특히 에밀리아 님은 눈에 띄니이─ 말이야."

"그 말은 나도 동감한다. 진지하게 열심인 것은 의심할 여지가 없지만."

스바루와 헤어질 적, 눈에 띄지 않게 눈에 띄던 모습이 떠오른다.

항상 진지한 점은 에밀리아의 미덕이지만 역시 사람의 의표를 찌르거나 누군가를 속이는 계략에는 전혀 적성이 없다.

그리고 그런 비밀에 적성이 없는 에밀리아를 대신해서——.

"——진정한 음모를 꾸미는, 우리 '태초의 4인' 이 있다는 것이지."

"멋대로 그 불명예스러운 모임에 끼워 넣지 마!"

팔짱을 낀 스바루의 엄숙한 선언에 새된 노성이 겹쳤다. 쳐다보니 얼굴을 붉히고 고함친 장본인은 방 중앙의 접사다리에 앉은 베아트리스였다.

이 밀담 장소, 금서고의 관리인이자 '태초의 4인' 중 한 명이었다.

"그러니까, 그 '태초의 4인' 은 대체 뭘 말하는 건데!"

"태초 어쩌고는 완전히 기분 따라 붙였지만 의미상으로는 진짜 공범자라는 뜻이야. 이 계획을 성공으로 이끌고자 필요 불가결한 구성원……이라는 거지."

"으그그……."

베아트리스가 분통 터진다며 우거지상을 짓지만, 그런데도 스바루 일행을 쫓아내는 강경 수단에 나서지 않는다. 그 이유로는 '태초의 4인' 중 마지막 멤버의 존재가 크다.

이를 가는 베아트리스와, 그런 베아트리스를 즐겁게 보고 있는 로즈월. 그리고 계획의 주모자인 스바루에, 마지막 한 명은——.

"——너무 리아를 놀리지 말았으면 좋겠는데. 솔직한 점이 리아의 최고로 귀여운 점 중 하나니까."

그렇게 말하면서 베아트리스의 롤 머리 속에서 팩이 모습을 보였다. 평소부터 함께 있는 에밀리아 곁을 벗어나 스바루 일행에게 가담한 새끼 고양이 정령.

이 네 명── 세 명과 한 마리가, '태초의 4인' 이었다.

"뭐, 실제로 시작한 건 람이니까 전혀 '태초' 가 아니지만."

"나는 싫지이─ 않지만. 그냥 공범자라는 무뚝뚝한 어감보다 훨씬 가슴이 뛰는 표현이지 않나. 안 그래, 베아트리스."

"왜 베티에게 확인하는 것이야? 베티는 그 태초 뭐시기에도, 너나 그 남자와 협력하는 데에도 찬성하지 않았어."

"그렇게 말하지 말고, 기분 고쳐 주라, 베티. 언제까지고 뾰로통하면 기껏 귀여운 얼굴이 망가지잖아?"

"응……. 빠냐가 그렇게 말한다면……."

어깨 위에서 볼을 비벼대는 팩의 말에 베아트리스가 입술을 삐죽이며 마지못해 입장을 받아들였다. 그 모습에 스바루는 "쉽네." 하고 입술을 혀로 축였다가 말했다.

"그럼 재차, 람과 렘의 서프라이즈 생일 파티 모임에 참가한 걸 감사한다. 이번에는 람과 렘의 협력을 빌릴 수 없는 대신에, 저택 전원이 참가해서 크게 도움이 됐어."

스바루는 그 총정리에 미묘한 표정을 지은 베아트리스까지 포함해 전원에게 머리를 숙였다.

"저택의 전권을 가진 로즈월과, 에밀리아땅을 지원할 수 있는 팩. 그리고 암약에 딱 맞는 마법을 가진 베아코의 협력으로 사태는 순조롭게 진행 중이야."

"표현 한 번 참 고약한 것이야……. 이런 방자한 행동을 로즈월도 용케 허락하고 있어."

"나는 저택 사람의 뜬금없는 발상에는 비교적 관용적일 요량이다아―만. 그래도 평소에는 지켜볼 때가 많은데…… 이번에는, 람과 렘의 일이니까."

옅은 웃음으로 흔치 않은 친애를 내비치면서 로즈월이 협력의 이유를 표명했다. 로즈월의 태도에 스바루는 솔직하게 그를 다시 보았다.

당연하지만 람과 렘 두 사람을 소중히 여기는 건 스바루만이 아니다.

돌아보면 로즈월은 마수 소동 중에 렘이 숨진 주회차에도, 그녀의 죽음을 깊이 슬퍼하고 있었다. 10년간의 관계라면 그도 당연하리라.

"두 사람에게 비밀로 음모를 꾸미자는 가슴 뛰는 제안을 수락하지 않을 수도 없고 말이야아―."

"다시 보자마자 이래! 그래야지 내가 아는 로즈찌지! 악취미!"

"그렇게 칭찬하면 쑥스럽지 않나아―."

평소 기색으로 돌아온 로즈월의 말에 스바루도 엄지를 세우며 밝게 웃었다. 그런 공범자 둘의 모습에 베아트리스는 턱을 괴면서 한숨을 쉬었다.

"나 참, 언제까지 부루퉁할 거야. 나한테 분위기 파악하란 소리 들으면 끝장이라고."

"마침내 자기 입으로 인정했어! ……이제 와서 계획에 이러쿵

저러쿵 하지 않아. 하지만 다 끝나면 너는 반드시 세 사람에게 혼날 것이야."

"아— 그건 뭐, 필요 경비라고 생각해 둘 테니까……."

렘은 몰라도, 아무리 에밀리아라도 여기에는 골이 날 것이다. 무엇보다 람의 분노가 타오를 것은 확실하다. 타 죽지 않게끔 변명은 생각해 두어야 할 것이다.

"뭐얼— 그때는 나도 같이 혼나 주다마다. '태초의 4인' 이잖아."

"리아 일이기도 하니 나도 같이 가 줄게. 태초의 4인' 이니까."

"그 논리라면 베티까지 똑같이 혼난다는 계산이 돼……."

"너도 '태초의 4인' 이니까."

음모 속에서 자라난 유대가 네 명을 같이 죽고 같이 사는 맹세로 단단히 묶어냈다. 이런 기분으로 서프라이즈하는 건 처음이야. 이젠 아무것도 무섭지 않아.

"헤헤, 동료가 있는 건 좋은데, 베아코."

"네 사전, 동료라고 쓰고 '물귀신' 이라고 읽는 것 같아……."

스바루의 헛소리에 맞춰 주는 건 슬슬 지긋지긋하다고 베아트리스가 어깨를 움츠렸다. 하지만 스바루가 보기에 그 반응은 달관이 아니라 습관이다.

베아트리스는 마침내 장난이 반복되는 일상에 적응하고 말았다.

"물들었다, 쪽이 적절한 표현이지이— 않을까?"

"딱 그거."

"남이 화내지 않고 있어 주는데, 마음 써 줄 보람이 없는 녀석들이야!"

스바루와 로즈월에게 격분하느라 자신의 은근한 배려를 폭로하고 만 베아트리스에 건배.

"아무튼, 생일 파티 결행을 향해서 전원, 준비와 경계를 게을리하지 마. 로즈월은 람의 경계, 팩은 디코이역인 에밀리아땅…… 줄여서 디코리아땅의 지원을 부탁해. 베아코는 지금 하듯이 본부 대기하고. 중요한 거야."

"그냥 맘대로 하면 되는 것…… 본부?!"

"하나둘, 아자—!"

금서고가 '태초의 4인 총본부'로 지정된 베아트리스의 경악을 아랑곳하지 않으며, 로즈월 저택의 남자 세 명은 주먹(팩만 몸 전체)을 척 맞부딪쳤다.

——이리하여, 생일 파티를 둘러싼 치열한 축하 경쟁은 수면 아래에서 더욱더 격화되는 것이었다.

11

한편 그 무렵, 람은 주위의 계획에 어렴풋이 감을 잡고 있었다.

이 '주위'라는 건, 주로 렘과 스바루, 에밀리아를 의미한다. 숨기는 행동이라면 로즈월도 포함되지만, 그가 뭔가 꾸미는 건 항상 있는 일이기에 여기서는 생략했다.

어쨌든, 수면 아래에서 무언가가 움직이고 있다.

"……어차피 생일 파티겠지."

깊이 생각하지 않아도 짐작은 가지만, 깊이 생각해 봤자 그 외의 답을 찾을 수 없었다.

원래 람이 '축하 파티'를 제안한 것은 주박에서 해방된 렘을 최대한 축복하는 것이 목적이었다. 그것은 람의 비원이기도 했기에.

오산이었던 것은 람의 상상 이상이던 렘의 사양과 감히 람을 앞지르고자 암약하는 나츠키 스바루의 촐싹대는 태도였다.

물론 람 입장에서 보자면 진지하게 앞지를 마음이 있기나 한지 의심스러울 지경이었지만.

"아, 언니!"

불현듯 복도에서 오가다 만난 렘이 얼굴을 확 밝히며 달려왔다. 눈을 빛내는 여동생의 모습은 실로 사랑스러워서 람의 미간에 잡힌 주름이 순식간에 소멸했다.

"어머, 왜 그러니, 렘. 복도에서 뛰다니 버릇없어."

"죄, 죄송해요. 무심코, 언니를 발견하니 기뻐지는 바람에…… 아니요, 딱히 기뻐질 만한 특별한 이유는 없습니다. 없습니다만, 무심코."

"……그래, 특별한 이유는 없는 거구나."

"네, 전혀 없어요! 하지만 렘이 언니께 뛰어오는데 특별한 이유는 필요 없다고 생각해요. ……렘은 무슨 말을 하고 있는 걸까요."

자문자답하던 와중에 렘이 시무룩하게 고개를 움츠렸다. 그 모습에 람은 눈웃음과 함께 귀여운 동생을 위로하듯이 살며시 그 뺨을 어루만졌다.

“딱히 이상할 건 없어. 람은 얼떨결에 뛰어오고 싶어지는 언니인걸. 렘도 능히 그럴 기분이 들 만하지.”

“그렇죠! 아, 언니, 그러면 나중에 또…… 당일이 기대되네요. 아니, 렘은 아무것도 모르지만요.”

“……그래.”

숨기지 못하는 기쁨을 눈 안에 꾹꾹 숨긴 채로 렘이 통통 잔달음질로 떠나갔다. 그 등이 보이지 않을 즈음에서 람의 미간에 다시 주름이 잡혔다.

방금 대화로, 렘이 람에게 전하고 싶었던 내용은 무엇인가. 아니 전하고 싶지 않았던 내용 쪽을 찾아야 하는가. 람의 언니 마음은 갈대처럼 흔들렸다.

“아, 람…….”

그렇게 골머리를 썩이는 람에게로 또다시 부르는 소리가 닿았다. 고개를 들자 람 쪽으로 에밀리아가 잰걸음으로 다가오고 있었다. 에밀리아는 두리번두리번 주위를 둘러보다가 바닥에 신중하게 발을 디뎌 발소리를 죽이면서——.

“지금, 잠깐만 괜찮니……?”

“상관없습니다만, 왜 그렇게 작은 목소리이신가요, 에밀리아님.”

“그건 있지, 엄—청 중요한 이유가 있어……. 하지만, 그건 람에게 말할 수 없어…… 아, 람만이 아니야. 렘에게도 말 못해.”

“……그런가요.”

숨결이 닿을 거리에서 입가에 손을 짚은 에밀리아가 소곤소곤 이야기했다. 확실히 성량은 신중하지만 정작 언동 쪽이 하나도 신중하지 않았다.

그러나 에밀리아는 그런 람의 감상을 아랑곳하지도 않은 채 남보랏빛 눈을 반짝반짝 빛내며 물었다.

“저기 있지, 람…… 정말로 그냥 흥미 위주의 호기심인데, 물어봐도 돼?”

“질문에 달렸습니다만.”

“저기 말이야? 만약, 만약이거든? 뭔가 딱 하나, 소원을 들어주거나, 갖고 싶은 걸 받을 수 있다면 람은 무엇을 부탁할 거야?”

“————.”

변화구를 가장한 에밀리아의 직구에 람은 한순간 말을 잃었다.

설마 무슨 함정인가 싶어 의심했지만 에밀리아는 힐끔힐끔 침착성 없이 눈치를 살피며 숨기지 못하는 기대로 볼을 붉히고 있다.

이게 연기가 아님은 에밀리아와 함께 보낸 반년간의 생활로 알고 있었다. 즉, 에밀리아는 아무 꿍꿍이속도 없이 그냥 뭘 감추는 재주가 없을 뿐이다.

“……연기력일까요.”

“연기력…… 어, 연극 같은 거? 람, 연극을 하고 싶어?”

“아니요, 에밀리아 님의 연기력 말입니다.”

“나의…… 아유, 장난치지 말고. 난 엄—청 진지하게 묻고 있단 말이야.”

“흥미 위주의 호기심이라고 하시지 않았는지?”

“아! 맞아, 잡담이야. 잡담이지만, 진지한 잡담이야. 하나도 잡스럽지 않아.”

얼버무리는 논리가 엄—청 잡스러웠다.

그런 에밀리아의 진지하고도 잡스러운 태도에 람은 웬일로 대답이 궁해졌다. 여기서 대충 둘러대는 건 가능하지만 그건 근본적인 해결이 되지 않는다.

그렇다고 해서——.

“——? 왜 그래?”

람의 연홍빛 의심에 천진하게 갸우뚱하는 에밀리아는 긴장감이 없다. 이건 필시 중요한 사항은 아무것도 전달받지 못한 분위기다. 아마 에밀리아는 훤히 드러낸 미끼이고, 주력은 수면 아래에서 움직이고 있을 것이다.

에밀리아는 그런 줄도 모른 채 앞으로 몸을 쭉 내밀어 람과 거리를 좁히고 캐물었다.

“그래서 그래서? 람, 부탁이나 갖고 싶은 건 정했어? 아, 가능하면 나도 할 수 있는 일에, 내가 살 수 있는 거라면 좋겠는데…….”

“에밀리아 님은 좀 더 주위를 의심하는 마음을 가져 주셨으면 합니다.”

“후훗, 지금은 농담을 얘기해 줬으면 하는 때가 아닌데. 람도 참 익살쟁이구나.”

“설득력을 주세요.”

“람, 아까부터 왜 자꾸 능력을 갖고 싶다고…… 걱정거리라도 있어?"

진지하게 걱정을 사는 바람에 람은 한숨을 쉬고 싶어졌다. 하지만 이번에는 그 한숨이 걱정받을 게 눈에 선했기에 그것도 참아냈다.

"그렇네요……. 곰곰이 생각해 보겠습니다."

"알았어. 엄—청 중요한 일이야. 그러니까 진지하게 대답해 줘."

직전에 나누었던 대화를 완전히 잊고서 에밀리아는 람에게 굳게 다짐하고 갔다. 그리고 떠나가는 중에 "아!" 하고 자신의 역할을 떠올린 것처럼 당황하며 다시 살금살금 걸었다.

"낼름."

에밀리아가 시야에서 사라지기 직전, 그녀의 은발 틈새에서 새끼 고양이가 혀를 내미는 모습이 보였다. 대강 그 역할을 알아차렸지만 대정령도 딸을 완전히 통제하지 못하는 것 같다.

"여어, 람. 이런 곳에서 멈춰 서서 뭘…… 얼굴, 무셔!"

"하아……."

람은 참고 있던 한숨을 요란하게 내뱉고 옆에 선 스바루를 물끄러미 노려보았다. 그 날카로운 눈초리에 스바루는 얼굴을 푸들거리다가 말했다.

"왜, 왜 그러는데. 언니분답지도 않게 감정이 얼굴에 너무 드러났다고?"

"만약 이게 바루스의 책략이라면 현재 람은 완전히 술수에 빠져 있어. 이대로 람이 지쳐 나자빠지면 바루스는 만족할 거야?"

"왜 누가 듣고 오해할 소릴 하는 거야?!"

"핫! 뻔뻔스러워. 열심히 으스대고 있으라지. 마지막에 웃는 건 람이야."

"잠깐잠깐잠깐, 뭔 말인지 모르겠다고! 진정하고 침착하게 대화를 하자!"

그 시치미 떼는 표정에 람이 혀를 차니, 스바루가 당황하면서 길을 막았다. 그 콧잔등을 노려보며 람은 자신의 팔꿈치를 안듯이 팔짱을 끼었다.

"좋아, 같이 대화해 줄게. ――그래서, 렘 건은 진행되고 있어?"

"오, 오오, 고맙다. 그래서 진척 말인데, 대강 그럭저럭 되어 가는 느낌이야. 렘의 태도는 조금씩 부드러워지고 있으니 이대로 밀어붙이면 시간문제지."

"그러시겠지."

"아까부터 대꾸에 가시 돋치지 않았냐?! 무슨 마음에 안 드는 일이라도 있었어?!"

"굳이 말하자면, 바루스의 낯짝?"

"으으음! 슬슬 익숙해져서 사랑받고 싶다……!"

볼에 두 손을 짚고서 허접한 애교를 부리는 스바루의 웃음에 람은 콧방귀를 뀌었다.

그 뱃속에 무얼 꾸미고 있는지 이 자리에서 추궁하기는 쉽다. 하지만 이래 봬도 완고한 스바루는 쉽게 실토하지 않을 것이다. 그 점이 스바루와 에밀리아의 명확한 차이다.

심문으로 실토하도록 하기가 어렵다면, 람이 택할 방법은――.

"그나저나 에밀리아 님의 모습이 이상한데 바루스는 짚이는 것 없어?"

"모습이 이상하다면, 구체적으로는?"

"그러네. 조마조마한 걸 숨기려다가 전혀 숨기지 못하고 있어."

"듣기만 해도 귀엽네."

람의 말에 스바루는 내키지 않은 듯 눈을 내리깔았다. 하지만 예상했다는 반응이다. 즉, 에밀리아의 태도는 스바루에게 치명타가 아니고, 이미 고려한 사항이다.

그리고——.

"……뭐, 뭐야? 무슨 일 있어?"

"……딱히."

흘긋 눈길을 보내자 노골적으로 초조한 표정을 짓는 스바루. 그 반응을 본 람은 작은 한숨을 길게 뱉었다.

——렘이나 에밀리아만이 아니라, 이 남자마저도 숨기는 재주는 영 좋지 못하다고.

12

그런 의심과 의혹의 소용돌이를 일으킨 채로 문제의 당일은 찾아온다.

"——언니, 잘 주무셨나요? 무척 중요한 아침이랍니다."

이는 침대에 누운 람의 고막을 처음으로 흔든, 사랑스러운 목소리다.

눈을 천천히 뜨자 커튼이 활짝 열리는 소리와 함께 밝은 아침

해가 드는 걸 알 수 있었다. ——반짝반짝 빛나는 실내에 렘의 모습이 있는 것도.

"……5분만 더."

"안 돼요, 언니. 가능하면 렘도 언니의 바람은 이루어드리고 싶지만, 오늘은 그럴 수 없어요. 자, 일어나세요."

"어쩜 세상에. 렘이 람에게 엄하게 굴다니, 오늘은 아예 서지도 못하겠네."

"어, 언니……."

"농담이야. 자, 렘. 갈아입혀 줘."

즐거운 기색이던 렘의 표정이 어두워지기 직전, 람은 요령 좋게 일어나서 두 손을 뻗었다. 갈아입혀 주기를 기다리는 그 자세를 본 렘은 "네!" 하고 기쁘게 준비하기 시작했다.

평소의 순서대로 데운 수건으로 얼굴을 닦고, 잠옷을 벗은 뒤 제복으로 갈아입는다. 그다음 머리카락을 정돈하고, 몸거울로 옷매무새를 갖추면 완성이다.

"완벽해."

"네, 역시 언니예요. 렘도 어깨가 으쓱해요."

갈아입기를 마친 람 옆에서 렘은 콧노래라도 부를 듯이 흐뭇해하고 있다. 그런 동생의 모습에 람은 하려던 말을 접어두고 데려가는 대로 방을 나섰다.

아침에 저택 현관에서 만나 하루의 업무 방침을 확인하는 것이 로즈월 저택 사용인들의 규칙이다. 그러나——.

"……바루스가 없는걸. 늦잠 자는 걸까."

"어어, 설마 그럴 리가. 스바루 군이 늦잠을 자다니, 그럴 리가 없어요."

사람이 없는 현관에 발소리를 울리는 람의 한마디에 렘이 즉시 반론했다. 다만 그 반론이 람에게는 어쩨선지 심각하게 서투른 연기조로 들렸다.

"——렘?"

"킁킁, 킁킁…… 아뇨, 언니. 맡겨 주세요. 스바루 군은 반드시…… 이쪽에 있는 게 아닐까요. 킁킁……."

눈을 가늘게 뜬 람을 렘이 손으로 막고, 깜찍하게 코를 실룩거리면서 걷기 시작했다.

오니족은 후각도 보통 이상으로 발달했지만 적어도 람에게는 특정한 누군가의 냄새를 구분할 만한 후각은 없다. 렘의 저 짓도 연기이기를 절실하게 빌었다.

그런 람의 소원을 아랑곳하지 않으며 앞장서서 걷던 렘의 발길이 멈춘 곳은 식당 앞이었다.

"언니, 아무래도 스바루 군은 이 안에 있는 것 같아요. 어쩔까요?"

"밖에서 부르면 되겠네."

"아니요! 안 돼요! 스바루 군은 귀가 아주 못 써먹으니, 밖에서 불러서는 알아채지 못할지도 몰라요. 여기선 언니가 직접 안으로."

렘이 '자아' 하고 자리를 트며 식당 문 앞으로 람을 이끌었다. 동생의 그 박력에 무심코 압도당한 람이지만 그 의도에 따르기 전에 작게 코를 킁킁거렸다.

"————."

앞서 말한, 뛰어난 오니족의 후각이 식당에서 나는 달콤한 향을 잡아냈다.

"언니."

옆에서는 렘이 기대를 숨기지 못하는 표정으로 주먹을 꼭 쥐고 있다. 만약 그녀에게 개와 같은 꼬리가 있으면, 아주 크게 좌우로 흔들리고 있었으리라.

기대를 배신할 수 없다. 언니로서의 사명감에 람은 웬일로 하늘에 기도했다.

——바라건대, 에밀리아에게 바란 연기력이여, 이 몸에 깃들라고.

"——바루스, 있어?"

순간, 람은 신들린 시치미로 말을 걸며 눈앞의 문을 열어젖혔다. 문 너머, 누군가가 서 있는지는 어렴풋이 보이고—— 다음 순간이었다.

"해피 버스 데이!"

누군가가 목청 높여 외치고, 동시에 공기가 터지는 소리와 종잇조각들이 작렬했다. 그 광경에는 기억이 있어 람이 실눈을 떴다. 거기서——.

"하하하, 어떠냐! 이건 아무리 그래도 놀라——."

웃으면서 뛰쳐나온 스바루, 그 바로 옆에 무시무시한 기세로 철구가 지나갔다. 회전하는 가시 박힌 흉기가 스바루를 아슬아슬하게 스치고 요동치는 사슬 소리가 저택 안에 요란하게 울렸다.

"죄, 죄송해요, 스바루 군! 큰 소리가 나서, 엉겁결에……!"

"―――――."

수중으로 철구를 회수한 렘이 굳어 버린 스바루에게 달려갔다. 그 목소리에 스바루는 자기 몸의 존재를 더듬더듬 손으로 확인하다가 말했다.

"바, 방금, 나, 죽을 뻔……했지?"

"말하는 걸 잊었는데, 크래커를 렘에게 시험하려 했다가는 기습인 줄 알아서 이 아이에게 산산조각 나도 이상하지 않아."

"그런 시한폭탄은 더 일찍 해체해 주실래요?!"

담담한 람의 말에 임사체험의 공포에 떨던 스바루가 괴상한 목소리를 질렀다. 그 옆에서 렘은 마냥 몸 둘 바를 몰라 하고 있지만 우쭐해 하던 스바루에게는 좋은 약이다.

조금은, 여태까지 마음고생을 쌓아오던 람 입장도 되어 봤으면 좋겠다.

"그래서, 이건 무슨 여흥?"

"여흥 같은 게 아니야. 대강 알 거 아냐? 모르겠다면…… 에밀리아땅!"

"맡겨 줘!"

람에 대답하고자 스바루가 손가락을 딱 튕겼다. 그러자 그 소리에 식당 안쪽에 있던 에밀리아가 바닥을 세게 밟았다. 그리고 그녀는 천장으로 그 손가락을 뻗고는 외쳤다.

"팩!"

"오케이, 리아. 아직 아침이라 졸리지만 후하게 가 볼까!"

춤추는 옅은 빛이 모이고, 에밀리아의 손끝에 새끼 고양이 정령이 출현한다. 한 사람과 한 마리가 동시에 끄덕이고, 솟구치는 하얀 빛이 식당의 천장을 가득 메웠다.

순간, 빛이 걷히자 거기에 있던 것은——.

"——얼음, 장식."

빛에 휩싸인 식당에는 얼음으로 빚은 다양한 장식품이 탄생해 있었다. 개중에서도 유난히 눈길을 끄는 것이 천장 일대를 사용해서 그린 얼음 회화였다.

그것은 얼음의 요철을 이용해 음영을 새긴, 빙결의 초상화였다.

"디자인한 건 나라고! 아이스 인테리어도 멋지지만 한 번 잘 볼래?"

"——아! 언니, 저건 혹시, 언니와 렘의 그림이 아닌가요?"

렘의 손가락이 가리키는 곳, 그곳에는 람과 렘이 다가붙은, 얼음의 자매 초상화가 있었다.

"이것이, 나와 에밀리아땅, 저택의 모두가 준비한 람과 렘의 생일 파티야."

"그래. 이때를 위해서 엄—청 노력했으니까."

"네! 이게 언니와 렘의 생일 파티……어어?! 레, 렘도 말인가요?!"

스바루와 에밀리아가 손뼉을 마주치고 그에 동조하려던 렘이 깜짝 놀랐다. 아무래도 자신이 축하받을 줄은 렘도 진심으로 몰랐었던 모양이다. 아마도 렘에게는 람만의 생일 파티라고 둘러

댔을 것이다.

그 사실을 깨닫지 못한 렘의 순박함이나, 렘을 속인 스바루의 극악무도함에는 불편한 부분이 있다. 불편한 부분은 있는데――.

"――아."

불편한 부분은 있어도, 말이 나오지 않을 때도 있는 것이다.

"이건 또 참, 생각 이상으로 효과가 있었던 모오―양이지 않나."

말문이 막힌 람의 어깨를 뒤에서 커다란 손이 부드럽게 받쳤다. 그 감촉과 온기에 뒤돌아보니 거기에는 몇 번 봐도 람의 가슴을 욱신거리게 하는 남자의 얼굴이 있었다.

"이걸 너에게 덮어 두는 건 꽤 고생이었지. 그 보람은, 충분히 있었지이―만."

"그렇지! 람의 놀란 얼굴은, 쉽게 볼 수 있는 것도 아니고……푸아?!"

"시끄러워."

로즈월에 반응해 으스대던 스바루의 안면에 람이 자작 크래커를 날렸다. 터지는 공기 소리와 종잇조각에 휩쓸려 스바루가 얼떨결에 뒤로 넘어갔다.

"마, 말도 안 돼……. 너, 어디서 크래커를……."

"간단한 구조라 금방 만들 수 있더라. 이왕 만드는 거 안에 담은 종잇조각은 퍼부은 상대의 온몸에 달라붙도록 개조해 놨어."

"그러니까 얼굴에서 안 떨어지는 거냐?! 끄아아! 앞이, 앞이 안 보여!"

"아! 안 돼, 스바루! 그렇게 난폭하게 하면 얼굴이 엉망진창이 돼.”

“스바루 군! 얼굴이 엉망진창이 되기 전에 씻으러 가죠. 이쪽이에요.”

종잇조각을 얼굴에 붙인 채로, 엉망진창이 된다고 위협받은 스바루가 렘과 에밀리아에게 이끌려 간다. 그렇게 식당을 나가기 전에, 에밀리아가 람을 불쑥 뒤돌아보고 말했다.

“아, 맞아, 맞아. 저기, 람, 제대로 바라는 걸 준비해 놨어. 놀랐니?”

“바라는 것이요?”

신이 난 듯한 에밀리아의 말에 람은 식당 탁자로 눈길을 돌렸다. 탁자에는 렘의 수제 과자류가 자리가 남아나지 않을 만큼 놓여 있어서 동생의 노력이 눈에 선했다.

그런 탁자 중앙에, 묘한 존재감을 주장하고 있는 요리가 있었다.

“저건…… 브를루 돼지 통구이.”

“먹고 싶다고 그랬었잖아? 그래서, 애써서 잡아 왔어. 기뻐?”

곱게 생긴 겉모습과 정반대로 사냥꾼으로서 꽤 모양이 잡힌 에밀리아의 말에 람은 끄덕였다. 그러지 않으면, 쫓아낼 구실 삼아 대충 선물로서 소망하는 바람에 통구이가 된 돼지가 불쌍하다.

“아파 아파 아파! 얼굴이 벗겨지겠어!”

“아, 스바루가 큰일 났나 봐. 나도 도와주러 가야겠다.”

세면장 쪽에서 들리는 비명에 에밀리아가 잔달음질로 식당을 나갔다. 그런 그녀와 엇갈리며 식당에 드레스 차림의 소녀가 들어왔다.

“참 내, 아침 댓바람부터 시끄럽기 그지없는 것이야.”

“베아트리스 님까지.”

비명의 틈을 누비며 나타난 베아트리스의 모습에 람은 놀랐다. 그 놀란 반응에 베아트리스는 “뭔데.” 하고 게슴츠레한 눈으로 올려다보았다.

“딱히 축하해 주러 온 것은 아니야. 애초에 너희 자매의 생일은 베티하고는 아무 관계도 없어. 단지 호화로운 식사나 얻어먹으러 왔을 뿐인 것이야.”

“람은 딱히 아무 말도 여쭙지 않았습니다만.”

“시끄러워! 넌 그냥 베티의 말에 납득하면 되는 것이야! 흥!”

새치름한 표정이 새빨개지며 베아트리스는 냉큼 탁자의 늘 앉는 자리로. 그 조그만 등을 지켜보며 로즈월이 큭큭 작게 웃었다.

“뭐라고 할까…… 실로 귀여운데에— 너희는.”

“……고약하신 분. 로즈월 님은 전원의 의도를 알고 계셨을 텐데요?”

“뭐, 스바루 군이나 에밀리아 님, 거기에 렘의 은폐는 뻔했으니까. 네 눈을 속일 수 있다고도, 속이는 의미가 있다고도 여기지 않은 건 사실이지이—.”

“————.”

“여하튼 네 문제 아닌가. 설령 사정을 꿰뚫어 보았어도 애쓰는 렘과 다른 사람의 마음을 소홀히 할 리가 없어. 고민하는 네 옆얼굴은 나에게는 감로였지만.”

"……정말로, 고약하신 분."

저도 모르게 손 위에서 놀아나고 있었음을 깨달은 람이 희미하게 얼굴을 굳혔다. 그런 람의 반응에 어깨를 으쓱인 로즈월은 "아니아니아아—니." 하고 웃었다.

"나에게는 내 방식의 축복이 있어. 오니족의 무덤 앞에서 진혼에 대해 말했지만, 축복 또한 마찬가지야. 속임수 대결은 내 승리…… 이 경우에는, 축하 대결이라고 해야 할까."

축하 대결이라니 퍽이나 우스운 이야기지만, 실제로 헛물을 켜게 된 람은 완패했다.

로즈월의 말이 다 맞다. 렘과 에밀리아, 덤으로 스바루의 배려, 마음씨를 거부하지 못한 시점에서 이날의 패배는 확정된 것이리라.

"축복받고 있지 않나. 패배감은 잊어버리도록. 너는 더, 자기 자신의 어리광을 받아줘도 돼."

"그렇다면, 로즈월 님께서 그래 주시는 게 제일입니다."

"이크크, 이건 긁어 부스럼이었을까아—?"

로즈월의 쓴웃음. 그 웃음에서 따스함을 느낀 람은 자신의 패배감과 타협했다.

그런 식으로 대화가 일단락지어진 순간——.

"야, 람! 너, 장난 아니었다고! 하마터면 얼굴이 없어질 뻔했어!"

얼굴을 다 씻은 스바루가 렘과 에밀리아를 데리고 돌아왔다. 그 엄포에 람은 "핫." 하고 콧방귀를 뀌었다.

"그 편이 더 볼 만해졌을 터잖아. 아까운 짓을 하기는."

“달걀귀신 쪽이 더 볼 만하다니, 너, 그렇게나 내 얼굴이 싫냐? 아껴 주라고!”

소란스럽게 불평을 늘어놓는 스바루에게 람은 어깨를 으쓱이고 탁자의 늘 앉는 자리——가 아니라, 준비된 상석, 끝자리에 앉았다.

왠지 모르게 안정이 되지 않지만, 그 사실을 다른 사람이 알아차리는 건 몹시 마뜩잖았다.

“저기, 람, 브를루 돼지 통구이는 어때? 만족할 수 있겠어?”

“죄송합니다, 에밀리아 님. 람은 고기 요리를 별로 좋아하지 않아서…….”

“그럼 왜 이거 달라고 한 거니?!”

다소 투정을 말해도 되는 날이라고 여겼기에 람은 돼지고기를 싫어한다고 솔직하게 고백했다. 불쌍한 돼지의 처리는 스바루와 에밀리아에게 맡기고, 람은 감자 요리들을 만끽했다.

스바루와 에밀리아가 돼지 통구이에 악전고투하고, 베아트리스가 팩과 로즈월에게 놀림받으면서 디저트를 즐긴다. 머리 위, 자매의 초상화에선 두 사람이 미소 짓고 있어서, 참으로 람이 기대한 것과 딴판인 ‘축하 파티’가 되고 말았다.

하지만——.

“——언니.”

옆에 앉은 렘이 슬쩍 표정을 살피고 있다. 그것은 무언가를 숨기고 있었다는 데에 따른 미안함이며, 동시에 람이 이 생일 파티를 어떻게 여기는지에 대한 기대와 불안이었다.

"바보구나."

람은 미소와 함께 걱정스러운 눈치인 렘의 머리를 쓰다듬었다. 그러자마자 렘은 허락을 받은 것처럼 눈을 빛내다가 귀엽게 꾸민 과자를 내밀었다.

"언니, 생일 축하드려요."

람은 미소 짓는 렘에게서 과자를 받고 숨을 들이마셨다가, 미소를 돌려주었다.

"응, 렘도 생일 축하해. ——정말로, 람은 렘이 동생이라 행복해."

진심으로, 한없는 애정을 담아서, 람은 렘에게 축복의 말을 선물했다.

"——생일, 축하해!"

그 직후, 로즈월 저택에는 축복의 말이 오갔다.

——왜냐면 이날은 생일. 1년에 한 번, 누구나 주역이 될 수 있는 날이니까.

13

"그나저나, 바루스나 에밀리아 님 주제에 건방졌네요."

"하하하. 다 끝나고 나서 악담이라니, 너도 꽤 귀여운 짓을 하아—지 않나."

작게 웃으며 로즈월이 자신의 가슴팍에 몸을 기댄 람의 머리를 쓰다듬었다. 그 손바닥의 감촉을 즐기면서 람은 숨기지 못한 불만에 입술을 깨물고 있었다.

밤, 저택의 최상층에 있는 집무실에서 일과인 뿔에 난 상처의 치료를 받는 중이었다. 그 치료의 여운에 잠기면서 오늘 하루에 있던 일을 대화하면서 돌아보았다.

"로즈월 님도 음모에 가담하시느라 수고하셨습니다. 바루스나 에밀리아 님의 꿍꿍이는 너무 유치해서 로즈월 님께는 따분하셨으리라 생각합니다만."

"이크, 그건 비꼬는 말이군? 뭐, 그건 그거대로 즐길 수 있었으니 나쁘지 않더군. 이따금 동심으로 돌아가는 것도 가주 자리를 차지하기 전의 기억이 나서 나쁘지 않아."

"그 정쟁과, 바루스의 장난질은 같은 저울에 올릴 수 없을 줄로 압니다."

대귀족으로서 태어나 그 지위를 유지해 온 로즈월의 인생은 음모와 암약이 필수인 정치 투쟁으로 얼룩져 있다. 그것을 스바루의 놀이와 같이 볼 수 없으리라.

그렇다. 결국 생일 파티는 놀이였다. 놀이이기에 스바루나 에밀리아로 좋았던 것이다.

"네가 바란 대로, 렘을 생일 파티로 기쁘게 하려면 스바루 쪽이 적임이었지. 내 암약 같은 건 없는 거나 마찬가지야. ……너는, 간파해도 방해할 수 없으니까."

"……굳이 분위기를 해칠 이유가 없었을 뿐입니다."

"그런가? 그럼, 그런 걸로 해 두우—도록 하지."

의미심장하게 웃는 로즈월은 람의 속내야 완전히 내다보고 있으리라. 뿔의 상처를 통해서 가장 깊은 부분까지 건드리고 있는 판국이다. 이제 와서 숨길 수도 없다.

그렇기에 람이 이 자리에서 할 수 있는 반격이라면——.

“렘이나 에밀리아 님, 바루스의 축복은 받았습니다만…… 로즈월 님으로부터도, 뭔가 받아도 상관없을까요?”

“——물론. 이렇게 말하면 자기 목을 조르는 것 같지만, 네 귀성에 따라간 하루 중 밤의 시간은 사용하지 않은 채로 남아있으니 말이야. 뭔가 용건이 있으면.”

“——그렇다면 잠시 동안, 지금 이대로.”

선수를 쳐서 그렇게 말한 람의 시선을 지척에서 받아낸 로즈월이 숨을 죽였다. 람은 로즈월의 드문 반응을 볼 수 있어서 비로소 만족감으로 가슴을 채웠다.

“그런 걸로 좋겠나?”

“그런 것이, 좋은 거예요.”

그 이상 말할 필요도 없이, 람은 조용히 로즈월에게 몸을 내맡겼다.

행복한 렘의 웃음과, 사랑하는 상대의 온기와, 소란스럽고도 싫어할 수 없는 이들의 축복이 있어서—— 그럭저럭 나쁘지 않은 생일이었다고, 달밤에 람은 미소 지었다.

《끝》

『바보 삼총사가 간다! 저주받은 여신상 편』

1

그것은 호화현란, 찬란한 상류 계급 세계의 견본 같은 광경이었다.

입식(立食) 형식의 파티, 파티장의 실내 장식은 화려하게 호사를 부릴 대로 부렸으며, 호화로운 건물에는 귀중한 자재가 대놓고 넘치듯 사용되었다. 오늘 밤의 파티를 열려고 도대체 총액이 얼마나 들었을지 생각만 해 봐도 어지러울 지경이다.

파티 참가자는 고급스러운 복장을 한 신사숙녀 여러분으로, 고상한 모습 뒷면에 매서운 날을 숨긴 대화로 항상 상대와의 격을 겨루고 있었다.

그야말로 까마득히 높으신 분들의 세계── 뭉뚱그려 상류 계급이라고 해도 그 상류 계급 중에서 더욱 한 줌의 인간만이 들어설 수 있는, 별천지의 방식이 작용하는 공간이다.

솔직히 자신과는 일평생 인연이 없을 세계라고 여겼지만──.

"어째서 또 이런 식으로 얽히게 되었을까요……."

누구도 듣지 못할 중얼거림이 파티장 구석에서 살짝 흘러나왔다.

오른쪽이나 왼쪽이나 높으신 분들이 오가는 공간이다. 소시민적 정신성을 가진 사람이라면 왜 내가 이런 곳에 있느냐며 머리를 감싸 쥐고 싶어질 만도 하다.

"돌아보면 돌아볼수록, 왜 저는 이 방법을 선택한 건지……."

파티에 오기 전부터 내내 고민하던 '지나간 문제' 를 떠올리면서 슬쩍 시선을 정면으로, 파티장의 인파 쪽으로 돌렸다.

사람이 많은 파티장이지만 그중에도 유달리 눈길을 끄는 공간이 몇 군데 있다. 그중에서 처음 눈이 간 곳이 광대 차림의 인물을 중심으로 이루어진 인파다.

자산가 등 부유층이 참가한 파티인 만큼, 초대객의 의상에도 다양한 장난기가 있다. 그것들과 비교해도 그 인물의 해괴한 복장은 남달랐다. 물론, 그 인물이 눈에 띄는 것은 외견적 요인만이 아니라 입장적인 문제도 있다.

여하튼 그 인물은 이 파티장 내에서도 유달리 높은 지위에 있는 것이다.

따라서 현재의 루그니카 왕국의 권세를 뒤흔드는 한판 승부 중에 그가 맡을 역할을 아는 이들이 조금이라도 좋은 인상을 남기고자 노력하는 것은 당연한 일이었다.

그런 사람들과 딱히 모난 데 없는 대화를 나누던 광대 차림의 인물이 시선을 눈치챘다. 그는 좌우의 색이 다른 눈 가운데 한 쪽을 찡긋해 윙크를 보냈다.

"남의 맘도 모르고…… 아냐, 저건 알면서 짓는 표정이네요."

서글프게도 상대의 속내가 그 정도는 보이게 되어서 달관의 경지에 이르렀다. 어깨를 축 늘어뜨리고 옆을 보니 또 다른 인파에 낯익은 얼굴이 있어 얼굴이 실룩거렸다.

"오호호, 왜 이러세요. 그웨인 님도 빈말이 참 능숙하셔요."

그렇게 말하며 입가에 손을 짚고서 미소 짓고 있는 것은 눈에 박력이 있는 여성이었다. 희귀한 흑발과 칠흑의 드레스가 어우러져 행동거지에 기품이 우러나오는 인물이었다.

말하는 재주든 듣는 재주든 다 좋은지, 여러 남성에 둘러싸였음에도 웃음을 나누며 참으로 화목한 공간을 만들어내어 사교계를 멋지게 헤쳐 나오고 있는 모습이다.

재주도 많다고 감탄해도 될지, 어이없어하는 편이 나을지 판단이 서지 않는다.

거기서 약간 떨어진 곳에는, 날카로운 눈매의 금발 여성이 말을 붙이는 남자들을 말없이 내치고 있어서 관계자 간 명암이 극심한 낙차를 그리고 있다.

그리고 그런 광경을 바라보는 방관자 기분인 이쪽에도——.

"아가씨, 파티는 지루하십니까?"

불현듯 벽 근처에 머물러 있는 자신에게도 남성 손님이 말을 건넸다.

부자는 여유가 있기에 태도 곳곳에 흑심이 없는 배려가 느껴진다. 이런 면은 상류 계급의 강점이라고 속으로 판정하면서 표정은 미소를 지어냈다.

"아니요, 사람이 많다 보니 약간 어지러워서. 평소에는 별로 이런 곳에 참가할 일이 없다 보니……."

"그렇군요. 확실히, 아름다우신데 처음 뵙는 얼굴이라고 생각했습니다. 괜찮다면 방명을 여쭈어도 되겠습니까?"

'아름답다' 는 한마디에 쓴웃음이 나올 뻔했으나 가까스로 직전에 참아냈다. 그리고 그 쓴웃음의 충동을 몽땅 그윽한 미소로 돌린 뒤, 치마를 손끝으로 잡아 인사했다.

그리고, 이름을 밝혔다.

"——오드리 수플레라고 합니다."

누가 오드리 수플레냐고 오토 스웬은 속으로 투덜거렸다.

머리를 치장하고, 몸에 드레스를 입고, 희미하게 화장까지 한 상태로.

2

——시간은, 첫머리의 파티장 장면에서 36시간쯤 거슬러 올라간다.

"이건, 틀림없이 감기여요."

붉은 얼굴로 자기 방의 침대에 누워 있는 람의 용태를 확인한 금발의 메이드—— 프레데리카는 느릿느릿 고개를 가로젓고 비정한 진단을 내렸다.

그 진단에 침대의 람은 "그래." 하고 짧게 대답했다.

"오진이야. 람은 아무렇지도 않아. 프레데리카의 말은 믿을 게 못 되는걸."

"이 아이는 참 무슨 말을 그렇게 하나요. 오기는 그만 부려요. 이러다가 남 앞에서 쓰러지기라도 하면, 가장 곤란해지는 건 누구 같아요?"

"큭, 비겁해……."

몸을 일으켜 침대에서 내려오려던 람의 얼굴을 프레데리카가 눌렀다. 프레데리카의 지적에 람은 뺨을 굳히고 분한 표정으로 고개를 내리깔았다.

"비겁하니 마니 맘대로 말씀하시어요. 아무튼 람은 며칠 쉬도록 해요. 가뜩이나 당신은 몸이 좋지 않으면 오래 가니까, 몸조심해야지요."

"하지만, 람이 자고 있으면……."

"——주인어른께는 제가 말씀을 드려 두겠어요. 대안도 궁리해야만 하니까요."

그렇게 말한 프레데리카는 붉은 얼굴로 노려보는 람의 이마를 눌러 강제로 베개로 내쫓고 휴식하라 일렀다.

이 고집스러운 후배는, 이렇게라도 하지 않으면 마음 놓고 쉬지도 못한다.

그러니까 뒷일은——.

"어떻게 잘해 둘 테니까, 당신은 얌전히 쉬고 있어 주시어요."

힘차게 떠맡으며 안심시켜 주는 것이 제일이었다.

"그렇게 됐으니, 람은 며칠 안정해야 한답니다. 여러분께 옮아도 큰일이기에, 그 아이 방에 가는 건 되도록 피해 주세요."

식사 자리에서 프레데리카로부터 람의 상태에 관한 통지가 있었다.

로즈월 저택의 식당, 한자리에 모인 식사 때 에밀리아 진영의 구성원들은 그 보고에 제각기 반응했다. 스바루는 팔짱을 끼고 고개를 모로 꼬았다.

"람의 몸 상태가 안 좋다고. 귀신상사도 고뿔 앞에는 꼼짝 못하네."

"아유, 스바루는 또 요상한 말을……. 그래서, 람은 괜찮니? 정말로 그냥 감기야?"

"네, 걱정하지 않으셔도 된답니다. 단지 에밀리아 님도 중요한 시기이시니, 람도 감기를 옮기고 싶지 않다고…… 아마 생각은 하고 있을 거예요."

"거기서 확신을 가지지 못하는 점이 언니분이란 느낌이네."

애매한 프레데리카의 말에 스바루는 쓴웃음 지었다.

'감기는 옮기면 낫는다던데.' 같은 말씀은 할 법한 게 람이라서 프레데리카가 명언하지 못하는 것도 수긍이 갈 지경이다.

어쨌든 람의 건강은 걱정스럽지만 경과를 지켜보며 회복을 기다릴 수밖에 없을 것 같았다. 스바루도 이세계의 감기에 면역은 없을 테니, 까딱하다가는 증세가 깊어질 수도 있다.

"실제로 이쪽에서 감기라도 걸리면 난 어떻게 되지……? 저기, 에밀리아땅. 감기 걸린 추억은 있어? 역시 힘들어?"

"어? 나? 미안해. 나, 감기 걸린 적이 없으니까 몰라서……."

"아, 그래? 감기 걸린 적이 없구나. 별일이네."

옆에 앉아 있는 에밀리아가 스바루의 질문에 눈썹을 난처하게 구부리며 대답했다. 그러고 나서 알통을 척 만들더니 깜찍하게 큰소리를 쳤다.

"퍅의 말을 잘 지키고, 잘 먹고, 따뜻하게 잔 덕분일까? 난 옛날부터 엄—청 건강하거든."

"미용에나 건강에나, 퍅의 조언은 자못 정곡을 찌르고 있단 말이야……."

무럭무럭 참하게 큰 에밀리아의 미모에는, 타고난 소질은 물론이거니와 퍅의 후천적인 조언의 효과도 적잖게 있을 것이다.

아름다움이란 몸가짐 곳곳에 드러나기 마련이다. 그 점에서도 에밀리아는 만점이었다.

"하지만 이쪽 세계의 감기 걸린 경험에 참고가 되지 않는군. 베아코, 너는 감기 걸리거나 한 적이…… 없겠네."

"당연한 것이야. 베티를 흔해빠진 인간이랑 똑같이 보면 곤란해. 감기 같은, 그런 잘 모를 것의 영향을 받을 만큼 약하지 않은 것이야."

"으—음, 도움이 안 되는 의견을 가슴 펴고 말하는 구석이 귀여워."

스바루는 가슴을 펴고 대답한 베아트리스의 머리를 부드럽게 쓰다듬었다. 대신에 동석자인 가필과 오토 둘에게 기대감 서린 눈길을 돌렸지만, 그만두었다.

"너희도 왠지 감기랑 인연이 멀 것 같은 분위기가 끝내주네."

"그게 무엇을 보고 나온 의견인지 궁금한데요……. 실제로

저도 감기에 걸린 적은 없으니 반론할 수 없단 말이죠."

"이 어르신도 없어. 누님, 람 녀석 치유 마법으로 안 나아?"

두 사람의 대답은 짐작에 어긋나지 않는다. 이어진 가필의 물음에 프레데리카는 고개를 가로저었다.

"가프의 마음은 이해해요. 다만 안타깝게도 그 아이의 경우에는 체질적인 문제도 있기에 치유 마법 종류로는 고칠 수 없답니다."

"……쯧, 그러냐. 알았어."

가필은 람에게 마음이 있다. 정인이 힘들어한다는 소식에 평정을 못 찾는 기색이지만, 누나의 의견을 완강하게 쳐낼 만큼 고집스럽지도 않다.

부상의 치료와 병의 쾌유는 다른 문제, 치유 마법도 만능이라고는 할 수 없는 모양이었다.

"저요! 스바루 님, 저, 감기 걸린 적 있어요!"

"오오! 역시 페트라! 내 기대에 부응해 주는 건 너뿐이야! 아니, 에밀리아땅이랑 다른 사람들도 기대대로랄까 예상대로였지만."

"에헤헤, 맡겨 주세요. 저기 있죠, 엄청 머리가 멍해서 힘들었어요!"

"그렇겠지!"

기운차게 거수한 페트라의 체험담에 스바루는 자신의 감기 기억과 일치하는 것을 확인.

열이 올라서 괴로워하던 밤, 어머니가 설탕과 소금을 잘못 넣은 죽을 두고 간 것과, 그걸 훔쳐 먹은 아버지가 몸부림치던 기억이 되살아난다. 멀쩡한 추억이 아니었다.

그런 이야기를 하고 있으려니——.

“스바루, 나아—에게는 물어보지 않나 보지?”

식탁 가장 안쪽 자리에 앉은 로즈월이 손을 살랑살랑 흔들며 그런 소리를 했다. 관심을 호소하는 태도에 머리를 긁은 스바루는 “아니.” 하고 입을 열었다.

“딱히 물어봐도 상관없지만, 어차피 로즈월도 감기 걸린 적 없을 거잖아?”

“어이쿠, 섭섭한거얼—. 이래 봬도 나는 어릴 적에 아주 병약한 소년이었는데. 감기와는 별개지만 제법 고생하며 지냈다아—는 말이지.”

“허어, 흐응—.”

“어라, 흥미가 없어 보이는군.”

“어디까지 믿어도 될지 모르겠다는 점도 있고, 페트라의 에피소드 쪽이 임장감과 귀여움이 있었으니까 페트라 승리. 페트라 우승.”

“만세! 내가 우승이야!”

기뻐하는 페트라가 달려와서 스바루는 그녀와 하이터치. 그대로 페트라를 안고 빙글빙글 돌아서 “와—.” 하고 즐겁게 놀아 준 뒤에 바닥에 내려놓았다. 베아트리스가 불만스러운 내색이어서 똑같이 베아트리스도 안고 빙글빙글 돌려 주었다.

“후훗, 스바루는 둘이랑 아주 친해졌네. 나도 해 보고 싶은데.”

“에밀리아땅을? 뭐, 에밀리아땅은 천사의 깃털처럼 가벼우니 괜찮지만, 자못 뜻밖의 의견……."

"페트라랑 베아트리스, 안는 감촉이 엄—청 좋을 것 같은걸."

"아, 안고 돌리는 쪽? 그럼, 자, 여기요."

"베티를 물건처럼 건네지 마!"

안고 있던 베아트리스를 넘기자 넘겨진 베아트리스가 항의했다. 하지만 에밀리아는 기쁜 듯이 베아트리스를 안고 그 자리에서 빙글빙글 돌기 시작했다.

그건 참 흐뭇한 광경이지만——.

"에밀리아 님의 즐거움에 찬물을 끼얹는 것 같아서 뭐합니다만, 아마 내일 밤, 람 씨는 변경백의 수행원으로 외출할 예정이 있지 않았던가요?"

"감사합니다, 오토 님. 그래요, 그게 문제예요."

거수한 오토의 말에 프레데리카가 지금부터 본론이라며 표정을 다잡았다.

그 문제는, 바야흐로 오토가 지적한 것과 같은 내용이었다.

"내일 밤, 람은 주인어른을 수행하며 그웨인 멜레테 님께서 주최하시는 파티에 출발할 예정이었습니다. 하지만 람은 감기에 걸리고 말았기에……."

"로즈찌가 혼자서 외로이 파티에 참가한다?"

"람을 생각하면 그으—것도 하는 수 없는 얘기지만. 공교롭게도 그웨인 선생의 파티에는 참가 자격이 필요해서, 여성 동반자가 필수 불가결해애—."

"뭐야, 그 조건……."

그런 어처구니없는 조건이 어디 있느냐며 스바루가 프레데리카 쪽을 쳐다보았다. 프레데리카는 진지한 표정으로 끄덕이고 장탄식을 흘렸다.

"농담 같은 이야기입니다만, 사실이어요. 그웨인 님께서는 왕국의 서쪽…… 즉, 주인어른의 메이더스령이 중심인 상공회의 대표입니다. 대단히 유능하신 분입니다만, 다소 까다로운 점이 있으셔서……."

"높은 사람이라며? 까다로운 점이라니?"

"주인어른과, 죽이 맞는 벗이시랍니다."

"우와아."

그 한마디로 즉각 아직 보지 못한 그웨인이라는 인물이 얼마나 성가신지 이해되었다.

그걸로 식당 전원이 프레데리카가 떠안은 불안을 공유했다.

"그래서, 그 로즈월 친구의 파티가 여성 동반자 필수? 이유가 없어도 완전 납득하겠지만 이유가 있어?"

"뭐어— 그웨인 선생으로서는 파티의 흥을 돋우고 싶다는 것 이상의 의도는 없지 않을까아—. 실제로 매우 성황이라서 말이야. 유력자가 자신의 딸을 동반자로서 선택하고, 유망한 젊은이와 상견례시키려는 장소로서도 이용되고 있어."

"오호라, 사교계라는 느낌이군……."

스바루에게 소위 상류 계급의 사교장인 파티는 귀족 자녀끼리 만나는 장소로 활용될 때가 많다는 선입관이 있었다.

실제로 지금 이야기를 들으면 꼭 틀리지만도 않은 인상 같다.

"그래서, 람이 갈 수 없어졌으니까 어떡하느냐는 얘기야? 다른 후보는 없고?"

"람이 못 간다면 누님은 안 되는 거냐. 아아, 누님이라면 덩치 크고 얼굴이 무서우니까 데리고 다니는 쪽의 평판이…… 아팟!"

"가프 씨, 방금 말은 화났어요."

가필의 발언이 프레데리카 본인이 아니라 프레데리카 추종자인 페트라의 역린을 건드렸다. 귀가 잡아끌린 가필이 아파서 콧잔등에 주름을 잡았다.

"페트라 덕에 가프에게는 아무 말도 하지 않겠습니다만, 제가 주인어른과 동반하는 건 어렵겠네요. 람의 간병도 해야 할 걸 생각하면 저택 내 업무를 돌릴 수가 없어요."

"으~."

저택을 페트라에게 맡기고 며칠 비우는 데에는 불안이 남는다는 프레데리카의 의견. 그 말을 들은 페트라는 자신의 모자란 역량이 분한 기색으로 볼을 부풀렸다.

"아, 그럼, 다들 어려운가 보니 내가 같이 갈까?"

"아니, 에밀리아땅, 그건 좀……."

대안으로 베아트리스를 무릎 위에 태운 에밀리아가 자기 추천했다. 하지만 그것은 문제가 있을 거라고 스바루 쪽에서 스톱을 걸었다.

별달리 에밀리아를 사교계에 내보내는 데에 불안이 있다는 이야기가 아니다. 불안이 없는 것은 아니지만, 이번의 스톱은 그것과는 다른 이야기다.

"저도 나츠키 씨와 같은 의견입니다. 여기서 에밀리아 님께서 변경백과 함께하시면, 파티의 참가자들이 그럴 경황이 아니게 되니까요……."

"그거, 내가 하프엘프라서?"

"그게 아니고, 에밀리아 님께서 왕선 후보자이기 때문이죠."

에밀리아의 불안은 빗나갔다. 가장 큰 문제는 그녀가 놓인 입장에 있다.

루그니카 왕국의, 차기 왕좌를 다투는 왕선(王選)—— 그 후보자 중 한 명인 에밀리아는 이 나라에서 가장 지체 높은 입장인 것이다.

그런 사람이 예고 없이 파티에 참가하기라도 하면 참가자의 혼란은 상상을 초월한다.

"주최자 쪽도 주역을 빼앗겨서 기분이 좋지 않을 테죠. 상공회의 세력권으로 보아 그웨인 씨와는 양호한 관계를 유지하고 싶을 터. 제 말이 틀린가요?"

"틀리지 않지, 틀리지 않아. 역시, 오토는 눈썰미가 좋은걸. 감탄스러워."

"의외라는 투로군요……. 아무튼, 그런 이유로 에밀리아 님께서 변경백과 함께하는 건 피하는 편이 현명하지 않을까 하는 게 제 생각입니다."

"으—응, 알겠습니다. 오토 선생님, 고마워요."

정성 들인 설명에 얌전히 물러난 에밀리아가 "하지만." 하고 말을 이었다.

"그렇다면 누가 로즈월이랑 같이 갈 거야? 나도, 프레데리카도 안 된다면……."

"전 절대로 싫어요."

"빠르다."

귀여운 웃음과 함께 페트라가 즉시 자신이라는 선택지를 소거했다.

그 절대적인 거절 의사에 설득하겠다는 기개마저 솟질 않는다.

"자, 페트라가 안 된다면 마지막 선택지는……."

후보자를 여성으로 한정하면, 람이 빠지고 프레데리카가 빠지고 에밀리아가 빠지고 페트라가 빠져서, 마침내 한 명밖에 후보가 없다.

물론, 잠자고 있는 렘이 후보에 오를 수는 없기에――.

"――베아트리스."

"으……."

에밀리아의 무릎 위, 그녀의 부드러운 몸에 몸무게를 실은 베아트리스가 신음했다. 그녀의 이름을 부른 것은 로즈월, 그 좌우의 색이 다른 눈길이 곧게 소녀를 응시하고 있었다.

이 둘의 관계는 『성역』의 사건을 극복한 뒤에도 복잡하기 그지없었다.

애초에 진영 내 로즈월의 위치가 꽤 아슬아슬한 상황이지만, 그런 관계성과는 또 다른 방면에서 이 둘의 관계는 복잡하게 꼬여 있는 것이다.

물론 베아트리스는 로즈월에게 화가 나 있다. 화내는 게 당연한 짓을 당한 것이다. 그런데도 베아트리스는 정이 많기에.

로즈월이 진심으로 매달린다면 무작정 그 손을 쳐내지 않는다.

따라서——.

"아, 알았어. 마지못하고 마지못하게나마, 네가 바른 대로 부탁한다면 못 들어줄 것도 없는 것이야. 베티가, 너랑 같이 파티에……."

"아아—니, 마음은 기쁘지이—만. 아무리 그래도 너는 동반자로서 너무 어려. 주위에 관계성을 뭐라고 설명할지도 성가시고 말이야아—."

"콱 죽어 버리는 것이야!"

자비를 보이자마자 의견이 싹 뒤집힌 베아트리스가 냅킨을 로즈월에게 던졌다. 그 공격을 유유히 회피한 로즈월은 "자, 그럼." 하고 탁자 위에 깍지를 꼈다.

"그렇게 됐으니, 매우 난처한 사태가 되고오— 말았지. 오토도 말했지만 그웨인 선생과는 이후의 왕선까지 고려하면 양호한 관계를 유지하고 싶어. 그러니 파티에 결석하는 건 피하고 싶은 바야아—."

"사정을 설명해서, 동반자 없이 가는 건……."

"변경백의 기반이 약하다는 인상을 주지. 악수라고 할 수밖에 없겠어어—."

로즈월이 느릿느릿 고개를 저어 스바루의 의견을 기각했다.

솔직히 로즈월의 주장을 어디까지 믿어도 될지 의문이지만, 왕선에서 이겨야만 한다는 점에서만은 로즈월도 공범 관계다.

그렇다면 이번 일도 그만큼 성실하게 착수할 필요가 있다.

"대안, 대안이라……."

에밀리아를 비롯한 진영 내 여성들의 동반은 어렵다.

베아트리스가 안 된다면, 같은 이유로 페트라를 설득해 봤자 참가하기는 힘들 것이다. 그리되면 진영 밖에서 동반자를 모집하는 게 베스트겠지만, 그렇게 편리한 관계자가 근처에 있을까.

"안네로제……로 할 수도 없겠지."

"그 아이는 그 아이대로 애초부터 파티에 초대받았을 가능성이 높으니까. 에밀리아 님을 위해서라고 말하면 기꺼이 협력해 줄 성싶기는 하다마는."

로즈월의 친척에 해당하는 어린 소녀는 절대적인 에밀리아 추종자이기에 단순한 협력 요청이라면 바로 힘을 보태 줄 것이다. 하지만 중요한 그녀 본인이 초대받은 손님이라면 의미가 없다.

그리되면, 여기서는 역시——.

"——마지막 수단에 의지할 수밖에, 없겠군."

"——?"

스바루의 각오를 다진 그 한마디에, 에밀리아가 이상하다는 표정으로 갸우뚱했다.

이 귀여운 얼굴의 소녀를 위한 일이다. ——발 벗고 나서자고 스바루의 결의는 굳어졌다.

3

——이튿날, 로즈월이 파티로 출발할 시간.

저택 앞에는 용차(竜車)가 서서 이미 출발할 준비가 갖추어졌다. 그렇지만 동반자가 없다는 문제는 해결되지 않아 에밀리아는 불안으로 얼굴이 어두웠다.

"스바루는 자기한테 맡겨 두라고 그랬지만……."

파티 참가는 에밀리아의 왕선을 위해 돌파해야 할 관문이다. 그 중대사에 또다시 힘이 되지 못하는 자기 자신이 한심해서 에밀리아는 답답했다.

그런 에밀리아를 위해 스바루가 평소처럼 가슴을 두드리고 장담한 것은 기쁘지만.

"걱정할 필요 없는 것이야, 에밀리아. 스바루가 하겠다고 말했잖아."

"베아트리스……."

"스바루가 맡기라고 했다면 반드시 무슨 생각이 있는 게 확실해. 우리는 스바루가 도와 달라고 할 때까지 묵묵히 앉아서 기다리면 되는 것이야."

에밀리아 옆에서 새치름한 표정의 베아트리스가 그렇게 격려해 주었다. 그 다정한 배려가 기쁘다. 베아트리스는, 정말로 변했다.

그리고 그 변화는 다름 아닌 스바루가 불러들인 것이었다.

"응, 그렇지. 스바루를 믿을게. ……으응, 아니지. 믿고 있어."

"그게 정답이야."

자랑하듯 끄덕이는 베아트리스가 흐뭇해서, 에밀리아는 소녀의 머리를 부드럽게 쓰다듬었다. 베아트리스는 그 손길을 쳐내지 않고 한숨과 함께 받아들였다.

“안심하시어요, 에밀리아 님. 일단, 저와 페트라 쪽에서도 차선책을 마련했답니다.”

에밀리아와 베아트리스의 대화에 마찬가지로 로즈월을 배웅하러 서 있던 프레데리카가 첨언했다. 그녀 옆에는 페트라도 “네!” 하고 주먹을 쥐고 있었다.

“프레데리카 언니와 저의 자신작이에요. 이게 주인어른의 도움이 되는 거라면 싫지만, 에밀리아 언니를 위한 거라서 힘내봤습니다.”

“정말? 왠지 모르겠지만 고마워, 페트라.”

“에헤헤.”

귀엽게 볼을 붉히는 페트라. 분투했다는 보고에 에밀리아는 미소 지었다. 그러나 그 옆에서 프레데리카가 “하지만.” 하고 말을 이었다.

“딱 한 가지, 불안한 점이 있는지라. ……아무래도 람도 무언가 획책하던 모양이라서요. 병상에 누운 상태로 뭘 꾸미고 있는지.”

“오토 씨를 부르던 것 같은데, 뭐였을까요?”

프레데리카의 말에 페트라가 입술에 손가락을 짚고서 갸우뚱했다.

안정 중이어야 할 람이, 진영 내 으뜸가는 일꾼인 오토를 불러낸 것은 확실히 의문이다. 감기가 옮으면 대단히 큰일인데.

“그런데 로즈월이 늦네. 스바루 쪽도 모습이 보이지 않고…….”

“——오래 기다리게 해드려 죄송합니다.”

"어?"

출발 시간이 다가오는데도 로즈월의 모습이 보이지 않아 불안해하는 에밀리아. 그런 그녀의 고막을 별안간 낯선 목소리가 옅게 흔들었다.

"——아."

뒤돌아본 에밀리아는 그 남보랏빛 눈을 크게 떴다. 그녀의 동그란 눈동자에 비친 것은 로즈월 저택의 정문에서 모습을 드러낸, 검은 드레스의 여성이었다.

길고 윤기 있는 흑발과 커다란 리본, 칠흑의 드레스를 걸친 여성. 에밀리아는 그 모습을 본 적이 있었다. 그녀와는 이전에 한 차례 만난 적이 있다.

"……아마, 나츠미 슈바르츠 씨였지?"

"네, 격조했습니다, 에밀리아 님. 기억해 주셔서 영광이에요."

그렇게 말한 뒤 여성—— 나츠미 슈바르츠는 에밀리아 앞에 서더니 우아한 몸짓으로 치맛자락을 잡고 살며시 완벽한 커티시(Courtesy) 동작을 보였다. 그 동작에 뒤늦게 에밀리아도 그녀에게 머뭇머뭇 답례 인사를 보낸다.

미소 짓는 나츠미. 그녀는 이전, 불타기 전의 로즈월 저택에 전설의 요리사가 초대받았을 때, 에밀리아와 같은 식탁에 앉은 신비한 분위기의 여성이었다.

예쁘고 고상하지만, 기묘한 친밀감이 솟는 여성.

마치 친근한 사람처럼 호감이 가는 사람이었지만, 공교롭게도 식사를 마치자마자 저택을 떠나는 바람에 그다지 오래 말을

나누지 못해서 아쉽게 느꼈었다.

“하지만 그 나츠미가 왜 여기에 있는 거야?”

“실은, 나츠키 스바루 님께 부탁받았답니다. ──오늘 밤의, 변경백이 출석하시는 파티에 동반해 줄 수 없느냐고.”

“아…….”

나츠미의 설명에 에밀리아는 그녀가 스바루의 복안이었음을 이해했다. 무슨 인연인지는 불명이지만 스바루와 나츠미는 부탁이 가능한 관계였던 모양이다.

그래서, 오늘 밤 역할은 나츠미가 맡아 주는 거라고.

“어라? 그런데 스바루는 어디에 간 거야?”

“나츠키 님이라면 제가 오늘 밤 파티에 출석하는 것과 맞바꾸어 제 친가에 도움을 주시러. 딱 하루뿐이고 내일이면 돌아오실 거랍니다.”

“……진짜, 스바루는 폼만 잡는다니까.”

에밀리아에게 아무 말도 하지 않고 혼자서 뭐든지 준비하는 구석이 실로 스바루답다. 그 수완에 미소를 띠면서 에밀리아는 나츠미에게 고개를 숙였다.

“와 줘서 고마워. 오늘 밤, 잘 부탁할게.”

“네, 든든한 배에 탄 것처럼 맡겨 주시라. 완벽하게 해내고 말겠답니다.”

나츠미는 자신의 가슴을 탕 두드리고, 그 말만 퍽 남자답게 대답했다.

이걸로 한시름 덜었다고 안도한 에밀리아는 옆의 베아트리스

쪽을 돌아보았는데.

"——응? 베아트리스, 왜 그래?"

"……아무것도 아닌 것이야. 그냥, 믿었던 베티가 바보였어."

"오호호호, 귀여운 아이네요."

떨떠름한 표정으로 베아트리스가 말하고 나츠미는 입가에 손을 짚고서 미소 지었다. 그 모습에 베아트리스의 표정이 더더욱 떫어지지만 에밀리아는 그 의미를 잘 몰랐다.

잘 모르겠다는 거라면, 베아트리스 이상으로 복잡한 기색인 사람들도 그러했다.

"프레데리카, 페트라, 두 사람도 왜 그래? 무슨 일 있어?"

"앗, 아니요, 실은, 저기, 그게……."

프레데리카가 우물거리며 눈이 크게 오락가락했다. 우물쭈물 갈피를 잡지 못할 프레데리카의 대답에 에밀리아가 갸웃했다.

"실은! 프레데리카 언니도, 친구더러 와 달라고 부탁해서요!"

거기서 프레데리카를 대신해 페트라가 소리를 높였다. 그녀는 허둥지둥 손을 이리저리 흔들면서 빠르게 에밀리아의 의문에 대답했다.

"저택에서, 그 친구가 옷 갈아입는 걸 거들었거든요! 그래서, 주인어른의 동반자는 이제 괜찮다 싶었는데……."

"아, 그랬었니? 하지만 그러면 어쩌지. 나츠미도 있는데……."

이래서는 동반자가 없다는 문제가 아니라, 동반자가 많다는 문제가 발생하고 만다.

적은 것보다 많은 쪽이 나은 걸까. 사교계 지식이 영 일천한 에밀리아에게는 판단이 되지 않는 난제지만——.

"——기다리셨군요오—. 준비가 다 됐습니다."

"로즈월! 큰일 났어, 실은……."

당사자인 로즈월의 목소리에 에밀리아는 허둥지둥 그쪽으로 돌아섰다. 동반자가 지나치게 많은 문제에 대해 에밀리아는 그의 의견을 구하려다가——.

"————."

그 로즈월이, 좌우에 각각 다른 여성을 데리고 있는 모습을 목격했다.

한쪽은 긴 금발에 비췻빛 눈동자가 특징적인 작은 몸집의 여성이다. 전체적으로 몸을 감싸듯이 낙낙한 드레스를 입고 등을 곧게 펴며 걷고 있다.

분위기는 왠지 프레데리카와 닮아서 신장을 제외하면 이목구비도 닮았을지도 모른다. 아마도 이쪽 여성이 프레데리카의 친구일 것이다.

그렇다면, 그 옆의 여성은 누구인 걸까.

"으으……."

갸름한 인상에 물결치는 잿빛 머리카락을 아름다운 장식으로 꾸민 여성이다. 중성적인 생김새지만 옅은 화장이 단정한 미모를 더욱 부각하고 있다. 하얗고 가녀린 어깨를 노출한 드레스 차림새가 잘 어울리며, 고개 움츠리고 걷는 모습만이 아쉬웠다.

"음, 저, 로즈월, 그 두 사람은……."

"에밀리아 님, 소개하겠습니다. 이쪽은 가넷 양과 오드리 양입니다. 마침 저택 현관에서 만나서요. 아무래도 프레데리카와 페트라, 람이 저를 위해서 신경을 써 준 모양이더어—군요."

"프레데리카랑 페트라 말은 들었지만, 람도 그랬어?"

그 설명으로 보건대, 잿빛 머리의 여성—— 오드리라고 로즈월이 소개한 그녀가 람이 동반자로서 대리를 부탁한 여성인 것이리라.

결국 진영 내의 모두가 저마다 신경을 쓴 결과, 동반자가 세 명이나 나타나고 말았다.

"……이런, 저기 계시는 건."

"——오랜만이네요, 메이더스 변경백님. 나츠미 슈바르츠여요."

에밀리아와 나란히 서서, 동반자로 입후보한 나츠미를 로즈월이 눈치챘다. 에밀리아는 "그렇게 됐어." 하고 나츠미의 어깨를 건드리며 말했다.

"스바루가 부탁해서 나츠미가 와 줬거든. 하지만……."

"아니요. 과연, 그렇습니까. 잘 와 주셨습니다, 나츠미 양. 그렇다면 다소 변칙적이기는 합니다만……."

거기서 로즈월의 미소가 깊어지고, 한쪽 눈을 감고 나츠미를 파란 눈에 비추었다. 그 뒤에 에밀리아 앞에서 동반자 후보 여성들을 손으로 가리켰다.

"이번 파티, 세 분을 동반해서 출석하기로 할까 합니다."

그리고 제법 대담한 선택지를 선택함으로써 상황을 멋지게 진전시켰다.

4

그런 로즈월의 막무가내 제안으로 나츠미를 비롯한 세 사람을 동반자로 대동한 로즈월은 곧장 용차를 몰아 파티장으로 출발했다.

그렇게 멀어지는 용차 뒷모습을 배웅하면서——.

"……프레데리카 언니. 저기, 괜찮은 걸까요?"

"그러……게요. ……겉모습은 완벽하게 꾸몄지만, 알맹이가 알맹이이니 말이에요."

불안스러운 페트라의 중얼거림에 프레데리카가 입가를 가리고 생각에 잠겼다.

묘안이라고는 말하기 어려운, 꽤 궁색한 작전을 강구했다 생각했는데 설마 비슷한 발상을 떠올린 사람이 달리 두 명이나 더 있었을 줄은 예상 밖이었다.

이것이 득이 될지 독이 될지, 솔직히 미지수의 요소가 너무 크다.

"하지만, 아마 괜찮을 거예요. 봐요, 오토 님이 계시잖아요."

"그렇지요. 오토 씨가 있으니까."

그 불안한 마음을 프레데리카와 페트라는 한 청년에 대한 기대로 밀어냈다. 그런 두 사람의 대화에 귀를 기울이던 베아트리스는 이마에 손을 짚고 한숨지었다.

베아트리스도 자초지종을 알고 있는 한 명으로서 한마디 보탰다.

"나 참, 정말로 바보 같은 결론인 것이야. 베티의 파트너라는 자각이 부족해."

"얘, 베아트리스. 스바루만이 아니라 오토랑 가필도 안 보이는데 둘은 어디로 간 걸까?"

"————."

갸웃거리며 유일하게 완전히 속아 넘어간 에밀리아 앞에서 베아트리스는 막막해졌다. 스바루의 마음을 생각하면 파트너로서 어떻게 대응해야 할까.

일단, 진실은 가르쳐 줄 수 없겠다고 베아트리스는 다시 깊은 한숨을 쉬었다.

"푸에취!"

"으헉! 더러워! 제대로 입을 손으로 막고 재채기하라고!"

달리는 용차 안, 갑작스러운 오드리의 재채기에 나츠미가 직전까지 숙녀인 체하던 분위기를 지우며 언성을 높였다.

그 목소리에 가넷이 "역시 대장인가." 하고 침묵을 깨며 입을 열었다.

"굉장한데, 대장. 여자로밖에 안 보여. 냄새가 대장인데, 대장이란 확신이 생기지 않을 정도야. 어떻게 되어 먹은 거야?"

"왕년의 가락이랑, 노력과 연마가 빛을 발한 느낌이지. ——어떻사와요? 제 목소리, 확실하게 여성으로 들리시지요?"

"끝내주네!"

가볍게 헛기침하고 어조를 바꾼 나츠미의 대사에 가넷이 무릎을 쳤다. 좌석에 앉아서 다리를 벌린 가넷, 감히 숙녀가 할 수 없는 자세에 나츠미가 눈썹을 찌푸렸다.

"한 식구의 눈길밖에 없다고는 해도 보기 흉해요, 가넷. 그런 식으로 역할을 다할 수 있겠어요? 프레데리카에게 혼나도 몰라요."

"으극…… 아, 알아. 이 어르신도 일단 받아들인 역할이니까."

날카로운 지적에 다리를 오므리고 살짝 몸을 비스듬히 기울인 가넷이 미소 지었다. 미묘하게 뺨을 실룩거리고 있지만 프레데리카—— 아니, 페트라의 화장이 낳은 결과물인가. 그녀의 정교한 수완으로 가넷은 누이와 많이 닮은 미모의 단편을 획득했다.

말없이 미소 짓고 있으면 체격이 숨겨진 까닭도 있어서 성별은 간파당하지 않을 것이다.

그리고——.

"그래서, 당신은 언제까지 침묵하고 있을 셈이에요? 슬슬 각오를 단단히 세우는 편이 좋지 않은가요?"

"제가 보기엔 그렇게 각오가 꽉 잡혀 있는 쪽이 더 신기하거든요?!"

"오호호호호."

입가를 손으로 가리고 카랑카랑하게 웃는 나츠미의 모습에 오드리가 얼굴을 붉히고 고함쳤다. 그러나 오드리는 바로 자신을 부끄러워하듯이 "아—!" 하고 얼굴을 손으로 가렸다.

"왜 일이 이렇게! 애초에, 저 말고 두 명이나 있다면 이런 비상수단을 취할 필요 없었는데! 속았어!"

"속았다니 누가 듣고 오해하겠네. 아무도 속이지 않았답니다. 단지 의사소통이 원활하지 않은 바람에 전원의 좋은 의도가 폭주했을 뿐이지요."

"그래그래."

이 세상의 종말처럼 절망적으로 한탄하는 오드리. 그 어깨를 자상하게 두드려 주던 나츠미가 "어머나." 하고 눈을 동그랗게 떴다.

"생각 이상으로 손댄 구석이 없네요, 당신. 소재의 맛을 살려 놨어요."

"그 평가, 전혀 달갑지 않거든요?!"

"람의 솜씨란 거겠지. 오토 형도 용케 받아줬어."

"나츠키 씨랑 가필에겐 그런 소리 듣고 싶지 않아요!"

가넷—— 아니, 가필을 오드리 말고 오토가 타박했다.

설명할 필요도 없지만 금발 여성으로 분한 것이 가필이고, 잿빛 머리 여성으로 꾸민 것이 오토다.

그리고 마지막 나츠미 슈바르츠야말로——.

"다들 아시는, 나츠키 스바루의 거짓된 모습이란 것이지요."

"저기, 왜 그렇게 신난 데다 완벽한 거예요? 목소리까지 바뀌었잖아요?"

"실은 전에 목소리를 바꾸지 못한 게 원인으로 실패한 적이 있었거든. 그 이후로 설욕할 기회를 대비해서 연습했지 뭐야."

덧붙여서 나츠미—— 스바루의 본격적인 여장은 크게 보아 이번이 세 번째지만, 죄다 음색을 임시방편으로 때우려다가 실패했다. 첫 번째는 꼴사납게, 두 번째는 팩을 목덜미에 숨기고 대신 말하게 했지만, 결과는 짐작하는 대로다.

"역시, 자신의…… 어흠. 자신의 기능으로서 체득하는 편이 신용할 수 있지요."

"노력한다고 체득되는 거랍니까, 여성의 성대모사가……."

그렇게 말해도 연습했더니 되니까 어쩔 수 없다.

참고로 오토는 원래 목소리가 그럭저럭 카랑카랑해서 살짝 의식하기만 해도 충분히 중성적인 음색으로 처리될 터다.

"하지만 가필은 어렵군. 그쪽에 도착하면 말을 안 하는 편이 나을걸."

"오오, 누님도 그러더라. 침묵하며 넘길 것, 웃고 있을 것, 인사를 할 것이라네."

"뭐, 그걸 철저하게 할 수 있으면 문제없나. 그나저나……."

가필에게 철저한 행동거지를 주문한 뒤, 스바루는 말을 끊었다. 용차 안, 너무나도 변모한 두 동료를 번갈아 쳐다보다가 입을 열었다.

"의외로 여장이 잘 맞네. 스파이 대작전 같아."

"의외로 잘 맞고 싶지 않았어요! 두 사람은 왜 여장을?"

"이 어르신은 누님이랑 페트라한테 설득받아서. 솔직히 좀 봐달라 싶었지만……."

"싶었지만?"

"람 대신이라잖아? 해 준다면 좋아할 거라고 그러더라고."

코 밑을 손가락으로 쓱 문지르고 쑥스러워하는 가필. 동생 같은 지인의 그 변모한 태도에 스바루와 오토는 얼굴을 마주 보았다. 불쌍하다. 완전히 연심을 이용당하고 있다.

프레데리카와 페트라도 수단을 따지지 않고 있었다.

"그래서, 가필은 좋다 치고, 오토 너는? 여장이 어울리는 건 그렇다 쳐도 스스로 하고 싶었던 건 아니지? 람이 뭐라고 설득했어?"

"그건 저기…… 웬일로, 람 씨가 얌전하게 부탁을 했기 때문이에요. 이번 일을 놓치면 왕선에도 큰 영향이 생기니 어쩔 수 없이 부득이한 선택을……."

"……으—음. 그것뿐? 그것뿐이라면 아무리 그래도 설득력이 부족하지 않냐?"

"그, 그런가요?"

물론 람이 얌전하게 부탁한다는 드문 상황에 맞닥뜨렸을 때, 스바루도 평소처럼 평정을 유지할 수 있을지는 알 수 없다. 그렇지만 그게 이유로 판단력을 잃었다 쳐도, 일부러 여장까지 승낙하는 건 다소 부자연스럽다.

"헉! 설마, 오토, 너……."

"뭐, 뭐죠?"

"실은 남몰래 여장 희망이 있었던 거냐? 그러니까, 이 기회를 틈타서……?"

"그게 어마어마한 진실을 깨달았다는 표정으로 할 소리예요?!"

대경실색한 표정을 지은 스바루의 추리에 오토가 침을 튀기며 고함쳤다. 그러다가 숨을 헉헉대면서 말했다.

"나츠키 씨의 황당한 예상은 한참 빗나갔어요! 진짜로, 저는 람 씨의 부탁을 들어주었을 뿐입니다. 우리 진영을 위한 거라는 마음에 발 벗고 나섰더니 이렇다니까, 대접 봐!"

"미, 미안해, 미안해. 진정하라고. 자, 귀여운 얼굴이 다 망가졌네……."

"시끄러!"

더 놀려 먹다가는 주먹다짐이 될지도 몰라서 스바루는 자중했다.

아무튼 오토와 가필의 사정은 이해했다. 결국 당초 예상대로 전원이 의도를 설명하지 않은 탓에 발생한 비극이었다.

"그래서, 너는 만족하고 있는 거냐. 내내 능글거리기는."

"어이쿠, 여기서 나에게 말을 돌리나아—?"

거기까지 와서 비로소 스바루는 용차에 동승한 마지막 한 명 —— 파티의 에스코트 역인, 로즈월에게 대화를 넘겼다.

당연히 로즈월은 처음부터 스바루 일행과 같은 용차 안에 있었다. 그리고 여장 3인조의 대화가 일단락 지어질 때까지 그 모습을 옅게 웃으며 지켜보고 있었던 것이다.

"취미가 고약한 녀석이군. 우리의 분투가 그렇게 웃기냐."

"웃긴다기보다 기쁘다는 쪽이 정확할까아—? 여하튼 이 상황에서 나와 동반하는 역할에 너희가 그렇게까지 진지하게 참견해 주었으니까아—. 그 각오에 부응하지 못해서는, 너희에 대한 내 마음이…… 푸후핫."

"말하던 도중에 웃지 마!"

안 그래도 뻔뻔스러운 어구인데 말하는 중에 웃음을 터트리면 설득력이고 뭐고 없다. 급기야 로즈월은 웃음을 참는 노력을 팽개치고 어깨를 들썩이며 웃기 시작했다.

"스, 스바루의 여장을 한 번 더 볼 수 있는 것만으로도 놀랐는데, 설마, 오토와 가필까지…… 후핫! 아하하하하!"

"그렇게 웃을 일이야?! 네가 이렇게 정상적으로 웃는 모습 처음 봤는데?!"

로즈월의 폭소는 레어한 광경이지만 그것을 끌어낸 것이 배려한 결과로 태어난 여장이니까 마뜩잖아도 이렇게 마뜩잖을 수가 없었다.

결국 너무 웃어서 대화가 되지 않는 로즈월을 방치한 채, 스바루는 팔짱을 끼고 좌석에 깊이 앉았다. 그런 스바루의 옆얼굴에다 가필이 말을 건넸다.

"그러고 보니, 이 어르신하고 오토 형이 여장하고 있는 건 부탁받았기 때문인데 말이야. 대장이 여장한 건 어째서야? 에밀리아 님한테라도 부탁받기라도 했어?"

"아니, 아니, 에밀리아땅은 그런 부탁 안 해. 애초에 에밀리아땅은 우리의 여장이라고 눈치채지도 못했고."

"그것도 문제다 싶습니다만…… 그럼, 나츠키 씨는 왜?"

"——어? 귀엽지 않아?"

놀란 표정으로 스바루는 오토와 가필 둘을 쳐다보았다. 횟수를 거듭함으로써 여장도 숙달되어 이번 완성도는 제법 걸작이다. 그러므로 상황은 차치하고, 자못 의기양양하고 자신만만하게 참전했는데――.

"――――――."

스바루의 뜻밖이라는 목소리에 오토와 가필이 떫은 표정을 지었다. 어쩐지 묘한 감정의 단절이 생기고 만 느낌이다.

"잠깐, 잠깐, 오해하지 마. 여성진이 아무도 참가할 수 없으니까 여기선 한번 내가 발 벗고 나서야겠다 싶었을 뿐이지, 오토랑 완전히 똑같잖아?"

"아니, 그래도 자발적이잖아요? 그건 좀……."

"대장, 오토 형한테 여장 취미가 어쨌다느니 갈굴 수 없는 거 아냐?"

"안 그래! 나는 그냥, 한다고 하면 철저하게 하는 것뿐이고, 퀄리티를 높이는 건 정의잖아?! 내가 뭐 틀린 말 했어?!"

"푸핫."

"웃지 마, 로즈월!"

그렇게 서로 뜻밖의 일면을 공개하면서 일행은 곧게 목적지로 향한다.

거기서 기다리는 여장 이상의 재난은 전혀 예상도 못한 채――.

5

――그리하여, 이야기는 첫머리의 한 장면, 파티장 안으로 돌아온다.

스바루, 가필, 오토── 나츠미에 가넷, 오드리는 로즈월의 동반자로서 아무 문제도 없이 수월하게 파티에 잠입하는 데 성공했다.

물론, 거기에는 초대객인 로즈월의 신용이 탄탄하다는 전제가 있지만.

"저희도 우습게 볼 것은 아니네요, 오호호호호."

"────."

무사히 파티장으로 안내받아 문제없이 파티에 융화되었을 즈음에 헛바람이 든 나츠미가 그렇게 높은 웃음을 울렸다. 그 옆에서 음색 문제로 발언이 불가능한 가넷은 침묵을 지키며 형편없는 미소로 적당히 시간을 때우고 있었다.

그리고, 가장 내키는 마음이 없는 오드리는 어떠하냐면──.

"아가씨, 잠시 저기서 말씀을 나누지 않겠습니까?"

"괜찮으시면, 한잔 같이해 주시면 고맙겠습니다."

"오늘 밤의 달빛과 당신의 머리색은 참으로 어울립니다. 오래도록 바라보고 싶군요."

"아하하, 감사합니다. 하지만, 죄송해요. 지금은 속이 좀 좋지 않으니, 잠시 쉬고 싶답니다."

오드리는 잇달아 말을 건네는 남자들을 떨쳐내고 인파를 벗어나 숨을 돌렸다. 발코니에서 선선한 바람을 쐬며 파티의 열기를 약간 식히고 싶다.

솔직히 파티장에 들어온 뒤로 쉴 틈도 없이 남성진의 공세가 이어졌다. 만남이 목적인 장소이기도 하다고는 들었지만, 굶주린 늑대의 사냥은 탐욕스럽다. 너무 굶주려서 눈앞의 상대의 성별도 못 알아볼 정도로.

여성을 보는 안목을 더 기르지 않으면 설사 만남이 성사되어도 불행한 말로를 맞이할 뿐이 아닐까. 아니면, 그렇게 '완성도' 가 좋은 것일까.

"으—음, 화장이란 무섭네. 여성이 변신하는 것도 잘 알겠어……."

오드리를 화장한 것은 자신의 건강 이상을 무릅쓰고 업무를 완수한 람이었다. 람 본인부터 그다지 화장을 한다는 인상은 없지만, 뭐든지 요령 좋게 해내는 것이 그녀의 특징이기에 화장이 능숙한 데에도 별달리 놀라지 않았다.

완성품인 자신의 얼굴에도, 뭐 납득했다.

원래부터 오드리의 미추 감각은 정상이기에 자신이 약간 기생오라비 티가 난다는 점을 제외하면 그럭저럭 볼 만한 얼굴이라는 자각은 있었다.

설마 다소 화장하고 여장한 정도로 이렇게나 남의 눈을 속일 수 있을 줄은 몰랐지만.

"뭐, 그 점은 나츠키 씨나 가필도 마찬가지입니다만……."

체격을 속이는 의상 덕에 가필의 여장도 생각 외로 성립이 됐다. 사실을 알지 못하면 프레데리카의 여동생이라고 주장해도 충분히 먹힐 것이다. 프레데리카 이상으로 페트라가 애쓴 눈치가 엿보여 결과야 어쨌든 기특함은 느껴졌다.

자력으로 저 지경까지 완성한 스바루는, 아예 뭐라고 해야 할지도 모르겠다. 대충 에밀리아에 대한 사랑의 힘이라고 치부해 두겠다.

"……아아, 어깨 결려. 오드리 언니는 괜찮은 거냐."

그렇게 소란에서 거리를 둔 오드리에게로 지친 표정의 가넷이 다가왔다. 제반 사정상 침묵을 고수하던 가넷은 주위에 사람이 없는 것을 확인한 뒤에 움츠려서 굳어 버린 팔다리를 크게 돌렸다.

"가넷인가요. 대인기던데요."

"그 얘기를 하면 오드리 언니도 비슷한 처지지. 말도 안 하는데 이놈저놈 할 것 없이 나를 졸졸 쫓아다녀. 뭐……."

지긋지긋하다는 표정으로 중얼거리면서 가넷이 힐끔 시선을 파티장 중심으로 돌렸다. 거기에는 여전히 나츠미가 많은 참가자와 환담을 즐기고 있었다.

얼마나 흥이 올랐는지 여러 번 "와!" 하는 소리가 터질 정도다.

"대장……이 아니지, 큰언니 정도는 아니지만."

"저 사람의 저거, 진짜로 어떻게 되어 먹은 걸까요……. 이미 나츠키 씨라고 불러도 대답이 없는 게 아닐까 싶어서 불안해요."

"『새끼 도둑이 왕 도둑이라고 지레짐작』이란 건가……. 설마, 그러기까지야?"

배역에 지나치게 몰두하는 바람에 진짜 자기 자신을 잊지는 않을까 불안스럽기도 하지만, 오드리와 가넷은 쓴웃음과 함께 그런 불안을 떨쳐내기로 했다.

어쨌든 세 사람의 잠입 공작은 순조롭게 진행되고 있다. 이대로 이날 밤을 넘기기만 하면 오드리와도 가넷과도 영원히 작별이다.

"다만, 나츠미 슈바르츠 씨가 정말로 없어질 거라는 확신은 없네요."

"아— 그럴지도 모르겠군. ——오."

"——음? 가넷?"

그런 대화를 나누고 있었는데, 별안간 발코니의 난간에 기댄 가넷의 시선이 머리 위에 고정되었다. 덩달아 오드리도 위를 쳐다보니 파티장이 된 저택의 옥상—— 그곳에 세워진 종루(鐘樓)에 으리으리한 종이 걸려 있는 걸 알 수 있었다.

"아아, 오는 도중에도 보이던 종루네요. 가까이서 보지 않으면 뭐라고 못하겠습니다만, 저 종도 기둥도 꽤 대단한 물건이 아닐까요."

"아아, 그래 보이네. 저런 걸 보면 잇몸이 근질거린단 말이지."

"……가넷, 물면 안 된답니다."

자신의 입에 손을 짚고 날카로운 어금니를 딱딱 부딪치는 가넷. 그 모습에 꺼림칙한 예감을 느낀 오드리는 미리 다짐을 받았다.

원래부터 가넷에게는 딱딱한 것을 깨무는 버릇이 있다. 로즈월 저택에서도 곧잘 나이프나 쇠줄을 씹고 있는 모습이 목격되고 있으니, 반수(半獸)라는 종족의 버릇일 것이다.

"아, 안다고 알아. ……아, 나, 밥 좀 먹고 올게. 오드리 언니는 어쩔 거야?"

"저……는 여기에 있을 거예요. 저와 가넷이 함께 파티장에 있으면, 쓸데없이 더 말을 걸 것 같아서 무서우니."

살랑살랑 손사래 치며 오드리는 파티장으로 돌아가는 가넷을 배웅했다.

입식하는 가넷은 예절이고 뭐고 깜깜하지만 원래부터 말하지 못하는 규제가 걸린 상황이니 그다지 큰 장해가 되지도 않을 것이다.

최악이라도 이 바보 같은 시도만 들키지 않으면 그만이다. 신중하게, 신중하게 시간을 때우기만 하면.

"오드리랬던가? 이런 곳에 혼자서, 외롭지 않아?"

"음, 저기……."

그렇게 속으로 되뇌는 오드리에게 가넷과 교차하듯 다가온 인물이 말을 건넸다. 그 상대의 얼굴을 돌아본 오드리는 살짝 긴장해 눈썹을 세웠다.

옷차림이 단정한, 다듬지 않은 수염이 어울리는 멋쟁이 남자다. 초대객들 중에서는 색다른 분위기의 인물이지만 그가 로즈월과 가까운 양반이라고 들으면 바로 수긍이 간다.

남자가 바로 이 파티의 주최자인 그웨인 멜레테. 에밀리아가 왕선에서 싸워 가려면 지원받을 필요가 있는 유력자 중 한 명이었다.

"그웨인 님, 파티의 주역이 이런 곳에 계셔도 괜찮으신가요?"

"주역같이 화려한 입장이 아니야. 아저씨는 말이지, 그냥 장소나 제공하고 있을 뿐. 모두가 행복해졌으면 하니까 나눠 주는 입장이라고."

그웨인은 실실 웃으며 오드리의 말을 유들유들하게 회피했다. 진의가 보이지 않는 그 태도. 실로 성가신 인물이라고 오드리는 입술을 가볍게 축였다.

여기서 나눈 대화가 왕선에 크게 영향을 주리라 생각하기는 어렵지만, 그래도 나쁜 인상보다 좋은 인상을 주는 게 최선이다.

"그건 그렇고 뜻밖이던데. 로즈월이 데려오는 건 언제나 그 아끼는 메이드 아이였잖아?"

"이번에 그 메이드는 몸이 불편해서 저희가 대리로 동반하게 됐습니다. 본래 그녀의 역할에는 한참 못 미칩니다만 변경백님의 이름에 먹칠하지 않도록 주의하고 있습니다."

"아니, 아니, 충분하다고, 충분해. 너희는 미인이고, 특히 저 흑발의…… 나츠미 슈바르츠가 물건이야. 젊은이 제군을 손아귀에 쥐고 탈탈 흔들고 있어. 나쁜 아이지."

"하하하."

무심코 메마른 웃음이 나오는 바람에 여성을 가장하는 데에 실패했다. 하지만 그건 그다지 대단한 감점 대상은 아니었는지 그웨인은 "그나저나." 하고 화제를 바꾸었다.

"오늘 밤 파티에 왔다는 말은, 오드리 양도 뭔가 노리는 물품이 있나?"

"――노리는 물품, 말인가요. 그건, 이다음에 개최될 예정에서?"

자연스러운 물음이었지만 오드리는 아주 살짝 목소리를 굳히며 되물었다. 그 말에 그웨인은 깊이 끄덕이고 대답했다.

"그래그래. 우리 파티의 가장 큰 주목거리는 역시 경매니까."

"——경매."

그 단어에 오드리는 눈을 가늘게 뜨고 골똘히 생각에 잠겼다.

정기적으로 열리는 그웨인 멜레테 주최의 파티. 표면적인 개최 이유는 상류 계급의 사교장이며 만남의 기회를 만들기 위해서라고 하지만, 참가자들의 가장 큰 초점은 파티 후반, 그때 열리는 경매에 맞춰져 있다.

왕국 서부, 그 광범위한 상공회의 책임자인 그웨인은 정기적으로 이 경매를 열어 희귀한 물건들을 입수할 기회를 부유층에게 제공하고 있다.

개중에는 정말로 희귀한 『미티어』 등이 출품된 적도 있는 모양이라 숫제 눈이 튀어나올 거금이 하룻밤 사이에 오갈 때도 쌔고 쌨다고 한다.

——최소한 오드리는 람으로부터 그렇게 들었다.

"오늘 밤도 꽤 진귀한 물건이 모였거든. 신참은 경매에 출품되는 물품에 흥미가 있을 때가 많아서, 아저씨 생각에 오드리 양도 그럴까 싶었단 말이지."

"네, 대단히 흥미로운 이야기예요. 하지만 저는 이렇다 할 특정 물품에 흥미가 있어서 참가한 것은 아닙니다. 경매의 분위기 자체는 꼭 구경하고 싶습니다만."

"어라라, 그래? 하하하. 이거, 아저씨의 감도 무뎌졌나."

오드리의 답변에 그웨인이 긴 갈색 뒷머리를 매만졌다.

눈치 주는 몸짓은 아니지만 이 웃음을 어디까지 신용해도 될는지. 상인으로서의 경험치가 오드리에게 깊은 경계심을 부른다. 그웨인의 분위기는 대상인과 전혀 차이가 없으니 걸물에 도전할 각오를 다지라며.

그렇지만 오늘 밤의 그는 적이 아니다. 오히려 아군으로 삼아야 할 입장이다. 다행히도 들켜도 큰일이 날 만한 비밀은 없다.

——아예 없지는 않다. 여장하고 있으니까.

"——어라."

그웨인을 홀로 상대하느라 느낀 긴박감 때문에 오드리는 시선을 내돌리며 아군에게 도움을 청하려고 했다. 하지만 그웨인이나 다른 남자들과 말을 나누는 중에 보이는 범위에서 세 동행, 나츠미와 가넷, 로즈웰이 사라져 있었다.

각자가 각자의 이유로 눈에 띄는 일동인 만큼 파티장 안에 있으면 싫어도 금방 눈에 들어올 텐데——.

"누구 찾는 사람이 있나?"

"아니요, 변경백님이나, 함께 온 다른 아가씨를……."

오드리가 그웨인의 질문에 고개를 가로저으려던 순간이었다.

——파티장의 조명이 훅 꺼지고 암흑이 주변을 지배했다.

"이봐, 이봐, 뭐야?"

얼떨결에 숨을 죽인 오드리, 그 바로 옆에서 그웨인이 놀란 소리를 냈다. 경악한 것은 그 둘만이 아니다. 파티장의 참가자들 전원이다.

갑작스러운 암흑, 시야가 완전히 어둠에 닫혀 가까스로 창문으로 드는 옅은 빛이 시야에 그림자를 드리우게 하지만, 그것이 누구의 것인지까지는 판별할 수 없다.

"다들 진정하시오! 바로 우리 집 사람이 불을 켜겠소. 그 자리에서 움직이지 말고 가만히 있어 주시오. 허둥대면 위험하니까."

상황을 알아차린 그웨인이 남다른 판단력으로 주위에 지시를 날렸다. 그걸로 처음의 혼란이 폭발하는 사태를 막은 뒤, 그웨인의 모습이 어둠 속에서 밝게 드러났다.

그웨인은 세운 손가락의 끝부분에 작게 일렁이는 불을 띄운 채 말했다.

"옛날에 로즈윌에게 배운 긴급용 마법이야. 기껏해야 어두운 곳에서 책을 읽는 정도에나 쓸모가 있었지만."

그웨인은 옆에 선 오드리에게 설명한 뒤 파티장 이곳저곳에 있던 부하에게 지시를 날렸다. 그들 중에도 마법을 쓸 줄 아는 이가 있어 그웨인과 비슷하게 손을 불로 밝히면서 파티장의 꺼진 조명을 켜고 다녔고, 다시 밝아지기 시작했다.

그로써 참가자들에게 안도감이 퍼졌지만, 오드리에게는 완전히 반대인 위화감이 엄습했다.

"변경백은……?"

그웨인이 마법으로 불을 켠 것처럼 로즈윌이라면 파티장 전체를 빛으로 채우는 행위 또한 가능했을 터다. 하지만 그런 일은 없었다.

파티장 안에, 로즈윌의 모습이 없기 때문이다.

"이럴 때에, 대체 어디로……?"

재차 파티장 전체를 내다볼 수 있게 되어도 그 안에 낯익은 얼굴은 눈에 띄지 않는다. 그것은 로즈월만이 아니라 나츠미와 가넷 두 사람도 마찬가지다.

물론, 전원이 같이 화장실에 갔을 가능성은 제로가 아니지만——.

"——대표님, 시급히 전달할 사항이."

"뭐지?"

머리를 회전하는 오드리 옆의 그웨인에게로 그의 부하가 다가왔다. 부하는 목소리를 낮추면서 그웨인에게 무언가 보고하기 시작했다.

"뭐라? 보관고가?"

그 내용에 그웨인의 얼굴이 굳었지만 그는 즉각 표정을 수습했다. 그리고 옆에 선 오드리에게 미소를 보내며 말했다.

"문제가 좀 발생한 모양이야. 바로 돌아올 테니 당황하지 말고 지시에 따라 주라고?"

"아, 잠깐만요!"

그 말만 남기고 그웨인이 보고하러 온 부하와 동행해 파티장 밖으로 나갔다. 오드리는 그 등에 손을 뻗으며 판단을 헤맸다.

자의적인 판단은 삼가야 한다. 오드리는 외부인이며 이 파티장에서 일어난 사건은 책임자인 그웨인이 대처할 필요가 있다.

그러나 동시에 가슴속, 영문 모를 꺼림칙한 예감이 수런거리는 것도 사실이었다.

"아아, 진짜! 제발 아무 일도 아니어야 해요!"

오드리는 버릇대로 머리를 쥐어뜯으려다가 머리카락이 흐트러질까 봐 멈칫하고 달리기 시작했다.

몸에 익지 않은 드레스와 발에 익지 않은 힐이 힘겹지만, 그럼에도 가까스로 앞에 가는 그웨인 일행을 놓치지 않고 따라잡는 데에 성공했다.

그웨인 일행이 향한 곳은 파티장이 있는 건물과는 별관── 연결 복도로 이어진 그쪽 건물에 아마도 '보관고' 라는 곳이 있다.

단적으로 생각하면 그웨인이 언급한 보관고란 오늘 밤 경매에 출품될 물건들이 저장된 장소를 가리킬 것이다.

거기서 모종의 문제가 발생해 책임자가 불렸다. 참으로 낌새가 수상한, 꺼림칙한 분위기가 풀풀 나도는 이야기였다. 거기서──.

"그웨인 님, 무슨 일이 있던 건가요?"

"오드리 양? 오면 안 된다고 했건만."

부르는 소리에 뒤돌아본 그웨인이 오드리의 모습을 확인하자 놀란 표정을 지었다. 그의 정면에 있는 것은 꽤 엄중한 분위기가 도는 중후한 철문이었다.

그 철문을 향해 세 남자들이 문을 열려고 몸을 날려 부딪쳤다. 당연히 그웨인은 방의 열쇠를 가지고 있으리라 짐작했지만.

"보관고의 자물쇠가 망가지고 안에서 뭔가 빗장이 걸려 있어. 지금 힘으로 열고 있지."

"보관고의 자물쇠가……."

그 설명 직후, 그웨인의 부하들이 분투한 끝에 철문이 강제로 활짝 열렸다. 몸통 박치기에 찌그러진 문이 열리고 그 안의 광경이 오드리를 비롯한 사람들의 눈에 날아들었다.

그곳에 있던 것은——.

"——어, 어라?"

그런 얼빠진 목소리가 들리고 보관고 안에 서 있던 인물이 뒤돌아섰다.

흑발과 칠흑의 드레스, 살짝 날카로운 눈매가 인상적인 그 인물은 나츠키 슈바르츠. ——닫힌 보관고 안에서 나츠미는 상황을 이해하지 못한 기색으로 눈을 깜빡였다.

나츠미의 손은 하얀 석고로 만들어진 팔 같은 것을 쥐고 있었다.

"————."

나츠미의 발아래에 잘 모르는, 살찐 남자가 자빠진 모습이 보였다.

닫힌 보관고에서, 흉기로 짐작되는 물건을 들고, 나츠미 슈바르츠가 서 있었다.

——최악의 현장에 들어섰다고, 오드리 수플레는 마음속 깊이 절망적인 기분에 젖었다.

6

그 상황을 목격한 오드리 수플레는 두 손으로 얼굴을 가렸다.

그것은 꽤나, 꽤나 절망적인 상황이었다.

"————."

자물쇠가 망가지고 내부에서 막혀 있던 보관고 안, 바닥에 한 살찐 남자가 쓰러져 있다. 실내에는 다툰 흔적이 있으며 남자가 쓰러진 경위와도 일치하는 상황이다.

소위 밀실이라는 장면이지만, 이 닫힌 방의 상황에서 피해자와 다른 인물이 단둘이서 실내에 있다면, 당연히 그 인물이 가해자일 것이다.

오드리도 그 의견에 전혀 이견이 없다.

단——.

"——나츠미 슈바르츠 양, 당신이 이 양반을 때려눕힌 건가?"

"아니요, 그렇지 않아요! 저는, 저는 하지 않았습니다!"

용의자가, 필사적인 표정으로 고개를 가로젓는 나츠미 슈바르츠가 아니라면 말이다.

험상궂은 남자들이 둘러싸고 남자들의 고용주인 그웨인이 눈을 부라리는 상황에, 나츠미는 속눈썹이 긴 눈을 내리깔고 꿋꿋하게 자신의 결백을 호소했다.

아무래도 상관없지만 위기 상황인데도 시시콜콜 연기도 잘 한다고 오드리는 생각했다.

"오해여요! 누명이에요! 저는 법정에서 단호히 싸우겠어요!"

"싸우겠다고 그래도 말이지……."

나츠미가 열심히 반론하지만 피해자와 함께 밀실에 있었던 점에서 형세가 불리하다. 그 입장을 더욱 나쁘게 만드는 것이 밀실 내의 상황이다. 나츠미의 발아래에는 쓰러진 피해자가 있으며, 그 옆에 선 나츠미의 손에는 부러진 석고 팔이 들려 있다.

"그야, 아저씨도 아름다운 여성의 주장은 들어주고 싶기야 하거든? 이 상황이 되면 그러기도 어려워. ……봐."

말하면서 그웨인이 나츠미가 들고 있는 석고 팔을 손가락으로 가리켰다. 그 인공적인 하얀 손목에는 피가 묻어 있어서 피해자는 그걸로 맞았음을 한눈에 알 수 있었다.

즉, 나츠미는 밀실에서 피해자와 둘이 있었고, 흉기까지 들고 있었다는 뜻이다.

"나츠미 씨, 이건 좀……."

"아! 잠깐, 오드리?! 당신, 저를 포기하려고 했지요?! 아—니—라—고—요—! 제가 아니라니깐요—!"

나츠미가 발을 구르며 시끄럽게 호소한다. 이 위기적 상황에서도 '나츠미' 임을 잊지 않는 철저함은 존경스러울 지경이지만, 바보일지도 모른다.

그렇지만 그 사고는 자기 자신에게도 되돌아오기에 오드리는 깊이 생각하지 않기로 했다.

"그런데, 그쪽 남성은 괜찮은 건가요? 숨은 붙어 있죠?"

검은 옷들이 들어 메고 방에서 데리고 나가는 남성 쪽에 눈길을 던졌다. 마흔 안팎의 중년 남성으로, 축 늘어져서 의식은 없는 모양이지만 가슴이 오르락내리락하는 모습을 보아 숨은 붙어 있는 모양이다.

나츠미의 불리한 입장을 고려해도 피해자가 죽지 않은 것은 희소식이다. 그런 오드리의 안도에 그웨인이 "그래." 하고 끄덕였다.

"라즈렌 에니모우 경이다. 얻어맞기는 했지만 다행히 상처는 깊지 않아. 다만 맞은 데가 아무래도 머리니까. 일어날 때까지 조—금 시간이 걸릴 수도 있겠어."

"그렇다면, 그때까지 정상 참작에 대해 말을 나눌 상황일까요……."

"제 쪽을 보면서 말하지 마시어요!"

오드리가 백안시하자 나츠미가 벌게진 얼굴로 언성을 높였다. 하지만 상황이 상황이기에 오드리도 전면적으로 옹호하기는 불가능하다. 알지도 못하는 상대를 이유도 없이 때려눕히다니, 그런 배짱이 나츠미에게 없다는 증언은 쉽지만——.

"——대표님, 문제가."

"더 있어? 응, 응응. ——흐응."

문득 그웨인에게 귀엣말한 것은 그의 부하인 검은 옷이다. 현장이 된 보관고 안을 조사하던 한 사람에게 보고를 받은 그웨인의 표정이 변했다.

그 변화에 오드리는 왠지 모르게 꺼림칙한 예감을 느꼈다.

——그리고 그 예감은 왕왕 적중한다.

"미안한걸, 나츠미 양."

"헤? 아, 잠깐, 뭐 하시는 거예요?!"

갑자기 검은 옷 중 한 명에게 팔이 구속당하자 나츠미가 당황한 소리를 질렀다. 나츠미 앞에서 그웨인이 자신의 다듬지 않은 수염을 만지며 한쪽 눈을 감고서 엷은 웃음을 띠었다.

"나츠미 양은 딱하지만, 아저씨들에게도 체면이라는 게 있어서."

"잠깐만요, 무슨 일이 있었던 거죠? 문제는…… 많이 있다고는 생각합니다만."

"오드리 양은 외부인……이 아닌가. 나츠미 양과는 친하던 눈치였으니 말이야. 그럼 가르쳐 줄까……. 문제가 터졌어."

돌아본 그웨인이 지성과 야성미가 같이 서린 웃음을 띠고 있다. 그 웃음에 싸한 위압감을 맛본 오드리는 엉겁결에 입을 다물었다.

오드리의 반응을 보던 그웨인이 어깨를 으쓱이고 말을 이었다.

"보관고에서, 오늘 밤 경매에 나갈 상품이 여러 개 사라졌어. 방 안에 있고, 지금도 의식이 있는 나츠미 양에게는 꼭 좀 자세한 이야기를 여쭙고 싶군."

성가신 상황이 더욱 성가셔졌다는 소식에 나츠미의 낯빛이 창백하게 변했다.

7

"그 사람은 왜 이렇게 항상 문제 한복판에 머리부터 처박는 걸까요……."

그렇게 갑갑한 한숨을 내쉰 오드리는 머리카락이 흐트러지지 않도록 재주 좋게 머리를 감싸 쥐었다.

자세한 사정을 묻겠다는 명목으로 나츠미의 신병은 그웨인 측에 구속되었다. 그 자리에서 오드리가 할 수 있는 일은 없었기에 원망 서린 눈으로 바라보는 나츠미를 묵묵히 배웅하는 게 고작이었다. 그래도——.

"나츠미 씨가 할 리가 없지만, 상황 증거가 말이지……."

신체검사를 하면 보관고에서 도난당한 상품을 나츠미가 가지고 있지 않은 것은 바로 밝혀질 것이다. 그리되면 의문이 남는 건 얻어맞았던 남성이지만, 그쪽에 관해서도 나츠미는 전면적으로 부인하고 있어 오드리로서는 일단 믿어볼 방침이다.

거짓말할 이유가 없다는 것이 가장 큰 근거이기는 하다. 심상치 않은 상황이었으니까 만약 습격한 쪽이 남자라면 그 사실을 솔직하게 고백하면 그만인 이야기다.

"뭐, 남성에게 습격당했다는 사실 자체를 말하기 어려울 가능성도 없지는 않지만."

본인의 여장 솜씨에 우쭐대며 파티장에서 많은 남자들을 손에 쥐고 흔들었으니, 그건 그거대로 자업자득인 감은 부정할 수 없다.

그 경우, 수치를 무릅쓰고 사실을 적나라하게 이야기해 주었으면 하는 바이긴 하지만——.

"그런데, 그러다간 나츠미 씨의 정체가 탄로 나서 우리 쪽까지 불똥이 튈 수 있어……."

오드리 입장에서 가장 무서운 것은 나츠미로부터 연쇄적으로 자신과 가넷의 정체까지 들키는 사태다. 그 사태는 그냥 에밀리아 진영의 망신이며, 이후 사교계에 꽤 강렬한 상처 자국을 남길지도 모른다.

"게다가, 우리가 허둥대는 사이에 진범이 달아나는 것도 마뜩잖으니까 말이야."

나츠미가 한사코 하지 않았다고 주장한다면, 남자를 때려눕힌 것도, 보관고의 보물을 가지고 나간 것도 다른 누군가의 음모다.

이 자리에서 그 계획이 수월하게 잘 굴러가는 건 오드리 입장에서 마뜩지가 않다.

그렇기에——.

"——여어, 오드리 언니, 뭐가 어떻게 된 거야?"

"가넷."

홀로 복도에 서 있는 오드리에게로 모습이 보이지 않던 가넷이 나타났다. 주위에 사람이 없는 것을 기회로 가넷은 당당히 남자 목소리로 으르렁대듯 말했다.

"느닷없이 어두워져서 소란이 일어났다 싶더니, 묘한 게 날아오고, 누가 당했다며 말썽이 다발하잖아. 덤으로 큰언니가 붙잡혔다며?"

"이런저런 일이 있었습니다만, 마지막 게 제일 문제라서요. 나츠미 씨를 구할 필요가 있습니다. ——가넷, 당신의 힘도 빌리겠어요."

"오."

가넷이 비췻빛 눈을 동그랗게 뜨고 한순간 놀란 표정을 지었다. 그러나 그 놀란 감정은 바로 지워지고 금발 아가씨는 사나운 웃음을 지었다.

"이거, 의욕이 드세잖아, 오드리 언니. 나도 질 수 없지. 뭐가 뭔지 잘 모르겠지만 해 보자고."

"그 기개입니다. 일단, 일어난 상황을 확인할 겸 나츠미 씨 말을 들으러 가기로 하죠. 그리고, 변경백을 못 봤나요?"

"큰언니가 붙잡혔으니 말이야. 그 자식은 그리로 불려간 거 아니야?"

"그럼, 그쪽에서 합류할 수 있을까요. 서두르죠."

끄덕이는 가넷을 대동해 오드리는 나츠미가 연행된 대기실로 갔다. 도중에 저택의 조명이 돌아온 것을 깨닫고 그 사실을 가슴에 담아 두었다.

오드리와 가넷이 대기실 앞에 오자――.

"――그러니까, 저는 아무것도 하지 않았어요! 제가 보관고 앞을 지나갔을 때는 이미 보관고의 문이 열려 있었단 말이에요!"

대기실 안에서 자신을 변호하는 나츠미의 목소리가 복도에 울려 퍼졌다. 그 내용은 차치하고, 오드리의 판단으로는 상황에 진전이 없는 것 같았다.

"죄송합니다. 안에 메이더스 변경백님은 계시나요?"

대기실 앞, 다부진 체격의 검은 옷에게 확인하자 "이미 안에 들어가셨습니다."라는 대답을 얻었다. 사정을 설명하고 오드리와 가넷도 대기실로 들어선다.

"어어―이쿠, 너희도 와 줬구운―."

오드리와 가넷이 방에 들어서자 벽에 등을 기대고 있던 로즈월이 손을 흔들었다.

바라보니 방 한복판에는 의자에 앉혀둔 나츠미가 검은 옷에 둘러싸여 그자들을 거느린 그웨인으로부터 사정을 질문받고 있는 중이었다. 꽤 위압적인 광경이다.

그 모습을 보면서 오드리와 가넷은 자연히 로즈월 옆에 섰다.

"상황이 상황이니 당연하죠. 변경백이야말로 지금까지 어디 계셨던 거죠?"

"입장상 할 일과 대화할 상대가 많아서 말이야. 피아가 뚜렷하지 않은 것이 사교계의 답답한 구석이지. 거기서 빠져나온 것은 환영이지만, 이 상황은 영, 그렇지."

"……그런가요. 알겠습니다."

표표한 태도를 고수하는 로즈월이지만 지금은 그에게 상관할 시간이 아깝다.

오드리는 방 중앙, 집요한 심문을 받는 나츠미 쪽에 시선을 돌렸다. 나츠미의 옆얼굴은 해쓱하고 서러운 기색으로 살짝 검은 눈을 적시고 있다. 몰입이 과하다.

"그웨인 님, 나츠미 씨는……."

"주장은 일관적이야. 아저씨들도 애를 먹고 있어. 여하튼, 해결을 서두르지 않으면 꽤 메꾸기 어려운 손실이 나올 기세거든."

"그건, 그렇겠죠."

어깨를 으쓱인 그웨인의 답변에 오드리는 진지한 표정으로 눈을 내리깔았다. 그런 오드리의 소매를 옆의 가넷이 말없이 잡아

당겼다.

성질상, 가넷은 동행 외의 다른 사람 앞에서 입을 열 수 없다. 사교장에서는 그것이 수줍음 많고 수수께끼가 감돈다고 주목을 모으고 있었지만, 실상은 이러하다.

어쨌든 소매를 당기는 가넷의 의도는 오드리도 알고 있었다.

"괜찮으시다면, 저희도 나츠미 씨로부터 이야기를 들어보아도 될까요?"

"새로운 이야기를 들을 수 있다면 기꺼이. '제가 했습니다 죄송합니다.' 까지 끌어낼 수 있다면 완벽하다고 할까."

"그렇게까지 기대에 부응할 수 있을지는 모르겠습니다만……."

기대는 무겁지만 필요한 허가는 얻을 수 있었다. 오드리는 가넷을 데리고 의자 위에 웅크린 나츠미에게 걸어갔다.

나츠미는 그런 두 사람의 모습을 알아채자 노골적으로 안도한 표정을 짓고 말했다.

"오드리, 가넷…… 저, 저는……."

"연극은 됐으니 핵심적인 이야기부터 하죠. ──도대체, 무슨 일이 있었던 거죠?"

"정서가 없네요……. 저, 지금, 정말로 불안한 기분을 맛보고 있으니까 심적으로 가까이 와 주지 않으면 울 거랍니다."

"울어서 일이 해결된다면 눈물로 호수를 만들어 주셔도 되는데, 그런 것도 아니잖아요. 자, 질문에나 대답해 주세요."

서슴없는 오드리의 말투에 나츠미는 불만스러운 표정을 지었다. 하지만 그 불만을 한숨으로 해소한 뒤 나츠미는 더듬더듬

이야기하기 시작했다.

【나츠미 슈바르츠의 증언】

파티 중에 저는 많은 신사분과 말씀을 나누었어요. 아주 즐거웠지만 조금 피곤해져서 도중에 파티장을 벗어났답니다.

그래서, 저택 안을 홀로 걷고 있었더니 문제의 보관고 쪽에서 소음이 들렸지 뭐예요. 그러니 전 궁금해져서 그리로 간 거죠.

그러자 보관고 문이 열린 게 보여서 예의가 없다고는 생각했습니다만 살짝 안을 엿보았답니다. 그랬더니 그 소란이 벌어졌잖아요?

저는 그만 무섭고 무서워서, 지금도 울 것만 같다고요.

――훌쩍훌쩍, 눈에 손수건을 누르면서 나츠미의 눈물 어린 증언이 나왔다.

그 이야기를 듣던 오드리는 팔짱을 끼려다가 그 동작은 여성답지 않다고 속으로 기각, 자신의 팔을 안는 람의 자세로 전환했다.

"일단, 증언은 정확하게 해 주시겠어요? 나츠미 씨, 보관고 안을 엿보기만 한 게 아니라, 아예 안에 들어갔었잖아요."

"으극!"

"게다가, 보관고에 들어간 뒤로 소동이 일어날 때까지 있던 일도 생략하지 말아 주세요. 오히려 그 부분이 가장 중요한 대목이니."

"자, 자비가 없네요, 오드리……!"

오드리의 지적에 나츠미가 얼굴을 실룩거렸다. 그 대화를 옆에서 보던 가넷은 "역시 대단해, 오드리 언니." 하고 만족스러운 기색이다.

"아무튼, 증언을 수정해 주세요. 빠진 부분을 중점적으로 이야기해요."

"……어쩔 수 없겠네요. 그럼, 이야기하겠는데요."

【나츠미 슈바르츠의 증언 2】

네, 오드리의 말이 맞아요. 저는 보관고 안에까지 들어갔습니다. 밖에서 엿보기만 해서는 안의 모습이 거의 보이지 않았는걸요.

보관고 안은 캄캄했지만 제가 "누구 없어요?" 하고 말을 걸어도 대답은 없어서…… 꽤, 마음이 불안했어요.

……지금 생각해 보면, 소음의 정체는 도둑분이었을지도 모르겠네요. 그 작업 도중에 내가 보관고에 들어갔다. 그런 상황이었을지도요.

그러고 나서, 잠시 보관고 안을 둘러봤지만 뭔가 이변을 찾지도 못하고, 바로 주변이 어두워지고 말았어요. 그다음은 무슨 일이 있었는지 전혀 모르겠습니다. 발에 무언가가 부딪힌 느낌이 들어 그것을 주워 봤더니 흉기였다……. 그게 다예요.

"과연, 그렇습니까……."

나츠미의 이야기를 다 들은 오드리는 팔을 안은 채로 찌푸린 표정을 지었다.

그웨인이 애를 먹던 것도 이해가 가는 증언이다. 여하튼 사건의 핵심에 다가설 정보가 하나도 눈에 띄지 않는다. 일부러 애태우고 있는 것도 아닌 듯하다.

소음을 듣고 보관고에 들어갔다가 아마 도둑이 작업 중인 곳에 들어섰다. 그리고 저택의 조명이 꺼지고 어두워진 뒤, 발밑에는 흉기가 떨어져 있었다고.

"이런 말 하고 싶지 않은데요, 피해자의 살찐 남성과 몸을 부대꼈다거나, 덮쳐든 상대의 머리를 석고 팔로 때려눕혔다는 말이 빠지지 않았나요?"

"그러면 제가 범인이잖아요?! 저는 하지 않았다고, 몇 번이고 몇 번이고 말씀드렸어요! 흉기도, 남성도, 갑자기 나타났다고요!"

"으—음, 신빙성이……."

팔을 붕붕 휘두르는 나츠미의 필사적인 호소에 오드리는 난감할 따름이다. 하지만 그런 오드리 옆에서 별안간 가넷이 송곳니를 딱 부딪쳤다.

"——갑자기 나왔다는 것도 이상하지 않나?"

"가넷?"

목소리를 낮추며 가넷이 그웨인 측에는 들리지 않을 성량으로 속삭였다.

"어두워졌다는 거야 이해가 가. 저택의 조명이 전부 꺼졌으니까. 근데 얻어맞은 녀석이 있었으면 비명이라도 터질 거 아냐.

갑자기라는 것도 이상한 얘기잖아."

"그건 확실히. 나츠미 씨, 이야기에서 생략했을 뿐인가요? 남성의 비명을."

"아, 아니요, 그렇지 않아요. 하지만 듣고 보니 확실히……. 저는, 쓰러진 신사분의 비명을 듣지 못했습니다. 그분이 맞는 소리도요."

나츠미가 고개를 가로젓고, 오드리는 가넷의 지적을 속으로 칭찬했다.

그렇게 되면 이야기는 또 크게 달라지지 않는가. 상처와 출혈로, 남성이 맞았다는 것은 확실하다. 하지만 나츠미가 그 다투는 소리를 듣지 못했다면——.

"피해자는 앞서 기절하고 있었고, 나츠미 씨가 방에 들어간 쪽이 나중?"

나츠미가 피해자의 비명을 듣지 못한 이상, 이 결론에 수긍이 간다. 그렇다면 나츠미가 들은 소음은 도둑질이 아니라 피해자가 쓰러지는 소리였을 가능성이 높다.

피해자가 먼저고, 나츠미가 방에 들어간다. 그리고 저택의 조명이 꺼지고 어두워진 틈에 범인이 도주, 나츠미와 피해자가 방에 남겨진다.

순서의 문제는 이걸로 극복할 수 있었다. 그러나 아직 문제가 남는다.

"……입구가 내부에서 막혀 있던 게 문제네요."

보관고 입구는 닫혀서 그웨인의 부하들이 몸통 박치기를 날려 강제로 열었던 것이다. 철문의 자물쇠는 망가진 상태였고 문은 모종의 방법으로 막혀 있었다.

거기서 오드리는 그웨인을 돌아보았다.

"그웨인 님, 보관고 안을 잠시 보여 주실 수 있을까요?"

"오드리 양에게?"

오드리의 말에 그웨인이 놀라지만 그도 당연한 반응이다.

아무리 사건 현장이라도 여전히 보물이 놓인 보관고를 외부인에게 개방하고 싶지는 않으리라. 보관고에선 현재 목록과의 조회가 이루어지는 중이니 그 방해도 받고 싶지 않을 것이다.

따라서 그웨인의 미묘한 반응에 오드리는 다음 말을 걸려 했지만——.

"로즈월, 어떻게 생각해?"

"나 말이야? 나는 오드리를 신뢰하고 있는데? 유능한 아이라고 말이지이—."

"……영광입니다."

떫은 표정으로 로즈월의 평가를 받아들인 오드리. 그 표정을 보고 그웨인이 너그러워지리라곤 생각하기 어렵지만, 그웨인은 "그러냐." 하고 끄덕이더니 말했다.

"좋아, 해 버려. 작업 방해는 사양하지만 오드리 양은 사리를 분별할 수 있을 것 같으니."

"제가 드린 부탁이지만, 괜찮은 건가요?"

"성과가 나온다면 뭐든지 시도해 본다는 게 아저씨의 모토라서."

한쪽 눈을 찡긋한 그웨인의 답변에 오드리는 로즈월의 얼굴을 번갈아 보았다. 과연, 출발 전에 프레데리카로부터 들었던 정보에 거짓은 없었다.

로즈월과 그웨인, 틀림없이 질이 나쁜 친구지간이었다.

"그럼, 잠시 보관고를 보고 오죠. 가넷, 가요."

"어어? 저는 어떻게 되어요?! 불안하다고요?!"

"여기서 함께 있기보다, 사건 해결을 서두르죠. 결과적으로 그 편이 서로 도움이 될 겁니다. 손수건이라도 물고서 기다리고 있어요."

매달리는 나츠미의 팔을 뿌리치자 정말로 나츠미가 손수건을 "큭~." 하고 물었다. 그 모습을 지켜보던 오드리는 가넷과 함께 보관고로 발길을 돌렸다.

그 도중에 의미심장한 눈초리를 보내는 로즈월이 노란 쪽 눈을 감고 중얼거렸다.

"기대하지, 오드리."

그런 응원을 건네받은 오드리는 미간에 주름을 잡았다.

8

"그래서, 이다음은 어쩔 건데, 오드리 언니."

"일단 보관고 상황 확인을 우선하죠. 파티장의 초대객도 오래 잡아둘 수는 없을 테니까, 이대로 있으면 어영부영 나츠미 씨가 악당으로 몰리고 맙니다. 그건 좋지 않아요."

드레스를 입고 걷는 동작에 순응하면서 오드리는 가넷의 물음에 대답했다. 거기서 오드리는 "그러고 보니." 하고 가넷을 돌아보고 물었다.

"가넷은, 소동이 났을 때 어쩌고 있었죠? 나츠미 씨만이 아니라 가넷과 변경백의 모습도 보이지 않던데요."

"아…… 나는 큰언니랑 똑같이, 파티장에서 나왔었어. 오드리 언니와 헤어진 뒤, 밥 먹고 있었는데 말을 걸어오는 게 힘들어서 말이야."

"——과연. 뭐, 이해가 가는 이야기네요."

가넷의 고생은 오드리도 짐작하고 남는 이야기였다. 원래 가넷의 기질을 고려하면 말 못하는 벽의 꽃이라는 입장은 무리도 이런 무리가 없다.

만약 나츠미나 오드리가 동행하지 않았을 경우, 가넷이 홀로 로즈월과 함께할 처지가 되었을까 싶으니 오싹하다.

"————."

그렇게 생각하는 가운데, 오드리는 미묘한 가넷의 미적지근한 말투가 신경 쓰였다. 괜히 예민해졌을 뿐일지도 모르지만 대답에 간격이 있었던 느낌이다.

그러나 그 점을 추궁하기보다 보관고 앞에 당도하는 쪽이 한발 빨랐다.

"그웨인 님에게 허가를 받아 보관고 안을 확인하러 왔습니다."

문이 망가진 보관고 앞, 경비하러 서 있던 검은 옷이 오드리와 가넷의 말에 길을 터 주었다. 망설임 없이 판단할 수 있는 걸 보아 그웨인의 부하는 주군의 기질을 이해하고 있다.

어쨌든 안에서 목록과 상품을 대조하는 검은 옷들의 방해를 하지 않도록 하며 오드리는 조금 전에는 볼 여유가 없던 보관고 안을 새삼 둘러보았다.

"그러고 보니, 오드리 언니는 뭐가 신경 쓰여서 여기에 온 거야?"

"정신이 없어서 확인할 겨를이 없었던 상황의 확인과…… 뭐, 가장 확인하고 싶던 것은 망가진 문 주위네요."

"문?"

예상 밖의 목적에 가넷이 눈썹을 세우며 방 입구를 돌아보았다.

값비싼 물건들을 넣은 방의 문인 만큼, 철로 된 문은 엄중했다. 지금은 사건의 북새통에 망가지고 찌그러져서 처참한 상태가 되고 말았지만.

"대차게 망가졌는데 뭔 일이야?"

"아무래도 안에서 빗장 같은 게 걸려 있었기에 힘으로 여는 방법밖에 없었거든요. 그래서 망가졌다는 거죠."

"뭐야. 어차피 부술 거라면 나를 부르지 그랬어."

"초대받은 아가씨에게 문을 파괴하는 걸 도와 달라는 생각은 할 수도 없다고요."

주먹을 뚜둑 꺾은 가넷. 오드리는 그 소리에 놀라는 검은 옷의 시선을 몸으로 막고, 다시금 입구 주변, 파손된 경첩 등이 나뒹구는 언저리를 둘러보았다.

"역시 안 보이네요."

"뭐가 말이야?"

"빗장이요. 그게 어디에도 보이지 않습니다. 그리고…… 우왓?!"

"어이쿠."

눈에 띄지 않는 빗장을 찾고 있으려니, 갑자기 오드리의 발이 미끄러졌다. 순간적으로 가넷이 그 등을 받치고 힘차게 끌어안았다.

"둔해빠졌네. 아직도 드레스 치맛자락에 익숙해지지 않은 거냐고."

"그리 쉽게 익숙해지고 싶은 것도 아니라고요. 도와줘서 감사합니다. 그건 그렇고, 미끄러진 것은 발밑이……."

말하면서 오드리는 자신이 미끄러진 바닥이 젖어 있는 것을 발견했다. 그것도 물웅덩이라고 할 만큼 젖어서 그 웅덩이를 밟았다가 발에 익지 않은 신발이 미끄러진 것이다.

"있는 것은 빗장이 아니라 부자연스러운 물웅덩이인가요."

"그딴 게 사건이랑 관계있어?"

"글쎄요, 아직 확실하게 말할 수는 없지만……."

보관고는 물이 있는 곳과 멀고, 실내에 물웅덩이의 요인이 될 수 있을 만한 것도 눈에 띄지 않는다. 갑자기 뚝 떨어진 물웅덩이, 그 위화감은 기억에 깊이 새겨 둔다.

"――――."

오드리는 바로 사색에 잠긴 눈빛으로 찌그러진 철문도 바라보았다.

빗장이 없다면, 문을 누르고 있던 것은 안에 있던 인간인가.

그 경우, 나츠미는 아무것도 하지 않았다는 증언에 따라 피해자 남자가 누르고 있었다고밖에 생각할 수 없다. 문이 열린 기세로 뒤로 쓰러져 머리를 찧어 정신을 잃었다—— 아니, 이러면 흉기에 대해 설명할 수 없다.

"그러고 보니 흉기가 된 석고 팔은 원래 뭐였죠?"

보관고 안에서 목록 조회를 하고 있는 검은 옷에게 오드리가 확인했다. 그러자 검은 옷은 목록을 팔락팔락 넘기다가 대답했다.

"경매의 주목 상품이던, 『축복의 여신상』의 것일 겁니다. 다만……."

"다만?"

"그 여신상도 도둑맞은 상품 중 하나 같아서, 흉기로 쓰인 팔밖에 남지 않았습니다."

"아하, 그랬었나요."

검은 옷의 증언대로, 확실히 방 안에 그럴싸한 석고상은 보이지 않는다. 흉기가 된 팔의 크기는 대략 인간과 같았기에 여신상 본체도 인간 사이즈일 것이다.

"하지만 그렇다면 들고 나가는 것도 쉽지 않을 텐데. 참 통이 크군요."

"아앙? 어째서야? 별로 대단한 무게도 아니잖아."

"가넷에게는 그래도 평범한 인간에게는 그렇지가 않아요. 그리고 만약 들고 나왔다 쳐도 어디에다 숨길 겁니까. 치마 속에요?"

"아, 듣고 보니 그렇군."

그렇게 큰 여신상, 들고 나올 수 있더라도 숨길 장소가 없어서 감당을 못한다.

"없어진 다른 상품은 여신상에 비해서 작은 것뿐인지라…… 범인의 목표 중에선 여신상만 이상하군요."

"들고 나르기 쉬운 것을 노린 범인이 여신상만은 못 본 척하지 않았다, 이 말인가요."

검은 옷의 자세한 보고에 더더욱 범인상을 추려내기가 어려워진다. 여신상을 노린 것만이 유독 이채롭다. 그러나——.

"걸리는 점은 다분히 있습니다만, 그럴싸한 수확은 있었네요."

"오, 뭔가 알아낸 거야? 오드리 언니."

"일단, 임시방편이기는 합니다만."

덥석 반응한 가넷 앞에서 오드리는 손가락을 하나 세웠다. 그리고 눈을 빛내는 가넷에게 한쪽 눈을 찡긋하고 말했다.

"나츠미 씨의 상황을 바꾸는 정도라면, 가능할 것 같네요.

9

"그 얼굴, 뭔가 진전이 있었던 모오—양이군, 오드리."

대기실로 돌아온 오드리의 얼굴을 보자마자 로즈월이 웃음기를 띠며 말했다.

그 표정의 내부, 속마음을 읽을 수 없다는 사실에 진력을 내면서 오드리는 "네." 하고 끄덕인 뒤, 가넷을 데리고 나츠미와 그웨인 앞에 섰다.

"일단, 보관고 안에서 부자연스러운 점을 발견했습니다. 아마 범인이 남긴 흔적이라고 생각합니다만 나츠미 씨와는 무관하지 않을까 싶네요."

"흐응, 짧은 시간에 유능한걸. ……그래서, 뭘 찾았는데?"

"물웅덩이입니다."

오드리의 대꾸에 그웨인이 눈썹을 꿈틀 세웠다. 그웨인이 "물웅덩이?" 하고 갸우뚱하자 오드리는 가볍게 턱을 주억이고 말했다.

"보관고 입구에 물웅덩이가 있었습니다. 문 바로 근처에. 묘하다고 생각하지 않나요?"

"확실히 묘하기는 해. 경매품에는 회화 같은 것도 있어서 물기는 엄금일 테니까."

"하, 하지만 그 물웅덩이가 무슨 관계가 있지요?"

진지하게 끄덕이는 그웨인, 그 배후에서 포로가 된 나츠미가 답을 보챘다.

"잘 들으세요. 보관고의 문은 자물쇠가 망가져서, 안에서 무언가로 막혀 있었습니다. 그러니까 몸통 박치기로 뚫은 상황인데, 뭐가 안에서 문을 막고 있었을까요. 확인한 바로, 그럴싸한 물건은 없었습니다. 그렇죠? 가넷."

"————."

옆의 가넷에게 확인하자 말없이 끄덕끄덕했다. 그 긍정에 로즈월이 "그래도 말이야아—." 하고 갸웃하며 입을 열었다.

"묘한 물웅덩이, 그것이 그렇게 중요한 사항일까아—?"

"물론입니다. 이 물웅덩이가 제3자의 존재를 긍정하니까요."

"호오, 그거 큰소리치는데. 그럼 아저씨들에게 들려주겠어?

오드리 양은, 그 물웅덩이가 뭐였다고 생각하고 있지?"

자신 있게 보였는지 오드리에게 묻는 그웨인도 왠지 즐거운 내색이다. 그런 멋쟁이 남자의 도전에 오드리는 "간단해요." 하고 운을 떼고 답을 밝혔다.

"——얼음입니다. 마법으로 만든 얼음, 그것이 문을 막던 빗장의 정체입니다."

"얼음! 미스터리에서 트릭에 쓰이는 정석 아이템이네요!"

"……미스, 뭐라고?"

오드리 설명에 흥분한 기미로 몸을 앞으로 내민 나츠미의 말에 그웨인이 눈썹을 찌푸렸다. 나츠미는 바로 "죄송하여요." 하고 말허리를 끊은 것을 사과했다.

본인의 궁지니까 최소한 방해는 하지 말아 달라는 뜻을 시선에 실으며 오드리가 "어흠." 하고 헛기침했다.

"보관고의 물웅덩이는 그 얼음이 녹아서 생긴 것이겠죠. 그러니 빗장은 어디에도 없었던 거예요. 정확히는 형태가 달라지고 만 겁니다."

"……그 생각에 토를 달고 싶은 것은 아니지만, 그것뿐이라면 조금 불충분해. 마법의 얼음이라는 것은 참신한 발상이야. 하지만 나츠미 양의 관여가 부정된다는 건?"

"첫째로, 문을 막는 것이 목적인데 안에 남아있으면 의미가 없겠죠? 밀실로 만드는 건 용의자에서 벗어나기 위해서인데, 그래서는 의미가 없습니다. 둘째로……."

"——나츠미 양에게는 말이야, 적성이 없어. 그녀의 적성은 음(陰) 속성이라서 말이지이—."

오드리의 말을 이어받아 로즈웰이 그 설을 보강했다. 그웨인이 로즈웰 쪽을 번뜩 날카롭게 노려보았다.

"로즈웰, 한 식구라고 감싸면 봐주지 않는다고?"

"물론. ——설령 인생 전부에 거짓말을 하더라도 마법에만은 거짓말을 하지 않을 것을 약속하지."

"……거기선 거짓말이라도 더 공감하기 쉬운 것으로 맹세해 주길 바랐는데."

"중요한 사항이라고? 나에게는 말이야아—."

로즈웰의 답변에 그웨인이 머리를 긁었다. 그 대화를 보면서 오드리는 "아무튼." 하고 말을 이었다.

"변경백님의 말씀대로, 나츠미 씨에게는 적성이 없습니다. 그것은 『미티어』를 사용해 확인해 보셔도 됩니다."

"뭐, 그건 나중에 별실에서 확인하기로 하고…… 실제로 나츠미 양을 진심으로 범인 일파라고 의심하는 건 아니야. 아는 사항을 듣고 싶을 뿐이라서."

"서, 성격이 고약하네요……."

얼굴이 해쓱해진 나츠미가 그웨인의 생각에 그런 말을 흘렸다. 하지만 오드리 입장에서 그웨인의 생각은 지극히 정당하다.

그 상황에서 유일하게 이야기를 들을 수 있는 입장에 있던 나츠미를 주목하는 것은 필연이다. 그 나츠미가 아무것도 모른다면 헛손질, 책임자로서 황망하기 그지없으리라.

"안 좋게 여기지 말아 달라고, 나츠미 양. 아저씨들도 다 일이야. 그리고 아저씨의 감이 말하더군. ──나츠미 양은 무언가를 숨기고 있다고."

"그! 그렇지, 는, 않은, 데요?"

말이 어색해진 나츠미지만 그 뒤에서 오드리와 가넷도 식은땀을 흘렸다.

그웨인의 안목은 옳다. 나츠미는 거대한 비밀을 숨기고 있다. 그러나 그것은 사건과 무관한, 더 하찮은 비밀이다. 들통 날 수는 없지만.

그런 세 사람의 속마음이 혼미에 빠진 사태를 아랑곳하지 않은 채 로즈월이 몰래 웃음기를 띠고 있는 게 얄밉다. 누구 탓인 줄 알고 있는지.

"아무튼, 범인은 보관고를 밀실로 만들기 위해서 얼음 마법을 쓰고 있습니다. 그걸로 밖에서 문을 막았다면, 안쪽 두 사람은 피해자 범주에 들겠죠."

"목적은 시간 벌기와 수사 교란…… 얼음 빗장이라니, 어처구니없군."

분한 듯 중얼거리는 그웨인. 그 속내는 오드리도 잘 알 수 있다.

주도면밀하게 계획해서 범행에 이른 상대다. 범인은 장물을 들고 이미 저택에서 멀리 달아났을 가능성도 고려해야 한다.

"아니, 그 가능성은 낮아. 경매가 있는 밤의 경비는 엄중해서 말이지. 초대받지 않은 손님이 저택에 들어오면 그냥 넘어가지 못해. 그러니까……."

"아직 저택 안에 범인이? 그렇다면 이야기는 빠르죠. 소지품을 검사해서…… 아니, 아무래도 그렇게까지 섣부르지는 않을까요. 물품을 숨기고 있을 테죠."

들고 나오지 못해도 나중에 들고 나오기 위해서 은닉 장소는 준비할 터다. 범인이 저택의 초대객에 섞여 있어도 소지품으로 색출하기는 불가능에 가깝다.

"……오드리 언니."

"——음? 뭐죠, 가넷."

골똘히 생각에 잠긴 오드리. 그 드레스의 허리를 가넷이 살짝 잡고 작은 소리로 말을 붙였다. 가넷은 살며시 얼굴을 가까이 대고 오드리에게 귀엣말했다.

"얼음 빗장이라는 얘기 말인데, 문제가 있다고. 오드리 언니 말로는 범인이 도망칠 때에 막았다지만…… 밖에서 문 너머에다 거는 건 쉽지 않아."

"응?"

"그도 그럴 게, 문 너머에서 거는 마법이잖아? 안 보이는 곳에 마법을 딱 맞히는 건 쉬운 일이 아냐. 대충 한다고 될 게 아니지. 그럼, 그걸 하려면……."

"숙달된 마법 실력이 필요하다……?"

가넷의 지적에 오드리는 미간에 깊은 주름을 잡았다.

깜빡하고 있었지만, 가넷의 지적은 옳다. 오드리도 다소나마 마법을 쓰지만 확실히 보이지 않는 장소에 정확하게 마법을 쓰는 것은 지난한 기술이다. 눈을 감고 던진 돌을 표적에 맞추는 것과 같아서 쉽게 할 수 있는 행위가 아니다.

물론, 웬만한 수준 이상의 마법사라면 그 정도야 쉽게 해내겠지만——.

"——웬만한 수준 이상의 마법사라."

그 대화를 주워들은 그웨인의 한마디에 오드리의 안색이 불편해진다. 쭈뼛쭈뼛 돌아보는 시선 앞에서 그웨인이 로즈월 쪽을 보고 있었다.

그리고——.

"로즈월, 저택이 어두워지기 전후, 뭐 하고 있었어?"

그렇게, 새로운 용의자에게 우정을 빼놓은 물음을 던진 것이었다.

10

【로즈월의 증언】

숙련된 마법사가 용의자가 되면, 내가 의심받는 것도 무리는 아니이―겠어. 물론, 질문에는 대답하아―도록 하지. 사건 전후의 행동이었지이―?

그때, 나는 파티장에 없었어. 나츠미 양과 가넷 양과 같이, 남과 이야기하는 데에 지쳐서 말이야아―. 파티장 밖에 있었어. 다아―만, 거기서도 퍽 정열적인 여성에게 붙들리는 바람에 한동안 그녀와 함께 시간을 보냈다아―는 것.

그 뒤, 사건 때문에 호출받아 여기로……. 그것은 너희도 알지?

"대충 이렇게 될까아—."

"————."

질문에 대답한 로즈월, 그 내용에 일동이 침묵했다. 그 침묵의 원인은 각자 다르겠지만, 적어도 오드리는 안도했다.

람에게는 약간 들려주지 못할 부분도 있는 이야기이기는 했지만.

"변경백님, 여성과 함께 있으셨군요. 그렇다면 안심했습니다……."

"어이쿠야, 나를 걱정해 주다니 기쁜데. 하는 김에 동반자인 너희 말고 다른 여성과 함께 있었다는 것에는 눈을 감아 주면 고마우려나아—."

"아니요, 그건 그거대로 나중에 람 씨에게 보고하겠습니다만."

"으—음……."

람의 이름이 나오자 로즈월이 웬일로 기가 죽은 표정을 지었다. 그 모습이 현재의 로즈월과 람의 미묘한 관계를 표현하고 있지만 오드리에게는 화풀이 삼기에 딱 좋다.

어쨌든 로즈월과 함께 있던 여성이 있었다는 말은 희소식이다.

"그럼, 그 여성에게 이야기를 들으면 의심은 풀릴 것 같네요."

"뭐, 그렇게 되지이—. 마법의 화제로 처음에 내가 떠오른 것은 영광이지만 이 정도 재주, 별반 어렵지 않잖아아—?"

나츠미의 말에 끄덕인 로즈월이 가볍게 손을 저었다. 그러자 작게 대기가 얼어붙는 소리가 울리고, 대기실 밖에서 검은 옷이 놀라는 소리가 터졌다.

"대, 대표님! 문밖에 느닷없이 얼음 조각품이…… 아, 사라졌다?!"

"로즈월, 장난치지 말아 줘. 부하가 당황하잖아."

그웨인이 쓴소리를 하고 대기실 밖의 검은 옷에게 걱정할 필요 없다고 전했다. 흘끗 문밖에 로즈월이 만든 얼음상이 보였지만, 정교한 구조의 오드리 상이었다.

얼굴을 찌푸리는 사이에 그 얼음상도 흔적 하나 남기지 않은 채 먼지로 변해 대기 중에 사라졌다. 기량만을 보면 보관고에 얼음 빗장도 쉽게 만들 수 있을 실력이다.

다만 마법에 대한 고집이 있음에도 불구하고 로즈월의 감각은 허술했다.

"한 가지 정정하겠습니다만, 방금 그건 쉬운 일이 아니에요. 서민 감각이 없으시네요, 변경백님."

"그래? 나는 처음 마법을 썼을 적부터 이쯤이야 할 수 있었는데에—."

"열 받는 자식이군……."

자각하지 못하는 천재다운 발언에 불쾌한 듯이 가넷이 입 안으로만 중얼거렸다.

그 짜증에 비교적 같은 의견이지만 일부러 '당신 천재네요.' 하고 전해서 우쭐대게 하고 싶지도 않다. 오드리는 한숨을 한 번 쉬고 요청했다.

"그웨인 님, 변경백님과 함께 있었던 여성을 찾아서 이야기를 진행하죠."

"그러지. 슬슬 파티장의 손님들도 애간장이 달았을 시기야. ——나츠미 양, 의심을 풀기 위해서도 속성을 확인하러 부하와 동행해 줄 수 있겠나?"

"에스코트해 주신다면."

자신에 대한 의심이 옅어져서 여유가 생겼는지 나츠미가 의젓하게 대꾸했다. 그 모습에 그웨인이 쓴웃음 짓고 검은 옷 중 한 명에게 나츠미를 방 밖으로 데리고 나가게 했다.

이로써, 조금은 사태가 호전하며 진전되면 좋겠지만——.

11

"……이럴 수가 있어요?"

한탄하는 음색으로 오드리가 중얼거렸다.

장소는 파티장으로, 오드리 앞에는 한곳에 모인 초대객들이 있다. 그 초대객들에게로 그웨인이 "로즈웰과 함께 있던 여성은 이름을 대고 나와 달라."고 불렀을 때, 거수한 여성은 전무, 침묵만이 내려앉고 있었다.

이해는 할 수 있다. 이름을 대고 나와 달라는 게 그렇게 쉬운 말도 아니다. 사교장이라고는 해도 남성과 여성이 함께 있는 것은 그만한 의미가 있다. 하물며 상대인 로즈웰은 변경백, 묘한 억측을 낳지 않으리라 장담할 수도 없다.

일단 그웨인이 그런 걱정은 필요 없다고 예방선을 쳤지만.

"뭐, 말하기 어려운 기분도 알겠지만. 어쩔 수 없지. 로즈웰."

"________."

"함께 있던 건 어느 아가씨야? 가르쳐 주면……."

"아— 그거 말인데에—."

아가씨의 수줍음보다 책임자의 입장을 우선한 그웨인. 그러나 로즈월은 그의 물음에 찌푸린 표정으로 좌우의 색이 다른 눈을 깜빡였다.

"——나랑 같이 있던 아가씨의 모습, 도통 보이지 않아."

"……뭐?"

"아니, 아니, 아아—니, 나도 놀라고 있거든? 없어. 이게 또오— 어디에도."

"으에에에에에?!"

항복이라며 두 손을 든 로즈월의 말에 오드리의 절규가 터졌다. 하지만 로즈월의 표정에는 장난스러운 기색은 없고, 곤혹감만이 있었다.

"저, 저택에 있던 초대객은 이걸로 전원이 맞죠? 나츠미 씨와, 쓰러져 있던 남성을 제외하면 전원, 여기에 있다?"

"그야 뭐. 빠트려서야 의미가 없지. 그런데 영 두 손 들겠군."

오드리의 질문에 대답한 그웨인이 이마에 손을 짚었다.

로즈월과 함께 있던 여성의 부재, 이래서는 로즈월이 무고하다고 증명할 수 없다. 그러기는커녕 거짓 증언으로 발뺌하려 시도했다는 의혹까지 생긴다.

"하, 하다못해 변경백의 모습을 본 사람은? 어두워지기 전후입니다!"

"아, 그거라면."

"――아! 정말인가요?! 그건 다행……."

매달리는 기분으로 던진 발언에 반응이 있어 고개를 든 오드리가 또다시 굳어버렸다.

로즈웰과 함께 있던 여성은 없었다. 하지만 로즈웰을 본 사람은 없느냐고 물은 순간에――.

"하, 하나둘셋…… 어, 얼마나 있는 거예요?!"

주르륵 올라온 손의 수는 방대, 눈앞의 초대객 거의 전원이 들고 있었다.

이렇게 이상한 이야기가 있을까 보냐. 로즈웰은 파티장에 없었을 텐데――.

"도대체, 어디서 변경백을 본 거죠?!"

"저기, 그게…… 하늘……에서."

"……네?"

기겁한 오드리의 물음에 초대객 중 한 명이 쭈뼛쭈뼛 대답했다. 그 답변의 의미를 이해할 수 없어서 오드리는 말 그대로 눈이 동그래졌다.

그러나 황당무계하게 느껴진 그 답변에 거수한 초대객들은 같이 끄덕였다.

"잠깐잠깐, 다들, 잠깐 기다려 봐. 아저씨들이 이해할 수 있게 설명해 줄 수 있겠어? 로즈웰을, 하늘에서 봤다는 건……."

"――그렇다면, 제가 설명해드리죠."

"오……."

그렇게 말하고 한 발 앞으로 나선 것은 갸름하고 단정한 이목구비를 가진 인물이었다. 왠지 모르게 중성적인 생김새로 굳센 의지가 어린 눈을 가진 짧은 금발의 남성.

그 인물을 본 그웨인이 "당신은……." 하고 중얼거렸다.

"캐논 레이딤 경, 인사가 늦었습니다."

"아니요, 주최자가 바쁘신 것은 당연한 일. 그보다 메이더스 변경백 말입니다만."

고개를 젓고 그렇게 대꾸한 인물── 캐논이 파란 눈으로 로즈윌을 바라보았다. 그 시선을 받은 로즈윌은 마찬가지로 파란 쪽 눈으로 상대를 마주 보았다.

"설명해 주신다면 고맙겠군요오—. 듣자니, 제가 하늘에 있었다는데?"

"……조명이 꺼지고, 파티장에서 그웨인 경이 나간 다음에 있던 일입니다. 어둠 속에서 저희는 서로 기대며 불안을 달래고 있었습니다만, 딱 그때였습니다."

"────."

"파티장의 창문 밖, 어두운 밤하늘을 하늘하늘 나는 인영이 보인 거죠. 나부끼는 망토, 특징적인 장발, 무엇보다 하늘을 자유로이 다닐 수 있는 권리를 지닌 자는 많지 않습니다."

표현이 제법 시적인 캐논이지만 그의 설명에 오드리는 숨을 집어삼켰다. 주위로부터 이견이 나오지 않으니 실제로 그 장면을 많은 사람이 목격한 것이리라.

망토에, 장발에, 자유로이 하늘을 날 수 있다. ──그런 사람,

달리 또 있을까 보냐.

"메이더스 변경백, 하늘을 날고 있던 것은 당신이 아닌지?"

"아아—니, 안타깝지만 내가 아니야. 확실히, 마법으로 비행하는 건 내 특기 분야이기는 하아—지만. 다른 사람이 아무도 할 수 없는 건 아니지."

"하지만, 이만큼 많은 초대객이 목격했단 말입니다."

두 팔을 펼치며 캐논이 찬동을 바라자 초대객들이 저마다 끄덕였다. 마치 로즈웰을 규탄하는 것만 같은 상황이지만, 하늘을 날고 있었다 치고 그게 대체 뭐란 말인가.

"아니, 뭐, 훔친 물품을 손이 닿지 않는 곳에 숨기는 데에 편리하겠네……."

"오드리, 자네는 내 편? 아니면 적일까아—?"

"적일 가능성을 항상 찾고 있는 한편이라 여겨 주세요."

로즈웰에게 품은 원망은 끝이 없지만, 그것은 사적 원한이라고 오드리는 마음 깊은 곳에 봉해두었다. 그보다 문제는, 눈앞에 놓인 로즈웰에 대한 의혹.

나츠미도 그렇고, 여기까지 오면 아예 에밀리아 진영에 대한 저격이다.

"……실제로, 그런 걸까요."

아무리 그래도 이렇게까지 불리한 일이 집중될 수가 있을까.

나츠미가 보관고에서 발견되고, 현장의 흔적과, 로즈웰과 함께 있던 여성의 부재, 그리고 로즈웰이 수상한 행동을 했다고 주지된 상황—— 모든 요소가 불리하게 작용하고 있다.

한둘이라면 우연이 겹칠 수가 있다. 하지만 셋이나 겹치면 그것은 작위다.

——이것은, 에밀리아 진영에 가하는 누군가의 공격이 아닌가.

"로즈월, 형세가 안 좋아. 무언가, 할 수 있는 말이라도 없어?"

"솔직히 두 손 들겠어어—. 이렇게까지 내 편이 없을 줄은 몰랐는걸. 아니, 내 저택이라면 이런 환경도 가끔 있기는 있다마아—만."

"그건 그거대로 문제지……."

그웨인이 로즈월의 답변에 진저리치며 어깨를 축 떨어뜨렸다. 하지만 예전부터 알던 사이인 그웨인에게도 현재 로즈월을 옹호할 의견이 떠오르지 않는다.

오드리 또한 심정적으로 로즈월이 범인은 아니라고 생각할 뿐이지, 논리적인 방향에서 로즈월을 원호할 말은 나오지 않았다.

이대로 있으면 거북한 소문이 로즈월에 흠집을 내어 에밀리아의 왕선에도 영향이 간다. 그 사태만은 피해야만 한다고, 오드리는 필사적으로 머리를 굴리다가——.

"——아까부터 듣자 하니, 뭔 소리들을 하고 있냐, 니들."

"……가, 가넷 양?"

등골이 쭈뼛 설 노기가 서린 목소리에 화들짝 놀란 그웨인의 얼굴이 굳었다. 얼굴이 뻣뻣해진 것은 그만이 아니라 캐논과 다른 초대객들도 그렇다.

그들의 시선을 모으며 오드리보다 앞으로 나선 것은 금발의 아가씨, 가넷 튀람.

팔짱을 낀 가넷이 "엉, 그래." 하고 사납게 끄덕인 뒤 말했다.

"가만히 쭈—욱 들어보니, 이상한 소리만 해대고. 로즈웰 자식이 하늘을 날아갔다? 전원, 눈알 제대로 달려 있는 거냐."

"꽤, 꽤나 말씨가 거친…… 아니, 그 이전에, 저기, 아가씨? 당신의 그 목소리는……."

"아아, 감기 걸렸었어. 그래서 계속 입 다물었지. 근데 참는 것도 한계라서."

"허, 허어……."

박력과 억지로 캐논의 입을 막은 가넷이 비췻빛 눈으로 주욱 늘어선 초대객을 쏘아보았다. 그 시선에 서린 힘에 사람들은 전율했지만 가넷은 숨을 훅 내뱉고 말했다.

"나 참, 뭘 줄줄이 다 모여 가지고 헛것이나 보는지……. 알겠어? 이 어…… 내가 니들에게 똑똑히 가르쳐 주마. 날고 있던 건 로즈웰 따위가 아니란 걸!"

12

【가넷의 증언】

저택이 어두워졌을 때라며? 나도 말이야, 언니랑 로즈웰이랑 마찬가지로 파티장 밖에 나갔었어. 말도 못하는데 추근거리는 게 지겨워서.

그래서 바람 쐬며 쉬고 있었는데…… 갑자기, 저택이 어두워지잖아. 게다가 손님들이 당황하는 기척도 났으니까 돌아가려

했는데, 그랬더니 그거야.

그래, 니들이 로즈월이니 뭐니 그러는, 영문 모를 것이 눈앞에 둥둥 날아갔단 말이지. 지지리도 못 만든, 인형 같은 게.

"그건 인간도 뭣도 아니야, 목각인형 같은 거지. 그걸, 이놈이고 저놈이고 떠 있기만 했다고 로즈월이라 생각하긴……."

못 말리겠다며 가넷이 초대객들을 바라보면서 날카로운 어금니를 딱 부딪쳤다.

가넷의 증언을 듣고 초대객들은 난처한 표정이다. 그들의 곤혹감을 대표해 캐논이 "말해도 될까?" 하고 거수했다.

"당신의 말도 이해 못 할 건 아니지만, 그것도 주관적인 주장이야. 많은 사람의 눈과, 당신 한 명의 눈…… 어느 쪽이 신뢰할 만한지, 알 거 아닌가?"

"그래, 내 눈이지. 오드리 언니, 안 그래?"

"……아니요, 저기, 제 의견으로서는 그렇긴 한데요."

당당하게 논리적 설득이라는 것을 내팽개친 가넷의 말에 오드리는 얼굴을 가렸다. 가넷에게 논리정연한 설명을 바란 것이 잘못이었지만 어쨌든 더 협조성이라는 것을 함양해 주길 바란다.

그런 소원을 품는 오드리 앞에서 가넷은 "뭐야." 하고 콧잔등에 주름을 잡았다.

"내 두 눈으로 똑똑히 봤다고. 바로 정면, 바람에 떠 있는 인형을!"

"——잠깐. 눈앞에서 봤다고 했나요?"

"아앙?"

기세를 돋우는 가넷의 말에 오드리는 손바닥을 내밀었다. 그 손바닥을 바라보며 가넷이 눈썹을 찌푸렸다. 그 미묘한 표정을 향해 한 번 더 물었다.

"방금, 눈앞에서 봤다고 했죠? 파티장에 있던 여러분은, 하늘을 날고 있는 변경백을 창밖에서 봤습니다. 캐논 님, 틀림없습니까?"

"어? 어, 어어, 그럴 거야. 나도, 그렇게 인식하고 있어."

"그런데, 가넷은 눈앞에서 봤다고. ……가넷, 어디에 있었던 거죠?"

"그, 그야…… 저, 정원이라거나."

"정원에서 하늘을 나는 인형을 봐도 눈앞이라고는 하지 않을 텐데요. 눈앞이라고 한 이상은 눈앞일 터. 즉, 당신도 하늘 위에 있었거나……."

비슷한 높이라는 발상을 떠올린 오드리는 머리 위를 쳐다보았다. 덩달아 로즈웰과 그웨인도 위를 보았다. 가넷만이 온 얼굴에 식은땀이 흥건했다.

그러는 가넷과도 이렇게 저택 옥상을 올려다본 적이 있었다. 아직 또렷한 그 기억과, 설마 싶은 가능성이 부합하자 오드리는 눈을 가늘게 뜨고 확인했다.

"그웨인 님, 확실히 저택 지붕에는 근사한 종루가 있었죠. 기둥 같은 것도 아주 아주 웅대한……."

"응, 그렇지. 그것도 꽤 값이 나갔어. 종은 당연하거니와 기둥도 특별한 돌을 쓴 거라 귀중한 물건이야."

"과연, 과연. 귀중한── 아주 딱딱해 보이는 기둥이었으니 말이죠."

"────."

오드리가 그렇게 말하고 의미심장한 눈초리를 가넷에게 보냈다. 얼굴을 식은땀으로 적신 가넷이 이번에는 그 안면을 새빨갛게 물들였다.

"윽, 칵! 알았어, 알았다고! 자백할게! 지붕에 있었어! 부글부글 속이 끓던 중에 그 기둥이 눈에 띄기에, 이가 근질거려서 말이야……."

움켜쥔 주먹을 떨면서 가넷이 자기 행동을 고백했다.

파티장에서 자취를 감추고 무엇을 하고 있었나 했더니, 종루가 있는 곳에 갔었다는 뜻이다. 그리고 근질거리는 이를 참다못해 딱딱한 것을 깨무는 버릇이 있는 가넷은──.

"──기둥을, 깨물고 있었다고?"

"사, 살살하기는 했다? 근데 생각보다 튼튼해서 기합이 들어가는 바람에…… 그리고 결국 깨부수는 지경까지……."

"……할 말도 없네."

미간을 주무르면서 오드리는 '여동생' 의 폭거에 무슨 말을 하면 될지 알 수 없었다.

다만 가넷이 지붕에 있어서 초대객들보다 더 가까이, 그 '로즈월' 로 취급받는 미확인 물체를 봤었다면──.

"일단, 증언을 수정하죠. 이야기가 또 바뀔 테니까요."

"그……렇지. 일단, 그 틈에 지붕은 부하더러 보고 오라고 할게……."

다짜고짜 고함치지 않는 걸 보아 그웨인의 그릇은 크구나, 하고 오드리는 생각했다.

【가넷의 증언 2】

자백하자면, 나는 어두워졌을 때 종루라는 곳에 있었어. 처음에 봤을 때부터 미치도록 깨물어 보고 싶어서, 그만 참을 수 없어 가지고.

그래서, 깨물고 있던 중에 어두워져서 당황하며 내려오려 했다는 얘기는 똑같아. 눈앞에 영문 모를 목각인형이 떠오른 것도 똑같고.

그게 엄청 찝찝한 느낌이 들더라고. 내가 물어 부순 기둥 파편이 수중에 있기에 별수 없이 그걸 내던져서 목각인형을 때려 부쉈지. 텀벙—하고!

"잠깐잠깐잠깐잠깐! 전혀 딴 얘기가 나왔어! 뭐예요?! 부순 거예요?!"

"오오, 때려 부숴어. 속 시원하더만."

"이쪽은 뜬금없는 얘기라 무지무지 어리둥절해! 어, 여러분은 그거 봤어요?!"

가넷의 이야기가 발전되자 극심하게 동요한 오드리가 초대객들을 돌아보았다. 그들은 얼굴을 마주 보며 "그러고 보니……."

하고 입을 열었다.

"날고 있는 인영이 갑자기 사라진 것은 확실합니다. 영락없이 시야에서 벗어난 줄로만 알았습니다만……."

"실은 가넷 양이 격추했었다라. 이건 또 재미있어졌는거얼—."

"즐기는 건 그만둬 주실래요?! 누가 제일 큰일인지 알고 계세요?!"

"알아, 알아. 미안, 미안해. 화내지 말아 주게에—나."

오드리가 멱살을 잡을 기세로 다그치자 천하의 로즈월도 불성실한 태도를 거두었다. 그렇기는 하지만 상황은 극적으로 변화하는 중이었다.

이제 정말로 가넷이 하늘을 나는 인형이라는 것을 격추했다면.

"그거, 어디에 떨어졌는지 알겠어요?"

"……아니, 모르겠어. 여하튼 깜깜한 탓에. 그렇게 멀리 떨어지진 않았다 싶지만."

"읏, 역시 그건 희망이 과했나…… 아니, 잠깐만요. 아까 가넷이 말했었죠. 목각인형을 부수고……."

"엉, 목각인형을 때려 부숴어. 텀벙—하고."

"그 소리, 이상하지 않나요?"

인형을 부순 소리치고는 꽤 특징적인 소리다. 가넷은 신경 쓰지 않은 모양이지만 오드리는 강렬한 위화감을 품었다.

그런 특징적인 소음, 어디선가 울렸다면——.

"물소리가 아니이—려나."

"——아! 그거다! 가넷, 인형은 물에 떨어진 게 아닌가요?!"

"……아— 듣고 보니, 그런가? 아니, 맞아. 그런 느낌이 들기 시작했어!"

로즈월로부터 영감을 얻은 오드리와 가넷이 손을 마주쳤다. 그리고 서로 손을 맞잡은 채로 동시에 그웨인을 돌아보았다.

"그웨인 님, 확실히 정원에 분수가 있었죠. 혹시 가넷이 말하던 물소리는 거기서 났을지도 모릅니다. 그렇다면."

"인형은 분수 안에 떨어졌다라. 좋은데, 좋아. 그것도 확인시키지."

"오드리 언니, 나 도움이 됐나?"

"네, 됐어요! 남의 저택의 기둥을 깨문 건 나중에 반드시 반성시키겠습니다만."

"끄오오오오, 진짜 언니가 노발대발할 거야……!"

그건 당연히 감수해야 할 벌이다. 하지만 가넷의 난동으로 상황이 나아질 가능성이 상승한 것도 사실. 오드리도 그 부분에 관해서는 두둔하리라 마음먹었다.

그리하여 갖가지 상황이 변화하기 시작했을 즈음, 한 가지 큰 변화가 나타났다.

그것은——.

"——오드리! 가넷! 큰일이에요!"

"나츠미 씨?!"

파티장의 대문을 열어젖히며 힘차게 모습을 보인 것은 칠흑의 규수, 나츠미 슈바르츠였다.

대기실에서 나가 자신의 마법 속성을 증명하고자 감정용『미티어』에 매달려 있던 나츠미. 그 사람이 천천히 오드리 쪽으로 다가와서 말했다.

"치, 침착하게 들어 주실래요? 큰일이 일어났어요."

"큰일이라니…… 그보다 나츠미 씨 문제는 어떻게 되었죠? 제대로 음 속성이라는 건 알아주셨어요?"

"그 테스트는 괜찮았지만, 그럴 경황이 아니라고요! ──그, 잠들어 있던 피해자분이 깨어나셨어요!"

"라즈렌 경이? 그건, 희소식이라고 해야 하지 않나."

나츠미의 보고에 그웨인이 해결의 예감에 손뼉을 치고 기뻐했다. 그러나 오드리의 등줄기는 느끼고 있었다. ──차갑고 꺼림칙한 예감을.

오드리의 예감을 긍정하듯이 나츠미가 "그것이." 하고 무겁게 말을 꺼냈다.

"그리 쉽게 풀리지는 않는답니다, 그웨인 님. 그, 라즈렌 님 말인데요."

"……설마, 맞은 충격으로 사건의 기억이 없다든가?"

그웨인이 얼굴을 찌푸리고 최악의 가능성을 예상했다. 실제로 머리를 맞아 의식을 잃었을 경우, 그 전후의 기억이 애매해지는 건 흔한 이야기다.

그리되면 피해자 남성의 증언은 사건 해결의 단서가 되지 못하지만──.

"그걸로 끝나면 좋았겠는데요."

"어?"

그렇게 말하고 아연해진 다른 사람들을 향해 나츠미는 기가 막힌 발언을 이었다.

그 내용은——.

"——라즈렌 님, 머리를 맞은 탓에 사건 전후의 기억은커녕 자기가 누구인지도 잊어서 완전히 기억상실이 되었어요."

13

——사건은, 또다시 예상 밖의 사태를 맞이하고 있었다.

압도적 비보가 전달된 것은 사건 해결의 열쇠를 쥐고 있다고 여기던 피해자, 라즈렌 에니모우 경이 깨어났다는 보고와 동시였다. 사건의 중핵에 있던 인물의 각성인 만큼, 상황은 단숨에 해결로 향할 거라 기대되었지만——.

"……아— 그래서, 본인의 성함은 말씀하실 수 있나요?"

"——아, 나 말이야? 아— 에— 음— 저기, 이름이라고 하면……."

"아, 알겠습니다. 네, 괜찮습니다. 감사합니다."

한 방에 조짐이 안 좋다고 알 만한 대답을 얻은 오드리는 조속히 질의를 중단했다.

오드리의 정면, 파티장 중앙의 큼직한 의자에 앉혀둔 남성. 그가 바로 예의 피해자인 라즈렌 경이다.

보관고에서 머리를 맞아 의식불명 상태였던 라즈렌이지만,

다행히 상처는 경상으로 끝났는지 외견상 육체에 문제는 없는 듯했다.

문제가 있는 것은 몸이 아니라 머리 쪽이다. 여하튼 간에——.

"설마, 사건 순간은커녕 자신의 기억까지 몽땅 다 잃을 줄이야……."

라즈렌을 덮친 비극을 말로 꺼낸 오드리는 머리를 감싸 쥐고 작게 신음했다.

『기억상실』—— 그것이 라즈렌을 덮친 설마 하던 비극이다. 얻어맞은 끝에 기억까지 잃고, 그의 불운은 그칠 줄을 모른다.

다만 사건 해결의 실마리가 하나 없어졌다는 의미로는, 그를 덮친 비극은 그만의 비극으로 그치지 않는 것 또한 사실이다.

"환장하겠군, 오드리 언니. 믿을 건덕지 중 하나였는데 말이야."

"그러게요. 라즈렌 님이 기억만 해 주시면 사건 해결의 결정타가 되었겠지만, 뭐라 말할 수가."

옆의 가넷이 건넨 말에 대답한 뒤 둘이서 깊은 한숨을 쉬었다. 라즈렌은 오드리와 가넷의 모습에 "어, 나, 무슨 짓 했어?" 하고 불안한 내색이다.

어쨌든, 이 상황에 그에게 낙담과 실망만 하고 있을 수도 없다.

"고민하는 와중에 미안한데, 오드리 양, 잠깐 괜찮을까?"

"그웨인 님? 뭔가 알아냈나요?"

"그래, 희소식이라면 희소식일까. 정원의 분수에서 기대한 바와 같은 물건이 발견됐어."

어깨를 으쓱인 그웨인이 오드리의 물음에 한쪽 눈을 찡긋하고 끄덕였다. 그웨인은 곧이어 "또한." 하고 의미심장한 시선을 가넷 쪽에 던졌다.

"문제의 종루도 확인했어. 가넷 양의 치아 모양이 어떤지는 몰라도, 확실히 누군가가 그 자리에 있던 건 사실이고 그 누군가가 가넷 양일 가능성이 높은 것도 틀림없지."

"그 문제에 관해서는 크게 폐를 끼쳐, 차마 드릴 말씀이 없습……."

"뭐, 이에 관해선 청구는 제대로 로즈월에게 할 거야. 설교에 관해서는 오드리 양이 해 줄 거지?"

"그야 물론, 가넷의 친언니에게도 보고해서 따끔히 야단맞게 하겠습니다."

"끄오오오, 피도 눈물도 없어……!"

가넷이 머리를 감싸 쥐고 신음하지만, 오드리가 보자면 이만큼 자비로운데 뭐가 불만인지 섭섭하기 그지없는 소리였다.

그리하여 가넷이 저지른 범행의 확인이 끝난 것은 제쳐 두고, 그웨인이 "그것을." 하고 부하에게 명령해 무언가를 가져오게 했다.

"이건……."

"정원의 분수에 빠져 있던 물건이야. 제법 구경할 만하지?"

그렇게 말한 그웨인의 발아래에 검은 옷들이 늘어놓은 것들은 분수에서 회수한 물건이었다. 물에 잠겼던 데다가 가넷의 무정한 일격을 맞아서 몰골이 처참한 물증. 그러나 어떻게 간신히 그 원형을 확인하는 것쯤은 가능했다.

회수한 물건은 천과 목재를 조합한, 기묘한 형상의 물체다. 찢어진 천이 가넷의 투석이 낳은 결과임은 알겠지만 애초에 무엇을 위한 물체란 말인가.

얼핏 봐서는 이것이 하늘을 날고 있었다는 이야기를 믿기 어렵지만——.

"이거, 기구처럼 보이네요……."

"기구, 말인가요?"

회수한 물건을 본 나츠미가 낯선 단어를 언급하자 오드리는 갸우뚱했다. 그 반응에 나츠미는 "네." 하고 어깨의 흑발을 매만지며 보충했다.

"열의 힘을 써서 떠오르는 인공적인 비행물이랍니다. 공기는 따뜻해지면 위로 올라가요. 그 현상을 이용해 천 안쪽에 따뜻해진 공기를 채워서 날리는 거죠."

말하면서 나츠미가 꾸깃꾸깃해진 회수품을 펼쳐 원래 모양으로 재조립했다. 그러자 나츠미가 설명한 '기구' 라는 것이 완성되었다.

"이런 게 하늘을 난다는 말인가요. 정말로?"

"——아마 사실이겠지이—. 불의 마법을 쓰는 술자에게 공기의 냉온은 상식의 범주야. '기구' 라는 이름은 견문이 짧아서 몰랐지만."

"공기를 데워서 띄운다라. 재미있는 사고방식이군. 실제로 이게 떠 있었다면 마법의 힘이라도 아닌 한 진실일 테지. ——그리고, 주운 건 그 밖에 더 있어."

"그 밖에 더, 말인가요?"

로즈월과 그웨인이 각자 기구의 존재를 긍정적으로 받아들이고 나서, 그웨인이 새로 의미심장하게 말을 이었다. 그는 로즈월의 친구답게 뜸을 들이는 몸짓으로 파티장의 주목을 모으면서 말했다.

"실은, 분수에서 보관고로부터 훔친 물건들이 발견됐어. 상황으로 보아 이 기구라는 것이 작은 물건과 같이 하늘을 날고 있었다는 이야기겠지."

"——아! 과연, 기구에 장물을 실어서 옮기려 했다고. 그렇다면 일부러 기구를 날린 것도 설명이 됩니다!"

그웨인의 말에 오드리가 어조를 높이며 손뼉을 쳤다.

기구에 장물을 묶고 하늘로 나르려던 것이 범인의 계획. 그 계획은 감쪽같이 성공할 뻔했지만 가넷의 뜬금없는 난동이 공을 세웠다.

"해냈네요, 가넷, 공을 세웠습니다! 나중에 람 씨와 프레데리카 씨와 페트라에게는 보고하겠습니다만, 가슴을 펴도 돼요."

"그렇게까지 말하는데 가슴 펴겠어?!"

얼굴을 활짝 핀 오드리의 말에 가넷이 이를 딱 부딪치고 항의했다. 그리고 가넷은 자신의 금발을 벅벅 난폭하게 긁고는 말했다.

"그래서, 내가 떨어뜨린 기구라는 게 발견된 거랑 도둑맞은 물건이 돌아온 건 좋은데 말이야, 아직 다 해결된 건 아니잖아?"

"그건, 그렇죠. 그웨인 님, 석고상까지는 역시……."

"아쉽지만 헤엄치고 있지는 않더군. 그것만은 기구로 나를 크기가 아니니."

자잘한 크기의 물건들은 발견되었지만 가장 거물인 여신상의 행방은 여전히 불명이다. 이 기구의 크기로는 아무리 그래도 그만 한 크기의 물건을 옮기는 건 불가능에 가깝다.

"그렇다고 자유롭게 들고 나를 크기도 아니니 말이죠……."

"석고상이라면, 창고에 있었던 물건 말이죠? 확실히, 그걸 옮기는 건 어렵다고 저도 생각해요. 그것도 두 개나 되니……."

"――. ――――. ――――――――――. 뭐라고요?"

턱을 손을 짚고 생각에 잠긴 자세로 나츠미가 한 말에 오드리는 몇 초 침묵했다가 질문했다. 그 질문에 나츠미는 "왜 그래요?" 하고 갸웃했다.

"저, 뭔가 이상한 말 했어요? 그냥 사실 확인이지 않나요."

"아뇨, 잠깐 이쪽 견해와 다른 의견이 튀어 나온 느낌이라서요. 죄송합니다. 그냥 잘못 들었나? 저기, 음, 도둑맞은 석고상이 몇 개라고요?"

"그러니까, 두 개잖아요? 여러 번 말하게 하지 말아 주세요."

"에에에에에에에엑――?!"

담담히 사실을 읊는 투로 나츠미가 하는 말에 오드리는 절규했다. 그 기세를 타고 오드리는 나츠미의 어깨를 잡고서 짤짤 앞뒤로 흔들었다.

"잠깐만요 잠깐만요 잠깐만요! 두 개? 왜 두 개예요? 누가 그런 말 했었나요?!"

"지, 진정해 주시어요. 그야, 제가 보관고에 들어갔을 때 상은 두 개 있었다고요? 그게 밝아진 순간 사라지면 도둑맞았다고 생각하죠."

"원래 상이 두 개?! 그웨인 님?!"

뒤돌아보며 오드리가 그웨인에게 확인했다. 하지만 그 확인에 그웨인은 "설마 설마." 하고 고개를 가로저었다.

"이 상황에 우리 쪽에서 숨길 정보는 없다고. 일부러 확인할 필요도 없는 일이지만 보관고에 있던 상은 하나, 문제의 여신상뿐이라니까."

"그, 그럼, 단순한 나츠미 씨의 착각……?"

"착각 같은 건 안 했어요! 저를 바보로 보지 마시어요! 좋아요, 제대로 증언해드리겠어요!"

【나츠미 슈바르츠의 증언 3】

몇 번이라도 말씀드리겠습니다. 제가 소음을 듣고 보관고 안에 들어갔을 때, 안에 수상한 인영은 없었고 상도 두 개 있었습니다.

남성의 상과 여성의 상, 각각 틀림없이 이 눈으로 확인했답니다!

그렇게 상을 확인한 직후, 주변이 어두워져서…… 뒷일은 몇 번이고 말씀드렸다시피 정신이 드니 발밑에 흉기와 라즈렌 님이 쓰러져 계셨어요.

알 수 없는 일뿐인 상황이지만…… 상은 두 개! 이건 확고부동해요!

"——이것이 저의 증언이랍니다. 제대로 기록해 두시어요."

의심받아 섭섭하다는 듯한 나츠미의 증언이지만, 오드리는 황망할 따름이다. 그 반응은 오드리만이 아니라 그웨인을 비롯한 관계자 전원이 마찬가지다.

나츠미만이 존재하지 않았던 석고상의 이야기를 꺼낸다. 그것도.

"가뜩이나 시간이 없는 와중에 여신상이 도둑맞았는데, 남성의 석고상……? 현실적으로 생각해서 그게 가능하다고 생각해요?"

"그렇게 말해도, 저는 진실을 말했는걸요! 저는 진실의 꼭두각시! 모든 것이 백일하에 드러날 때까지 싸우겠어요!"

"뭐, 나츠미 씨의 증언은 머리 한구석에 놔두죠. 왠지 본론에서 벗어나 버릴 듯하니 일단 치워둡시다."

나츠미의 주어가 거창한 맹세는 제쳐 두고, 오드리는 혼란스러운 정보 외의 내용을 정리하려고 들었다. 그때 불현듯 바닥에 쪼그려 앉은 가넷을 알아챘다.

"가넷? 이런 때 기구를 가지고 놀다니, 뭐 하는 거죠?"

"이보셔, 오드리 언니. 놀고 있는 게 아니라고. 이놈을 만져 봤는데…… 왠지, 이거 이상하지 않나?"

바닥 위에서 숙녀의 조신함은 다 까먹은 자세로 투덜대는 가넷. 그 말에 오드리는 "이상하다?" 하고 갸웃거리며 똑같이 기구를 쳐다보았다.

나츠미가 설명한 대로 따뜻해진 공기로 띄우는 비행물——

그 개념 자체가 친숙하지 않아서 완성형을 봐도 좀처럼 이상한 점을 찾아내기 어렵지만.

"날리는 거랑 장물 매다는 것뿐이라면 이런 거 필요 없지 않나? 나한테는 왠지 요게 망토처럼 보여서."

"아아, 이 팔랑거리는 거 말이죠. 확실히 듣고 보니 그렇게 보일 만도 하네요. 이쪽 팔랑거리는 부분은…… 사람의 머리카락처럼 보여서 소름 돋네요."

"————."

가넷과 나츠미가 기구를 보며 구조를 손가락으로 가리키면서 대화를 나누었다. 두 사람의 대화를 듣던 오드리의 머리에 어느 생각이 번뜩였다.

그러자——.

"어어—이쿠? 뭔가 떠오른 표정이구운—?"

"가만히 옆얼굴 보는 건 불쾌하지만, 뭐, 일단은. ……변경백님도 이미 깨달으셨으리라 싶지만, 이번 일, 저희 진영이 저격당하고 있습니다."

"흠, 계속해 보게."

한쪽 눈을 감고 파란 눈으로 오드리를 바라보는 로즈월이 뒷말을 재근했다.

——그것은 오드리가 사건 당초부터 바짝 느끼던 의심이었다.

보관고에서 범인이 될 뻔한 나츠미나, 그 뒤에 의혹을 받은 로즈월. 파티장에 돌아온 뒤의 불리한 상황과, 이 기구의 명명백백한 위장, 이미 모략은 확실하다.

"기구에 쓰인 천의 색, 게다가 불필요한 부속물로 흉내 낸 망토의 위장…… 이건 명백하게 메이더스 변경백님이라고 오인시키기 위한 수작이겠죠."

"오호라? 확실히 이렇게까지 나오면 그리 생각하는 게 오히려 자연스러워. ……그런데, 그러면 납득이 가지 않는 부분도 있지?"

오드리의 차분한 추론에 볼을 일그러뜨린 그웨인이 제동을 걸었다. 그는 자신의 장발을 손가락으로 빗으면서 그 시선을 파티장 밖으로 돌렸다.

"기구를 로즈웰로 흉내 낸다는 건 묘안이야. 하지만 그렇게 입맛 좋게 얘기가 진행될까? 파티 참가자가 우연히 창밖, 둥둥 떠 있는 가짜 로즈웰을 알아챘으니 망정이지 알아채지 못했으면 그대로 끝나잖아?"

"그건 확실히. ――그러니까 범인은 그렇게 되지 않도록 궁리했을 테죠."

"호오?"

오드리는 한쪽 눈썹을 세운 그웨인에게서 시선을 떼고 파티의 참가자들을 둘러보았다. 사태의 추이를 지켜보는 사람들이 각자의 반응을 보이는 가운데, 오드리는 손가락을 세우고서 "여러분, 한 가지 여쭤 봐도 될까요?" 하고 불렀다.

"밤하늘에 뜬 변경백…… 실물은 기구였습니다만, 그것을 목격한 것은 우연인가요? 아니면 무슨 계기가 있어서 그 때문에 창밖을 바라본 것이었습니까?"

"————."

"그 반응을 보건대, 적중했나 보군요."

숨을 집어삼킨 사람들의 반응에 오드리가 끄덕이고 그 눈을 가늘게 떴다.

"오드리? 어떻게 된 거여요? 저희도 알 수 있게 설명하시어요. 그러지 않으면 횡설수설 못 알아듣겠다고요? 그리고, 석고상은 두 개 있었다고요?"

"이 사람 끈질기네. 그리고 단순한 얘기예요, 나츠미 씨. 창밖, 멀리서 이 기구를 보이는 상태에서 누군가가 외친 거죠. ——메이더스 변경백이 날고 있습니다!"

"——아?!"

목소리를 높인 오드리의 외침에 눈앞의 나츠미가 눈을 동그랗게 떴다. 놀란 것은 가넷과 그 외 여러 참가자들도 마찬가지다. 단, 나츠미와 가넷의 놀람과 참가자들의 놀람에는 미묘한 차이가 있다.

왜냐하면 참가자들에게는 방금 오드리가 외친 내용에 짚이는 구석이 있었을 테니까.

"변경백의 이름을 듣고 밤하늘에 뜬 기구를 본다. 멀리서 보기만 해서는 이걸 변경백이라고 오인해도 이상하지 않습니다. 단순한 사고의 유도예요."

"처음부터 로즈월이라고 여겨 의심치 않았다는 거냐."

오드리는 인간 심리를 교묘하게 이용한 계획이라고 적을 칭찬했다.

로즈월의 유명한 비행 마법과, 선입관을 역이용한 수준 높은 작전이다. 하지만 이 작전에는 약점이 있다. 그것은——.

"——처음에, 그것을 로즈월이라고 외친 건 누구지?"

가장 빨리 상황을 이해한 그웨인이 참가자들에게 물었다.

그 질문이 정답이다. 이 계획은 대중의 심리를 이용해서 사실을 오인시키는 트릭이지만, 그 실상이 간파당하는 즉시 실행범이 누구인지 명시되는 결과에 빠진다.

그리고 아니나 다를까, 참가자들의 시선은 천천히 한 인물에게 모이고——.

"——당신이, 이 기구를 메이더스 변경백이라고 외친 분인가요."

인파를 가르듯이 참가자들의 시선이 중심에 선 인물—— 노란 드레스를 두르고 얼굴이 창백해진 여성에 쏠려 있었다.

14

파티장 전원의 시선을 한 몸에 모은 그 여성은 뻣뻣하게 굳은 얼굴로 고개를 가로저었다. 눈앞의 현실을 부정하듯이 도리질치며 입술을 떨었다.

"기, 기다려 봐. 나는 그런 짓을……."

"이만큼 많은 분들이 당신이라고 단정했습니다. 그 발뺌에는 무리가 있군요."

"으, 큭……."

오드리의 추궁에 여성의 낯빛이 더욱 파래졌다. 긴장과 동요가 심각해서 이 상황에서 무대에 설 배우로는 손색이 있다고 할 수밖에 없다.

그런 모습으로는 본인이 나쁜 짓을 저질렀다고 자백하는 거나 마찬가지다.

“하레인 양, 그리 겁먹지 말아 주겠어? 딱히 아저씨들도 너를 탓하고 싶은 게 아니야. 단지, 사실을 확인하고 있을 뿐이거든.”

그때, 동요하는 여성에게 그웨인이 부드러운 목소리로 말을 건넸다. 하레인이라고 불린 여성은 몇 번쯤 심호흡하더니 여전히 뻣뻣한 얼굴이기는 하지만 끄덕였다.

그사이, 오드리는 살며시 로즈웰에 얼굴을 가까이 대고 물었다.

“저 여성은, 변경백과 함께 있던 여성은 아니지요?”

“아니야아—. 내가 함께 있던 것은 좀 더 심지가 굳어 보이는 여성이었거든.”

어깨를 으쓱인 로즈웰의 답변에 오드리는 “그런가요.” 하고 주억거렸다. 그러자 그웨인이 어떻게든 진정시킨 하레인이 더듬더듬 사정을 설명하기 시작했다.

우선은 오드리도, 그녀의 주장에 귀를 기울이기로 했다.

【하레인 뱅크시의 증언】

나, 나는 그냥, 취기를 쫓으려 잠깐 발코니에 나갔을 뿐이야. 밤바람을 쐬고 멍하니…… 그랬더니, 밤하늘을 둥둥 무언가가

날고 있는 게 아니겠어.

취했었다고. 게다가 멀리서 봤으니까. 망토와, 그 색조와, 날고 있다는 걸 보고 바로 메이더스 변경백이라 믿어서…… 그래서, 얼떨결에 안에 있는 사람들에게 "메이더스 변경백이 날고 계신다!" 고 말해 버린 거야.

변경백이 마법으로 하늘을 난다는 이야기는 유명했고, 남 앞에서 마법을 보인다고 들었으니까 쓸 거라면 비행 마법이겠거니 해서.

"——잠시만요. 변경백이 남 앞에서 마법을 보인다는 말은, 어디서 들은 얘기죠?"

"응?"

더듬거리는 하레인의 설명에 오드리가 제동을 걸었다.

놀라는 하레인은 눈을 동그랗게 떴지만 그녀가 말실수한 사실은 눈감아 줄 수 없다. 그녀는 분명히 말했다. ——남 앞에서 마법을 보인다고 들었다고.

"하지만 그런 사실은 없습니다. 오늘 밤, 그런 예정도 없었을 터. 제 말이 틀린가요, 변경백님?"

"——물론, 그런 예정은 없다마아—다. 오늘 주최는 그웨인 경이야. 여흥에 내가 나설 차례는 있지도 않지."

"——음? 그런가요. 감사합니다."

대답에 한순간 공백이 있던 게 신경 쓰였지만, 오드리는 그 추궁을 뒷전으로. 어쨌든 그 지적에 하레인이 다시 얼굴이 창백해져 쓰러지기 직전의 모습이다.

부자연스러운 점이 많은 증언자인 만큼, 당연히 그녀에 대한 의혹은 짙어지기만 할 뿐이다.

그때――.

"――그 이상, 내 동반자를 괴롭히지 말았으면 좋겠군."

"당신은, 캐논 님?"

금발 귀공자, 캐논 레이딤이 재차 앞으로 나서자 오드리가 눈썹을 세웠다.

"하레인 양은 당신의 동반자였던 건가요?"

"예, 그렇습니다. 그리고 당신들의 비정한 추궁은 도저히 두고 볼 수 없습니다. 상황이 상황인 건 이해합니다만 그래도 여성은 배려해야지요."

"하지만 하레인 양의 증언에는 몇 가지 기묘한 점이……."

"그 점이라면 제가 설명할 수 있습니다. 이 분이 취기를 쫓고 발코니에 서 있었을 때, 제가 함께 있었으니까요."

"캐논 님이, 말인가요?"

캐논은 자신의 가슴에 손을 짚고 깊이 끄덕였다. 그는 하레인 옆에 서서 떠는 그녀의 어깨를 살며시 안고 눈을 촉촉해진 하레인에게 부드럽게 미소 지었다.

"이분에게 무슨 꿍꿍이속이 있다고는 생각할 수 없습니다. 이 분은 그저, 하늘에 뜨는 기구던가요? 그것을 목격하고 지레짐작하고 믿었을 뿐. 믿음이 심한 여성은 정이 깊고 배려심이 강하지요. 좋은 일이지 않습니까."

"그, 그렇게 말씀을 하셔도……."

당당하게 그냥 지레짐작이라고 주장하면 오드리도 약해진다. 현재 하레인이 범행에 관여했음을 짐작하게 하는 요소는 상황 증거와 그녀의 수상한 태도뿐인 것이다.

흐름과 기세로 하레인을 몰아세울 분위기로 끌고 갔지만, 증거는 없다. 앞선 마법에 관한 실언도 단순히 말실수라고 하면 그뿐인 이야기다.

"진정하고 심호흡하세요, 하레인 양. 당신은 아무 잘못도 없습니다. 그렇지요?"

"네, 네에, 그렇습니다. 그렇고말고요."

캐논이 부드럽게 등을 쓰다듬자마자 하레인의 표정이 침착해졌다. 이대로 두면 빠져나가겠다는 생각에 오드리의 마음속에도 초조감이 들끓었다.

하지만 초조해한들, 아무리 생각한들, 상황을 타파하기란 쉽지 않아서――.

"최소한, 하레인 씨의 실언을 뒷받침할 정보…… 변경백님이 실제로 마법을 쓰고 있었다거나."

"아, 마법이라면 썼는데에―?"

"허?"

궁색하게 오드리가 중얼거린 말을 로즈월이 선뜻 긍정했다. 그 말에 로즈월 외의 일동이 당연하게도 심히 놀랐다.

"마법을, 썼다…… 어? 그거, 하늘을 날거나 했다는 뜻인가요?"

"그렇다면 실로 복잡하겠지이—. 다행히도 그게 아니야. 그 왜, 저택의 조명이 일제히 꺼졌잖아? 그거, 내 소행."

"""뭐어어어어어어——?!"""

본인을 손가락질한 로즈월의 발언에 오드리와 나츠미, 가넷의 절규가 겹쳤다.

당연하다. 설마, 여기에 와서 저택이 암전한 사건이 로즈월의 소행이라고 판명되다니 누가 알았겠는가. 애당초——.

"조명은 범인이 보관고의 물건을 훔치기 위해서 꺼트렸던 게 아니었어요?!"

"그렇게 생각하는 것도 무리는 아니지이—만. 생각해 보도록. 정말로 보관고 안 물건을 훔쳐내는 게 목적이라면 딱히 저택을 어둡게 할 필요는 없잖아?"

"그, 그건……."

로즈월의 지적에 오드리는 떨면서도 수긍할 수밖에 없었다.

저택의 암전과 보관고의 범행이 무관하다. 그 상상은 하지 않았다. 동시에 일어난 사건이니까 당연히 양쪽은 관련이 있다고 결부 짓고 말았다.

"하지만 확실히, 전기로 보안을 관리하고 있는 것도 아니지, 정전시키는 이점이 없었어요. 맹점……! 완전히 맹점이었어요……!"

"그웨인 경의 저택 조명은 마법등(魔法燈) 완비니이—까. 그때, 같이 있던 여성이 마법을 보고 싶다고 보채서, 그으—렇다면 하고 했던 거지."

"그 소리를 용케도 참, 당당히도 하는군, 로즈월……."

도량이 넓은 그웨인도 로즈월의 이 거창한 만행에는 벌어진 입을 다물지 못했다.

그렇지만 이로써 또 하나 사정이 바뀐다. 저택의 조명을 꺼트린 것이 범인과 무관하다는 것, 그것 자체는 새로운 사실의 발각에 불과하지만.

"그리되면, 아까 하레인 씨의 말씀을 흘려들을 수 없어지네요. 방금 말씀하셨다시피, 변경백은 마법을 쓰고 있었습니다. 비행 마법이야 아니었습니다만……."

"어, 아, 으, 그건…… 저기."

또다시 불리해진 분위기에 하레인이 다시 안절부절못한다.

한눈에 알 수 있지만 그녀는 연기에 적성이 없다. 그러나 무관할 리도 없다. 당연하지만 그녀의 위증 또는 거짓 발언을 지시한 자가 있을 터다.

그리고 현재, 그 흑막에 해당할 가능성이 가장 높은 것은――.

"――조금 전에도 말했지만 그것은 당치 않은 억측이라는 것이지요. 우연히 상황과 부합하기는 했지만 이분의 말실수를 트집 잡는 것은 얼토당토않습니다."

그렇게 말하며 하레인 대신에 전면에 선 금발 귀공자, 캐논 레이딤.

그가 바로 주범일 가능성이 높다.

"하지만, 동시에 가장 까다롭게도 보여……."

"하레인 양은 이미 지치셨습니다. 이렇게 오래도록 증인환시에 놓아서야 그도 어쩔 수 없지. 오히려 답변해야 할 사람은 엉뚱한 행동을 취한 메이더스 변경백 쪽이 아닙니까?"

"그 소리 하면 약해지는구만."

팔짱을 끼고 입술을 뒤튼 가넷의 말에 오드리도 같은 의견이다. 여기에 와서 한탄하기 이전에 당초부터 로즈월의 행동이 너무 수상하다 보니 항변할 기력이 사그라진다.

그렇지만 여기까지 왔는데 패소하는 것도 이상한 이야기다. 기합이 중요하다.

"동반자를 지키고 싶은 마음은 알겠습니다. 하지만 너무 감싸다가는……."

"——이 말만은 하지 않으려 했지만, 어쩔 수 없지요. 하레인 양의 마음씨를 헛되게 하겠습니다만."

"호오? 로즈월만이 아니라, 캐논 경도 숨기던 게 있으시다?"

"으—음, 가시가 있는데에—."

박력 있는 웃음을 지은 그웨인의 말에 로즈월이 따끔 찔렸다. 하지만 당연한 응보이기에 아무도 옹호하지 않았다.

전원의 시선은 캐논의 다음 발언에 집중하고 있었다. 주위의 이목을 자신에게 모은 캐논은 결의가 어린 표정으로 이야기하기 시작했다.

"하레인 양은 저를 감싸기 위해서 구태여 말하지 않았습니다만, 처음에 하늘을 나는 기구를 목격했을 때, 그것을 메이더스 변경백이라고 잘못 본 것은 저였습니다."

15

【캐논 레이딤의 증언】

부끄러운 이야기입니다만 처음에 기구와 변경백을 잘못 본 것은 저였습니다.

하레인 양과 둘이서 발코니에서 밤바람을 쐬고 있을 때지요. 문득 밤하늘의 별을 바라보던 제 시야를 둥실둥실 무언가가 가로지르는 것이 아닙니까.

반사적으로 그쪽을 봤다가, 저는 놀랐습니다.

밤공기에 나부끼는 망토, 멀리서 흩날리는 긴 머리카락, 해괴해서 눈길을 끄는 복식의 색조…… 뇌리에 스친 것은 변경백이 하늘을 나는 것이 가능하다는 이야기였습니다.

엉겁결에 옆의 하레인 양에게 "변경백이 하늘을 날고 계신다."고 말을 걸고 말았지요. 제 흥분이 전염되었을 겁니다. 하레인 양도 안에 소리쳐서…….

"——뒷일은, 이미 여러분도 아시다시피. 소란을 피워서 면목 없습니다."

오드리 쪽에 묵례하고 다시 뒤돌아서 다른 참가자들에게 묵례하는 캐논. 그 시원시원한 자세와 몸짓에서는 한 치의 틈도 찾을 수 없었다.

이건 과연 강적이 맞다고 오드리는 어금니를 깨물었다.

"그으—렇군. 즉, 레이딤 경은 하레인 양의 처음 억측을 초래한 것은 자신의 발언이었다는 말이지. 용기 있는 고백이었어어—."

"확실히 그럴지도 모릅니다. 하지만 제 명예 따위, 하레인 양의 이름을 더럽히는 불명예와 비교할 여지도 없습니다. 당연한 일이지요."

표정을 다잡은 캐논은 마치 그림 동화 속의 기사처럼 곧게 단언했다.

그 옆얼굴을 보면서 오드리는 앞선 캐논의 증언에 찌를 구멍이 없는지 머리를 굴렸다. 그러나 찌를 만한 구멍은 눈에 띄지 않는다. 전부, 눈의 착각, 억측으로 발뺌할 수 있는 범주다. 노골적으로 동요하는 하레인과 달리 캐논은 마각을 드러내지 않는다.

"훌륭하신 결단입니다. 하지만 그렇다면 놀라셨겠습니다. 하레인 양의 행동에."

"예, 약간. 하지만 분방한 모습 또한 그 여성의 매력이라고 할 수 있겠지요. 그러니 그녀가 '메이더스 변경백이 날고 있어요!' 하고 외쳤다고 해도, 단아한 모습입니다."

그것도 맹목적인 견해라고 오드리가 속으로 뇌까린 순간이었다.

"———."

로즈월의 눈길, 그것도 의미심장한 눈길이 오드리에게로 날아오고 있었다. 왠지 도발적이고 장난스러워서, 얄미워지는 눈길에 오드리는 곤혹스러워졌다.

곤혹스러워하다가, 깨달았다. ——참가자들의, 미묘한 표정 변화를.

"……여러분, 왠지 반응이 묘하시네요. 레이딤 경의 이야기에 뭔가 위화감이라도?"

오드리가 질문하자 참가자들이 얼굴을 마주 보았다. 그러다가 참가자 중 한 명이 쭈뼛쭈뼛, "관계없을지도 모르겠습니다만." 하고 운을 떼고 증언했다.

"그, 레이딤 경의 이야기와 제 인상이 조금이 엇갈려서……."

"엇갈린다……고요? 그건 어떤 식으로?"

갸우뚱한 오드리의 뒤에서 나츠미와 가넷도 똑같이 갸우뚱했다. 더욱이 그 뒤에서는 캐논과 그웨인, 그리고 로즈웰도 이야기에 귀를 기울이고 있었다.

"레이딤 경은 하레인 양을 단아하다고 평했습니다만…… 저로서는 도저히 그리 쉽게 받아들일 수 없는지라."

"그것은 기호라거나, 사람의 취향 같은 게 있으니까요……."

"물론 그렇지요. 그렇기는 한데, 하레인 양은 '변경백이 날고 있어! 휘융— 하고 날고 있어! 굉장해! 안 보면 평생 손해! 전원 주목! 주목~!' 하고 손뼉과 함께 야단법석을 떨며 파티장 사람들을 불렀으니까요……."

""그렇게 야단법석 떨면서?!""

이름도 모르는 참가자가 박진감 넘치는 연기를 날리자 오드리의 놀라는 목소리와 누군가의 놀라는 목소리가 겹쳤다.

하지만 이번에 한해 그 놀란 목소리가 겹친 것이 치명적이 된다.

"……옆에서 듣고 있었던 게 아니었냐? 왜 니가 놀라고 그래, 이봐."

가넷이 온몸에 서슬 퍼런 기운을 풍기며 나지막한 목소리로 말했다. 이미 여장을 숨길 마음이 없는 가넷은 예쁘장한 겉모습과 반대되는 육식동물의 눈빛이다.

그 눈빛이 겨누는 방향에는 오드리와 비슷하게 놀라고 만 캐논이 있었다.

가넷의 지적은 적절해서, 오드리도 같은 의문에 부딪혔다. 즉, 왜, 같은 발코니에 있던 캐논이 놀라고 당황한 것인가.

"레이딤 경, 아무리 그래도 그 놀라시는 모습은 얼버무릴 수 없는 게 아닌지?"

"아, 아니요. 그렇지는. 이것도 말실수의 범주…… 제 귀에는 하레인 양의 말이 작은 새가 지저귀는 귀여운 소리로 들려서……."

"아니죠, 그건 새 지저귀는 소리라기보다 닭모가지를 조르는 단말마라는 느낌이었을까요."

"엄청 팍팍 들이대네요, 당신?!"

박진감 있는 연기를 펼친 참가자가 캐논의 궁색한 변명으로부터 도망칠 길을 재차 막았다. 하지만 그것이 정통으로 꽂힌 것은 사실. 캐논이 얼굴을 굳혔다.

"……아까 레이딤 경의 말씀은, 그것인가요. 아마도 제가 추측한 하레인 양의 발언이 인상에 남았던 탓이겠지요."

"————."

"즉, 당신은 직접, 하레인 양의 목소리를 듣지 못했다! 제 말이 틀립니까!"

"끄, 끄으으으윽――!"

여태까지 냉정하던 캐논의 표정이 마침내 무너지고 궁지에 몰린 표정이 된다.

이로써 캐논과 하레인의 상호 보호―― 아니, 협력 관계는 명백하다. 캐논은 하레인과 함께 있지 않았다. 그사이, 그가 무엇을 하고 있었느냐는――.

"――저기, 잠시 괜찮을까요?"

"나츠미 씨?"

별안간 탄핵의 분위기를 가르듯이 나츠미가 한 발짝 앞으로 나섰다.

관계자의 시선을 자신에게 모으면서 나츠미가 그 검은 눈으로 캐논을 보았다. 씁쓸한 표정을 지은 귀공자는 그 검은 눈을 정면으로 받아들이며 물었다.

"나츠미 양, 당신도 저에게 하고 싶은 말이?"

"네. 저기, 이건 확인인데요."

캐논의 물음에 턱을 주억인 나츠미가 예의 귀공자를 위에서 아래까지 쳐다보았다. 그 스스럼없는 눈길 뒤에 나츠미는 단정한 눈썹을 찌푸리며 말했다.

"――캐논 님, 사실은 여성이 아니신지요?"

"뭣……."

나츠미가 내뱉은 말에 캐논의 눈이 휘둥그레지고 말을 잃었다.

그 놀람은 캐논에만 그치지 않고, 파티장의 전원이 '무슨 소리를 하는 거야, 이 녀석?' 이라는 시선을 나츠미에게 보냈다.

하지만 나츠미는 그에 동요하지 않는다.

"눈썹을 그리거나, 서고 걷는 법, 행동거지로 능숙하게 위장하고 있지만, 제 눈은 속이지 못해요. 캐논 님은 그래요, 남장미녀예요――!"

"자, 잠깐잠깐, 기다려 보세요, 나츠미 씨! 진짜로 하는 소리…… 아니, 제정신으로 하는 소리예요?!"

"당연하지요! 제가 꾸며내서 하는 소리 같아요?!"

꾸며낸 가슴을 펴는 나츠미지만 오드리 입장에서는 충분히 있을 법한 이야기다. 하지만 아무리 나츠미라도 이 상황에서 분위기를 파악하지 못하고 까불지는 않으리라 여기고 싶다.

할지도 모른다는 생각이, 없지만도 않지만――.

"아, 아무리 그래도 그건 모욕이 된다! 취소해 주었으면 하는군, 나츠미 양!"

"에에~, 하지만 분명히, 확실하게, 제 눈이 옳다고요~."

"어린애입니까, 당신은. 그렇게 떼쓰지 마세요."

충격에서 회복한 캐논이 나츠미의 지적에 매서운 눈초리를 보냈다. 그러나 나츠미는 그 눈초리에 어깨를 좌우로 흔들어 뻐로통하니 철저항전할 자세다.

그 무익한 말다툼의 기척에, 오드리는 어째야 하나 머리를 감싸 쥐었는데.

"저기 말이야, 큰언니의 주장이 정답인지 아닌지는, 보면 그만 아닌가?"

"어."

거기서, 콧잔등에 주름을 잡은 가넷이 끼어들었다. 빠르고 쉬운 해결 수단을 언급한 가넷의 말에 캐논이 또다시 말문을 잃었다.

“어디 그늘에 가서 슬쩍 확인하고 오면 얘기가 빠르잖아. 그래서 큰언니의 의문이 풀리고 묘한 누명이 벗겨지면 너도 상관없지?”

“그, 건…… 아니, 애초에, 그런 의혹 자체가 모욕이라는 겁니다! 가넷 양이나 나츠미 양도 성별을 확인하라고 들으면 곤란할 테지요?!”

“————.”

“어, 어째서, 두 분과 오드리 양까지 심오한 표정을……?”

공교롭게도 캐논의 반론이 정통으로 꽂힌 세 사람의 표정이 일그러졌다.

실제로 만약 일이 그르쳐 세 사람의 성별을 확인하자는 이야기가 된다면, 그 시점에서 도둑 소동 이전에 에밀리아 진영이 왕선에서 탈락한다. 그것은 말이 과하더라도 에밀리아 진영의 남자들이 변태뿐이라는 비방은 피할 수 없어질 것이다.

그런 파멸의 발소리에 세 사람의 추궁하는 입이 무거워졌다. 하지만 그걸로 캐논의 수난이 끝났느냐면, 결코 그렇지는 않다.

“——어처구니없는 말트집이라고, 그렇게 끊어내지 못하는 건 아저씨뿐일까? 로즈월은 어떻게 생각해?”

“아아—니, 아니, 설마지, 설마. 이러한 귀족의 사교장에, 감히 성별을 위장해 참가아—하다니, 그런 대담한 인간이 있을 것 같지 않은거얼—.”

"우와아."

사악한 표정을 지은 사악한 어른, 로즈월과 그웨인이 사이좋게 사악한 대화를 주고받았다.

이 두 사람, 어쩜 이렇게 즐겁게 타인을 가지고 노는 것일까. 특히 뻔뻔스러운 로즈월의 발언에는 기가 막혀서 무슨 말을 할 수가 없다. 인정머리가 없다는 건 바로 이를 두고 하는 말이다.

그런 두 사람에게 추격타를 맞아 얼굴이 해쓱해진 캐논에게는 동정심밖에 들지 않는다.

"단, 그것도, 그…… 혹은, 그녀가 정말로 누명일 때의 이야기입니다만."

"그렇지만 캐논 님이 여성이었다 쳐도 그게 단서가 되는 것일까요?"

위증일 가능성을 한 가지 간파한 나츠미가 갸우뚱하고 눈썹 끝을 세웠다. 나츠미의 그 말에 오드리는 "되죠, 돼요." 하고 끄덕였다.

"나츠미 씨는 실감이 없나 봅니다만, 만약 캐논 님이 성별을 위장했을 경우, 붕 뜬 채로 남아 있던 의문 중 하나가 해결될 가능성이 있습니다."

"붕 뜬 의문…… 아하, 두 개의 석고상 말이죠?!"

"아아, 그런 게 있었네요. 뭐, 그쪽이 아니고요."

현재, 나츠미로서는 보관고의 석고상 문제가 급선무 같지만 공교롭게도 오드리의 초점은 그게 아니다. 아마도 이미 로즈월과 그웨인도 깨달았으리라.

캐논 레이딤 경이 여성이었을 경우, 해결되는 문제란――.

"그나저나 레이딤 경, 당신은 대단히 아름다운 머리카락을 가지고 계시는군요오―."

"여, 영광이지만, 이럴 때에 변경백은 무슨 말을……."

"아니요, 그러고 보니 저를 밖으로 데리고 나가 마법을 보고 싶다며 귀엽게 조르시던 아가씨도, 아름다운 금빛 머리였다는 사실이 떠올라서 말이죠오―."

살며시 손을 뻗은 로즈웰이 경직된 캐논의 금발을 만졌다. 너무나 자연스러운 움직임이다보니 캐논도 그것을 거부하지 못했다.

무엇보다 캐논에게는 자신의 계획이 폭로되었다는 충격 쪽이 훨씬 더 크다.

"그러고 보니, 아저씨도 확인을 잊었는데 말이야."

"응? 뭐지, 나의 벗, 그웨인 멜레테 선생. 무언가 문제라도?"

"하하, 대단한 건 아니라네. 나의 벗, 로즈웰 L. 메이더스 변경백."

유들유들한 대화를 나누며 로즈웰과 그웨인이 시선을 주고받았다. 그대로 그웨인은 실실대는 웃음을 후방, 얌전히 있는 라즈렌에게로 돌렸다.

처음의 기억상실 대목 이후로 내내 사태를 멍한 표정으로 지켜보던 그를 손가락으로 가리키고 말했다.

"문득 생각이 들었단 말이지. 여기, 기억을 잃으신 라즈렌 에니모우 경이 동반한 여성은 어디 있을까 하고. 계신다면 에니모우 경 곁에 와 줬으면 하는군.”

“그, 건…….”

“어떻습니까? 캐논 레이딤 경. ――혹은, 캐논 레이딤 양?”

그웨인의 질문에 캐논이 고개를 푹 떨어뜨렸다. 그리고 숙인 상태로 캐논은 살짝 두 손을 들고 말했다.

“――인정하지요. 완패입니다.”

16

즉, 이렇게 된 것이다.

오늘 밤의 파티에, 캐논 레이딤은 두 번 출입했다.

한 번은 남장하고, 동반자 하레인 양과 접수를 마친다. 그 뒤, 몰래 빠져나가 이번에는 드레스 차림으로 라즈렌 에니모우 경의 동반자 입장으로 내장한 것이다.

“그리고, 여성으로서 메이더스 변경백을 꾀어내어 그사이에 공모자인 하레인 양과 라즈렌 경이 악행을 저질렀다고. 사건이 밝혀졌을 때에 사라진 캐논 양에게 의심의 눈길이 쏠리도록 하기 위해서. 그런 줄거리였던 것이군.”

“……맞습니다.”

그웨인이 상황을 정리하자 캐논은 단념한 기색으로 모든 것을 받아들였다.

그―― 아니, 그녀 옆에서는 하레인이 비틀비틀 바닥에 주저앉고 있으며, 아무것도 모르는 표정의 라즈렌만이 “왜? 나, 무슨 짓 했어?" 하고 천연덕스러운 말이나 하고 있다.

어쨌든, 이로써 사태는 명확해졌다. 문제는——.

"이번 사건, 명백하게 캐논 님의 표적은 메이더스 변경백님이었습니다. 목적은 보관고의 내용물을 훔쳐내는 것이 아니라 변경백님을 용의자로 세우는 것일 테죠?"

분명히 말해서 이번 계획은 그냥 보관고 내용물을 훔치기만 할 뿐이라면 너무 섣부르다.

기구를 로즈월로 꾸며내거나 기책을 강구해서 로즈월을 꾀어내는 등, 로즈월의 소행으로 보이도록 획책한 행위가 너무 많은 것이다.

어지간히 로즈월이 캐논 일파의 원한을 샀다고밖에 생각되지 않지만.

"하레인 양과 에니모우 경은 제가 계획에 끌어들였을 뿐입니다. 이 계획을 짜고 진정으로 변경백을 노린 비열한은 저 뿐……. 따라서 처분은 저를 가장 무겁게 하십시오."

"여성이었다는 사실을 고려하면 비열한이라는 표현에도 의문이 들지이—만, 처분 운운 이전에 동기가 궁금한거얼—. 왜 그렇게까지 해서 나를?"

"이전에 변경백님이 이용하고 버린 여성이라거나, 그 관계자 같은 게 아닌가요?"

"오드리, 자네는 무슨 말을 그렇게 하나아—. 그리고 말이야. 만약 그게 사실이었다고 쳐도 내가 그걸 잊고 있겠나?"

전혀 자랑이 되지 않는 이야기지만 로즈월의 말에 오드리는 수긍했다. 그런 불화의 싹을 따지 않고 남겨 두다니, 그거야말로 로즈월답지 않다.

그런 오드리의 수긍과 캐논이 짧게 숨을 내뱉은 것은 동시였다.

"저와 변경백 사이에 직접적인 인연은 없습니다. 단지, 당신은 잘못을 저지르고 있습니다."

"호오, 내가? 도대체 무엇을?"

"뻔한 것입니다. ——『빙결의 마녀』를 왕선 후보자로 내세운 것 말입니다."

"——아."

분명하게 선고한 캐논의 말에 나츠미가 숨을 집어삼켰다. 숙녀인 체하던 표정의 뒷면, 숨기고 있던 에밀리아의 기사로서 품은 긍지가 희미하게 나타난다.

자칫 곧바로 나츠미라는 사실을 잊고 고함칠지도 모른다고 여겼지만.

"——그으—런가. 이제야 이해했습니다. 캐논 레이딤 경. 당신은, 엘리오르 대삼림 근처에 영지를 가지고 있었지요. 즉."

"그 영구동토를 만들어 내어 부근의 주민에게 공포를 준 마녀를 잘 알고 있지요."

"……그래서 에밀리아 님이 아니라 에밀리아 님의 지원을 결정한 나를 노렸단 말이군. 이미 에밀리아 님 본인의 이름에는 더 흠집을 낼 방도가 없으니까아—."

말을 가릴 줄 모르는 로즈월의 발언. 그러나 이는 부정할 여지가 없는 사실이다.

왕선에서 에밀리아가 짊어진 부정적인 인상은 그토록 무겁다. 『질투의 마녀』와 같은 특징을 가졌다는 것은, 그것만으로도 세상 사람 대부분이 품는 공포의 상징인 것이다.

하지만 캐논으로서는 그 이상으로, 에밀리아의 존재 자체에 부정적인 인상을 품고 있다. 그것이, 오드리도 모르는 엘리오르 대삼림에 얽힌 이야기――.

"변경백의 이름에 흠집을 내고, 마녀가 후보자로서 낙선하면 그걸로 족하지요. 뒷일은 때를 보아 사실을 밝혀 저만이 처분을 받을 작정이었습니다."

"그 때문에, 레이딤 가문이 단절된다고 해도? 그거 판돈이 큰 도박이군."

"원래 저의 대에서 집안은 끝입니다. 남아가 태어나지 않아 여아를 사내로 키워 가장을 이어받게 했지요. 후계자를 만들 수 없는 이상, 머잖아 끝날 수밖에 없습니다. 그렇다면 최소한."

"왕국을 위험에 처하게 할지도 모르는 폭탄을 처리해 귀족의 책무를 완수하고 싶었나."

그것도 이루지 못할 꿈이었다고 캐논은 느릿느릿 고개를 가로저었다.

캐논의 굳센 의지가 담긴 이야기를 들은 오드리는 씁쓸한 것을 가슴에 느꼈다. 왕국을 생각하면 캐논의 행동은 과격하기는 했지만 이해할 수 있는 부류다.

다만, 그것은 너무나도――.

"――에밀리아 님을, 지나치게 모르는 이야기네요."

"……나츠미 양?"

한 발짝 앞으로 나선 나츠미가 정면으로 캐논을 응시했다. 그 강한 말과 예리한 시선을 받은 캐논이 살짝 움츠렸다.

"과단성 있는 행동에 나서기 전에, 에밀리아 님을 만나 뵈어야 했어요. 그랬으면…… 그랬으면, 그 아이가 노력가에, 열심이고, 기특하고, 진지하고, 배려심이 강하고, 착하고, 강하고, 씩씩하고, 귀엽다고. ——그렇다고, 알 수 있었을 텐데."

심히 가슴을 쥐어뜯는 것만 같은 나츠미의 에밀리아 평. 그 말에 캐논이 눈을 부릅떴다. 그러다가 불현듯 숨이 꺼지듯이 미소 지었다.

"당신은, 『빙결의 마녀』…… 에밀리아 님을, 잘 아시는 거군요. 오늘 밤의 계획이 실행되기 전에, 당신과 이야기를 할 수 있었더라면 좋았을걸."

"그건 어려웠겠지요. 저는, 보관고에 갇혀 있었으니까요."

팽팽하던 긴장이 끊어진 기색의 캐논에게 나츠미가 입술에 손가락을 짚고서 미소 지었다.

——이로써, 사건은 해결이다.

캐논 레이딤은 자신의 죄를 인정하고, 공모자 하레인과 라즈렌의 신병도 확보된다. 캐논의 호소는 닿지 않았지만, 왕선에 참가하는 에밀리아에 대한 경종은 확실하게 참가자들의 마음에 새겨져 에밀리아 진영은 큰 타격을——.

"——자아— 그렇게 됐으니 오늘 밤의 여흥은 이걸로 끝. 여러분, 어떻습니까아—? 즐겨 주셨다면 기이—쁘겠군요."

순간, 크게 박수를 친 로즈웰이 낭랑하게 내뱉었다.

그 말에 로즈웰 말고 다른 이들의 얼굴에 저마다 놀란 감정이 피었다. 하지만 로즈웰은 그 놀람을 악용해 반응이 늦어진 이들을 무시하고 말을 이었다.

"여흥을 거들어 준 라즈렌 에니모우 경, 하레인 뱅크시 양, 그리고 캐논 레이딤 경에게 성대한 박수를!"

"————."

"박수를!"

거듭된 로즈웰의 호령에 무심코 참가자들이 주춤주춤 박수를 쳤다. 자연히 박수 소리가 높아지자 서서히 서서히 참가자들의 의식이 상황을 받아들이기 시작했다.

다시 말해, 모든 것은 그웨인과 로즈웰의 공모, 여흥의 추리극이었다고.

"변경백! 이건……."

"진정하시게에—나, 레이딤 경. 관중에 웃음을 보여 주지 못하다니, 배우로서 긍지가 모자란 것 아닌가아—?"

낯빛을 바꾼 캐논의 노성에 로즈웰이 사악한 웃음을 보냈다. 그 위압감에 캐논이 숨을 집어삼키자, 로즈웰은 더욱 작은 소리로 말했다.

"이 자리는 내가 수습하지. 자네는 이야기에 편승하도록. 그러면 나쁘게 대하지는 않지."

"하지만, 그래서는 오늘 밤의 일이."

"——엘리오르 대삼림의 문제는 나의 실수다. 배려가 부족한 나의, 말이야."

조용한 귀띔에 캐논은 퍼뜩 정신 차렸다. 놀라는 그녀에게 로즈월은 옅은 미소와 함께 몇 번 끄덕이고 말했다.

"그으—렇게 됐으니, 오늘 밤의 여흥은 전부 내 공으로 삼으려고 하는데, 뭔가 문제 있을까아—? 그웨인 선생."

"나 참, 어디서부터 그렇게 결정했는지 알 바가 아니지만, 감쪽같이 당한 감을 털어낼 수 없군. ……이렇게나 구경거리가 되었으면 별수 없지. 알아들었어."

로즈월의 이야기를 듣고, 어쩔 수 없다고 그웨인이 어깨를 으쓱였다.

이 파티장의 책임자와 가장 피해를 입은 사람이 각각 결정한 사항이라면 그에 이의를 제기할 사람은 없다.

그야말로 가해자인 캐논 일파조차 예외가 아니었다.

"메이더스 변경백, 나는……."

"심정은 이해한다고는 하지 않겠어. 궁극적으로 나는 타인의 마음을 알지 못하는 인간이거어—든. 그러니, 나는 이치를 따져서 말해 보지. 이번 사건, 당신은 나에게 큰 빚을 지게 되었다. 이후 왕선에 크게 기여해 줄 테지."

심술궂은 목소리로 로즈월이 마지막에 "그러기 위해서도." 하고 덧붙였다.

"당신의, 에밀리아 님에 대한 응어리는 풀어 두어야겠군."

"어?"

"공교롭게도 나츠미 양이 말씀하신 대로오—야. 직접, 에밀리아 님을 만나 뵈면 조금은 인상도 바아—뀔걸. 최소한 마녀라는 생각은 없어질 거야."

"……하지만, 내가 한 짓을 알면 그녀 또한."

눈을 내리깐 캐논이 들 낯이 없다는 듯 어두운 표정을 지었다. 그러나 그런 캐논의 발언을 들은 로즈윌은 웃음을 터트렸다.

그리고 놀라는 그녀에게 웃음의 충동을 남긴 채로 말했다.

"안심하지그래. ——내가 한 짓에 비교하면, 당신의 행동은 귀여운 축에 들어."

17

그대로 별일 없이 사건은 결말을 맞이하려 했지만——.

"——기다려 주시어요! 아직, 아직 풀리지 않은 수수께끼가 있답니다!"

그런 말과 함께 나츠미 슈바르츠가 드레스 옷자락을 잡으면서 바닥을 세게 밟았다. 나츠미의 발언에 대단원으로 향하던 파티장에 다시 술렁임이 발생했다.

"큰언니? 왜 그래. 범인도 알아냈고 만만세잖아."

"만만세가 아니어요! 기구로 나르던 장물을 발견한 것은 좋다 치고, 여신상은 어디로? 두 개 있던 석고상의 수수께끼는?!"

"그건 그렇지. 레이딤 경, 그쪽에 관해서는……."

"아, 아니, 그거 말이지만……."

화제가 돌아온 캐논이 당황했다. 그녀는 희미하게 입술을 떨다가 말했다.

"원래, 계획으로는 여신상을 가지고 나갈 예정이 없었어. 기구로 옮길 계획이었기에 중량 제한이 있었지. 그러니까 여신상에 관해서는……."

"그럼, 순식간에 사라졌다고? 어두워지고 거의 다음 순간에는 사라졌다니 일루전이에요! 카퍼필드!"

"……잠깐만요, 나츠미 씨. 방금, 한순간에 사라졌다고 말했어요?"

뺨에 손을 짚고 호들갑스럽게 놀라는 나츠미의 발언에 오드리가 갸우뚱했다. 그 물음에 나츠미는 "네." 하고 단정한 눈썹을 찌푸린 채 증언했다.

【나츠미 슈바르츠의 증언 4】

통로에서 혼자 휴식하던 저는 소음을 듣고 보관고로 갔답니다. 자물쇠는 이미 풀려 있어서 말을 걸면서 안을 엿보았어요. 그대로 컴컴한 보관고 안을 잠시 둘러보다가…… 두 개의 석고상을 확인한 것도 이때예요!

그래서, 아무도 없는 기색인 것을 확인하고 밖으로 나오려던 순간, 조명이 꺼졌어요. 놀라서 숨을 집어삼킨 지 10여 초쯤이었을까요? 오드리와 그웨인 님이 보관고 안으로 뛰어들어 오셔서 저를 보고 있었답니다.

"지금도, 그때의 여러분 얼굴을 떠올리면 떨리는 게 그치지 않아요……."

"그런 연기는 됐고요. ……하지만, 묘하네요."

오드리는 손가락이 떨리는 연출을 집어넣는 나츠미를 무시하고 턱에 손을 짚고서 생각에 잠겼다. 방금 나츠미의 증언에는 결정적으로 이상한 부분이 한 군데 있다.

그것은 매우 단순한 사항이다.

"변경백이 마법등의 불을 꺼트리고 저와 그웨인 님이 보관고의 문을 부술 때까지, 적어도 5분은 걸렸을 터. 하지만 나츠미 씨는 10여 초라고 말했죠?"

"큰언니의 체감시간이 이상해졌었을 뿐이지 않나?"

"아무리 그래도 5분과 10초는 착각하지 않겠죠. 이야기를 엉성하게 부풀렸다고 해도 그렇고요."

"부풀리지 않았어요!"

부풀린 가짜 가슴을 펴고 나츠미가 주장했다. 로즈웰도 그렇지만 용케 그렇게까지 자신을 치워 놓고 떠들 수 있다. 오드리는 속으로 감탄했다.

감탄하다가, 불현듯 걸리는 것을 느꼈다.

"가짜에, 치워 놓고……."

"오드리?"

"나츠미 씨, 기억을 되살려 봐요. 어두워진 것은 상을 확인한 직후입니까?"

"네? 네, 그랬어요. 상을 확인하고, 뒤돌아섰을 즈음……."

조심조심 끄덕이는 나츠미. 그 대답에 오드리는 깊은 숨을 내쉬었다. 오드리의 옆얼굴을 본 가넷이 볼을 일그러뜨리며 웃었다.

"오드리 언니, 뭔가 떠올랐다는 표정인데?"

"그래요. 떠오른 게 있습니다. ——그웨인 님, 나츠미 씨의 마법 속성을 확인한 『미티어』 말입니다만, 이리로 가져오실 수 있을까요?"

"그야, 들고 오기만 하면 되니 상관없지만…… 어쩌려고?"

"간단해요. ——이 이야기의 마지막 등장인물, 그 마법 속성을 확인할 뿐입니다."

18

【오드리 수플레의 추리】

그 인물은 캐논 레이딤 경, 그리고 하레인 뱅크시 양과 결탁해 이번 계획에 참가했습니다. 역할로서는 실행범, 그것을 맡는 중요한 입장이 되지요.

그는 계획대로 일을 진행해 보관고로부터 훔친 것을 기구에 실어 날리는 데에 성공했습니다. 하지만 여기서 문제가 발생했습니다. ——나츠미 씨의 존재입니다.

기구를 날린 뒤, 보관고의 자물쇠를 잠그는 얼음 장치를 준비하는 중, 문이 열린 것을 알아차린 나츠미 씨가 와 버렸죠.

안에 있는 모습을 들켜서는 곤란한 그 인물은 당황해 창졸간에 여신상 옆으로 뛰어들었습니다. 그리고 직립부동 자세를 취

해 보관고 안에서 두 번째 석고상으로 위장한 거죠.

"그것으로 나츠미 씨의 눈을 속이는 데에 성공했다는 뜻이죠."

"기, 기다려 주시어요. 확실히 한순간은 속일 수 있을지도 모르겠지만 그런 잔재주 금방 간파된다고요?!"

오드리의 추리를 들은 나츠미가 주의력 산만을 지적당한 기분으로 반론했다. 그런 나츠미의 말에 오드리는 "그렇죠." 하고 수긍했다.

"그러니까, 잔재주를 겹쳤습니다. 나츠미 씨의 감각과, 실제로 조명이 꺼졌던 시간에는 큰 간격이 있었지요? 나츠미 씨는 느닷없이 흉기와 피해자가 출현했다고도."

"엉, 말했었지. 그래서, 그게 대체 어쨌는데?"

"——샤마크예요."

가넷의 물음에 오드리는 한쪽 눈을 감고 말했다.

『샤마크』란 음 속성의 초보적인 마법 중 하나로, 대상의 의식을 현실과 분리하는 일종의 환혹 같은 것이다. 대상은 의식의 단절조차 느끼지 못하며 시간의 흐름도 애매해진다.

즉, 나츠미는 석고상으로 분장한 범인에게, 뒤돌아선 순간에 마법을 맞았다.

"그러니까, 나츠미 씨와 저희 사이에는 시간 간격이 있습니다. 나츠미 씨는 마법등이 꺼지기보다 먼저 암흑 속에 있었고, 그 뒤, 마법이 풀리고 나서 저희와 같은 암흑에."

"그, 그런 일이?! 하지만, 그렇다면 범인은……."

얼굴이 창백해진 나츠미의 물음에 오드리는 끄덕였다. 그리고 오드리는 손에 든 『미티어』—— 가진 대상의 마법 속성, 그에 적합한 색으로 바뀌는 보주를 살며시 바로 옆에 있는 인물의 무릎에 올렸다.

그러자마자 보주의 색은 천천히, 어렴풋이 옅은 검정으로 물들기 시작했다.

"——라즈렌 에니모우 경은 음 속성. 그가 피해자이자, 사건의 실행범입니다."

오드리의 한마디가 오늘 밤 사건의 진정한 폐막——.

"——어? 나, 뭔가 했어?"

——정정. 그런, 기억과 함께 계획도 전부 잊은 인물의 말이 사건의 폐막이었다.

19

"여러 가지로 바쁘게 뛰어 다니게 해서 미안했어, 오드리 양."

파티 참가자들의 배웅을 하던 그웨인이 쭉 뻗어서 휴식 중인 오드리에게로 찾아온 것은 사태의 수습으로부터 두 시간가량 지난 뒤였다.

진상을 폭로하는 데에 공헌해 주었다고 그웨인은 감사의 말을 건넸지만, 오드리로서는 그 말에 순순히 기뻐할 수 없다. 내실을 보면 같은 집안 식구의 망신살이 심하게 뻗쳤다.

"다행히 큰 문제로는 발전하지 않은 것 같아서 안심했습니다. ……가넷의 난동에 대해서는 가족과 좋아하는 사람에게 따끔하게 야단맞도록 하겠습니다만."

"하하, 봐주는 게 없군그래. 뭐, 아저씨도 소중한 종루가 훼손된 것은 타격이지만 그 부분은 로즈월이 확실하게 변상해 준다더군."

"캐논 씨도 그렇고, 저는 그분을 잘 모르겠어요……."

자기 자신의 계획을 위해 에밀리아나 영민을 무자비하게 이용했나 싶으면, 오늘 세 사람의 여장 같은 난행을 허용하고, 명확히 자신에게 적대 행동을 취한 캐논 일파에게 온정을 베풀기도 한다. 도저히 행동이 일관적인 것 같지가 않았다.

"로즈월 안에서는 일관적일걸—. 아저씨도 웬만큼 알고 지냈지만 속 모를 상대니까."

"동감합니다. ……그렇기 때문에, 안도했어요."

"——여신상 쪽의 도난범이, 로즈월이 아니라서?"

한쪽 눈을 찡긋한 그웨인의 물음에 오드리는 숨겨도 소용없겠다고 끄덕였다.

결국 오늘 밤의 사건은 로즈월에게 죄를 뒤집어씌우기 위한 책략이었지만, 오드리는 최악의 가능성을 항상 고려하고 있었다. ——범인이 정말로 로즈월일 경우다.

그러는 것도 오드리가 여장해서 오늘 밤 행사에 참가한 진짜 이유 때문이다. ——열이 나서 동반하지 못한 람이 오드리에게 부탁을 한 것이다.

그것이——.

"……오늘 밤 경매에, 변경백이 집착하는 사연 있는 물건이 있을지도 모른다고."

그런 람의 예감을 웃어넘기지 못한 것은, 그녀의 감이 유달리 빼어나다는 점을 신뢰할뿐더러 그 예감이 맞았을 때의 피해를 두려워한 까닭이었다.

"그렇지만, 기우였더군요."

"뭐, 아저씨도 진지하게 의심하지는 않았어. 만약 로즈월이 막 나갔다 해도 구태여 보관고에서 훔쳐낼 필요가 없지. 종루의 변상도 그렇지만 마음만 먹으면 재력으로 후려칠 수 있어. 그 점도 무서운 구석이지만."

고개를 내저으며 어깨를 으쓱인 뒤에 그웨인은 오드리에게 손을 내밀었다. 악수 요구에 오드리는 쾌히 응수했다.

"자, 아직 뒷정리가 있으니 이만 실례할게. 거듭거듭 감사하지, 오드리 양. 친구인 나츠미 양과 가넷 양에게도 안부 전해 줘."

"네, 저희야말로 큰 신세를…… 우와?!"

갑자기 그 악수하는 팔이 잡아끌려 오드리는 놀랐다. 그리고 그웨인은 끌어당긴 오드리의 귓가에 살짝 작은 목소리로 속삭였다.

"——다음에는, 제대로 된 복장일 때에 얘기를 나누고 싶군. 이거 아저씨랑 약속이다."

그 말을 끝으로 그웨인은 웃으면서 뒤돌아섰다. 멀어지는 등을 배웅하면서 오드리는——아니, 오토는 작은 한숨을 쉬었다.

"……이거야 원. 역시 변경백의 친구분이세요. 만만찮은 사람이네."

그리고 이날 밤, 가장 버겁던 인물을 정당하게 평가한 것이었다.

20

"——이리하여, 라즈렌 에니모우 경의 기억과 함께 도둑맞은 여신상의 소재는 불명인 채로 낙착됐단 말이지. 하기야 오늘 밤 사건의 책임은 내가 떠맡겠다고 약속했으니까아—. 그웨인 선생에게는 언질을 잡히고 말았어."

"——따라서 오늘 밤의 파티나 사라져 버린 여신상의 배상금 등, 모두 다 주인어른이 지불하시게 되었단 말이군요. 통쾌."

"통쾌라니 못하는 말이 없군그래애—."

그렇게 말하고 이미 세계가 고요해진 야밤에 로즈월이 미소 지었다.

장소는 그웨인 멜레테의 저택에서 조금 떨어진, 인기척 없는 숲속의 호반이다. 물가에 서 있는 사람은 둘. 로즈월과, 그에 상반된 호리호리한 장신의 남자——.

"그건 그렇고 도움이 됐어, 클린드. 용케 안네로제를 결석시켜 줬더어—군."

"아니요, 안네로제 님은 열이 나셔서 결석하신 겁니다. 제 관여는 없이. 부정."

"열……? 그 아이는 괜찮은 건가?"

"예, 거짓말이기에. 안네로제 님은, 에밀리아 님이 출석하시지 않는다는 말에 참가할 마음을 잃으셨습니다. 친애."

허리를 굽혀 담담히 읊는 쪽은 한쪽 눈에 단안경을 쓴 바늘 같은 인상의 미장부였다. 로즈월의 친척인 안네로제의 시종, 클린드다.

클린드의 말에 로즈월은 얼굴을 찌푸렸다.

"자네는 곧잘 무의미한 거짓말을 뱉더어—군. 오랜 관계여도 그 점은 변함이 없어."

"관계가 오래되었기에 더욱 그래야 한다 여기고 있습니다. 게다가 주인어른이 안네로제 님을 걱정하시는 모습은 저에게도 흐뭇한지라. 장난기."

"나 원, 이러니까 자네는. ……그래서, 예의 물건은?"

미소도 짓지 않는 클린드의 말에 어깨를 으쓱이던 로즈월이 살짝 목소리를 낮추었다. 클린드는 "여기에." 하고 천을 씌운 물품을 물가로 가져왔다.

로즈월이 손을 뻗어 그 천을 벗겼다. 그러자——.

"——이것이, 예의 여신상인가."

"주인어른의 바람대로 가지고 나왔습니다. 은밀."

가슴에 손을 짚고 묵례하는 클린드의 보고에 로즈월은 끄덕였다.

——이것이 오늘 밤, 그웨인의 저택에서 도난당해 그 소재를 알 수 없어졌다는 것으로 결판이 난 그 여신상이다.

캐논 일파의 계획은 나쁘지 않았다. 로즈월에게 죄를 뒤집어 씌우려던 점도, 로즈월 취향이었다고 할 수 있다. 딱 한 가지,

그들이 실수한 것은──.

"여신상 사건에 관해서, 나는 딱히 누명을 쓴 게 아니었다는 점이지이—."

"주인어른이 마법등 조명을 꺼트리고 그 틈에 제가 여신상을 훔쳐낸다. 그렇지만 같은 속셈을 품은 자가 있는 줄 모르고, 반사적인 대처를 하고 말았습니다만. 반성."

"반사적인 대처라니, 에니모우 경의 머리를 여신상으로 때리고 갔던 것 말인가?"

클린드는 부정하지 않는다. 자기 나름대로 부끄러워하고 있는지, 아무 생각도 없는지. 그 속내만은 로즈월도 모른다. 읽어낼 노력도 딱히 하지 않는다.

어쨌든 그는 로즈월의 지시에 충실하게 따랐다. 그거면 족하다.

"깜박 말려든 스바루에게는 미안한 짓을 했지—이만. 그 뒤의, 오토와 가필의 분주도…… 구경하는 맛이 있었지—이."

"주인어른은 성격 한 번 좋으십니다. 악취미."

"취미에 대해 자네한테 왈가왈부당하는 건 참으로 섭섭하지만…… 어디이— 보자."

그렇게 말한 로즈월은 좌우의 색이 다른 눈을 가늘게 뜨고 정면에 있는 여신상을 응시했다. 로즈월의 시야에 달빛을 받은 여신상이 서서히 그 모습을 드러낸다.

그것은 아름다운, 긴 머리의 여성의 모습을 본뜬 상. 여신이라고 형용하기에 어울리도록 장엄한 모습이었다.

그 여신상에 로즈월은 살며시 손바닥을 대고는 말했다.

"——사라져 다오."

중얼거린 직후, 여신상의 흉부로부터 금이 가기 시작하며 소리와 함께 상이 바스러졌다. 하얀 파편이 물소리와 함께 호수에 잠겨 복원은 불가능. 목적은, 달성되었다.

"소유자를 바꾸면서 잇달아 비극을 낳아온 저주의 여신상도 종언인 모양입니다. 폐막."

"저주의 여신상이라니 우습군. 그저 주위 사람이 욕망을 부딪친 결과, 우연히 생긴 비극을 여신상 탓으로 했을 뿐이야. ——하잘것없어."

왠지 모르게 짜증이 서린 음색으로 중얼거리는 로즈월. 클린드는 그런 로즈월의 옆얼굴을 조용히 응시하다가 짧게 숨을 내뱉었다.

"……누가 부르기 시작했는지 여신상이라고 불립니다만, 에키드나 님과는 요만큼도 닮지 않았습니다. 수작."

"——아아, 그렇지. 전혀 닮지 않았어. 이런 수준으로 여신상이라니, 웃기지도 않아."

로즈월은 깨진 파편을 응시하다가, 그것이 잠긴 호수를 쳐다보고, 호면에 비친 일렁이는 은빛을 바라보면서 탄식했다.

"——정말이지, 수준이 낮은 희극 같은 밤이었어—어."

《끝》

『마녀의 애프터 티파티 : 마녀의 조건』

1

콜렛은 차가운 물에 손을 담갔다가 무심결에 가녀린 어깨를 떨었다.

"으으, 추워라. 추워……."

하얀 숨을 뱉으면서 곱아드는 손가락을 물속에서 비볐다. 느릿한 움직임에 찌든 때가 강물에 녹으며 손가락의 감각이 돌아왔다.

부쩍 추워지는 시기다. 원래 콜렛이 태어난 고향은 기온이 별로 높지 않은 지역이지만 익숙하다고 해서 빙계(氷季)가 춥지 않은 것은 아니다. 덤으로 올해는 예년과 비교해도 공기가 훨씬 더 싸늘했다.

하긴 아직 열두 살인 콜렛이 예년 같은 말을 쓰면 어른에게 건방지다고 웃음거리가 될지도 모른다.

"자, 깨끗해졌어. 그래도, 추워……. 빨리 불을 쬐어야."

씻은 손을 물속에서 빼낸 콜렛은 옆의 그루터기 위에 놔두었던 팔찌를 집어 손목에 찼다. 그리고 여린 어깨를 떨며 오두막

쪽으로 돌아섰다.

이런 일도 있을까 봐 오두막 앞에는 이미 모닥불을 피웠다. 아직 작업에 익숙하지 않았을 적에는 불 피우는 걸 뒤로 미루다가 추워서 곱은 손가락으로 연거푸 실패하면서 불을 피워야 간신히 추위를 피할 수 있었다.

하지만 그 실패를 양식 삼아 콜렛은 한 단계 더 성장해 도약한 것이다. 내려선 곳에서 또 실패할지도 모르지만 그 실패조차도 양식으로 삼겠다.

한 걸음, 한 걸음, 착실하게 전진. 그것이 콜렛의 신조다.

"빙계니까 서두를 필요는 없지만, 서두르지 않으면 내 쪽이 힘들어. 그러니까……."

콜렛은 손가락을 꼽으며 작업 순서를 확인하면서 모닥불을 쬐려고 오두막으로 발길을 돌렸다. 그때——.

"——거기 여자아이, 잠깐 괜찮을까?"

불현듯 들린 목소리에 오두막으로 돌아가려던 콜렛이 발길을 멈추었다.

들린 것은 소녀의 목소리. 그것도 들은 적 없는 소리였다. 고향 마을은 그다지 큰 마을이 아니기에 주민은 전원 아는 얼굴이다. 목소리를 들으면 누구인지는 바로 알 수 있다.

그중 어느 것에도 해당하지 않는 목소리였기에 콜렛은 조금, 아니 꽤 놀랐다. 조심조심 손을 씻고 있던 강 쪽을 돌아보았다.

하지만 놀란 감정은 그 순간 모르는 목소리보다 더 큰 형태로 찾아들었다.

그 정체는——.

"——아."

"미안하지만 손을 빌릴 수 없을까. ……찬물 때문에 체온이 너무 떨어져서 당장에라도 의식이 사라질 것만 같아서. 죽을지도 몰라."

그런 말과 함께 그 인물은 차가운 강물 위로 두둥실 떠내려오고 있었다.

콜렛은 튀어 나오려던 비명을 참고 황급하게 강의 소녀에게로 손을 뻗었다.

2

"이거 참, 목숨을 건졌네. 그대로 버림받았다면 깜박 익사할 뻔했지. 그보다 동사 쪽이 먼저였을까? 어쨌든 간에 죽었을 뻔했지. 잠자듯이 죽을 수 있는 동사는 편한 죽음이라는 견해도 있는 모양이지만…… 실제로 강에 잠겨서 저체온증을 맛본 내가 말하자면 전혀 편하지 않을 것 같았지."

"어, 어어……."

모닥불을 쬐는 중에 끊임없이 말을 퍼붓는 상대에게 콜렛은 압도당했다. 다만 직전에 있었던 사건에 타격이 없던 것은 아니라 상대의 낯빛은 시퍼렇고 손가락도 추위로 달달 떨고 있었다.

어쩌면 심신 모두 궁지에 몰린 탓에 착란을 일으켰을지도 모른다.

그렇게 생각하니 콜렛은 웃으면서 떨고 있는 소녀가 가엾게 느껴져 갓 끓인 물을 슬쩍 내밀어 괴로운 몸을 위로해 주려 했다.

"따뜻한 음료인가. 크게 도움이 되겠어. 저체온증의 대처는 체온을 원래대로 되돌리는 것이 최우선이야. 그 점에서 몸의 내부부터 데우는 것은 이치에 맞지. 보아하니 교육도 불충분한 환경 출신일 텐데 용케 그런 지식이 있군."

"교육은, 잘 몰라. 하지만 추위 타는 사람에게 따뜻한 음료를 건네는 건 어른이 아니라 어린애라도 아는 일이잖아?"

"……하기는. 이건 내 쪽이 이론만 앞섰었군. 고맙게 받겠어."

살짝 미소를 띠며 소녀가 뜨거운 물에 입을 댔다. 그리고 뜨거웠는지 "아뜨뜨뜨." 하고 하마터면 그릇을 떨어뜨릴 뻔하다가 숨을 불면서도 간신히 뜨거운 물을 마시기 시작했다.

"……이상한 아이네."

무심코 콜렛은 그렇게 중얼거렸다.

차가운 강물에 떠내려온 소녀. ——그 표현만으로도 충분히 이상한 분위기지만 그 이상으로 다양한 부분에서 인상이 뒤죽박죽이다.

긴 분홍빛 머리카락에, 가녀리고 작은 소녀에게는 전혀 맞지 않는 남자용 외투와 신발. 겉보기 나이는 콜렛과 썩 다르지 않고, 키는 살짝 작은 수준일까. 그러나 그 얼굴 생김새는 무심코 넋 놓고 바라볼 만큼 단정하며 나이답지 않게 아름다웠다.

그리고 그런 그녀의 외견적 특징 중에 가장 눈길을 끄는 것이 ——.

"이 귀가 신경 쓰이나?"

소녀가 하는 말에 콜렛은 비로소 자신이 그녀의 귀를 빤히 바라보고 있었음을 깨달았다. 소녀의—— 특징적인 긴 귀를.

세상에는 다양한 종류의 아인족이 공존하고 있지만, 개중에서도 아름답고 귀가 긴 종족이라면 유명한 수준이 아니라 하나밖에 없다.

"당신은, 엘프야?"

"그 질문에 답변하기는 어렵겠어. 확실히, 이 몸의 원본이 된 소녀에게는 엘프의 피가 흐르고 있었지만 이렇게 재현된 몸에 같은 피가 흐르고 있다고는 말하기 어려워. 더 자세히 말하자면 정신과 육체 중 어느 쪽을 주축에 두느냐는 이야기이기도 하지. 이 몸은 엘프를 바탕으로 하고 있지만 내 정신은 명백하게 그렇지 않아서……."

"저기, 어, 저기, 어……?"

"……또, 내 나쁜 버릇이 나오고 말았군."

모처럼 소녀가 질문에 대답해 주었지만 그 내용이 어려워서 하나도 모르겠다. 어지러운 내용에 정신을 못 차리고 있으려니 소녀가 자기 가슴을 손가락으로 만지며 숨을 뱉었다.

소녀의 가슴팍에 뭔가 파랗게 빛나는 돌 같은 것이 걸려 있다. 아주 예뻐 보이는 그 돌을 소녀가 손가락으로 잡더니 "알았다, 알았어." 하고 혼잣말을 중얼거렸다.

"영 시끄러운 아이들이 있어서 말이야. 원활하게 이야기를 진행하기 위해서도 이 자리에서 나는 엘프라는 걸로 넘어가 두겠어."

"——! 그, 그럼, 혹시, 당신은 나보다 훨씬 연상이야?"

"나이 말인가? 이 육체로 따지자면, 대강 400세라고 말 못할 것도 없을까."

"400세……!"

엘프는 겉보기보다 훨씬 오래 사는 종족이라고 들었다. 하지만 그건 그렇고 400년이라니 놀라워서 상상도 가지 않는다. 왜냐면, 400년이라면.

"『질투의 마녀』가 나쁜 짓을 했을 적의……."

"————."

입을 비집고 저주스러운 『마녀』의 이름을 흘린 직후, 소녀의 표정이 어두워졌다.

그것은 말 그대로 어두워졌다고밖에 할 수 없는 표정이라, 콜렛은 자신의 경솔한 발언이 그녀를 상처 입혔는지 몹시 반성했다.

"아아, 네가 잘못한 게 아냐. 그냥, 조금 내 쪽에 맺힌 바가 있었을 뿐이라서. 그러고 보니 은인의 이름도 아직 듣지 못했군."

"……아, 나? 나는 콜렛. 이 오두막에서 살고 있어."

"그렇군. 기억했어, 콜렛. 내 이름은…… 오메가. 일단, 그거면 돼."

"오메가……?"

"스스럼없이 이름이 불리는 건 그다지 없는 경험인데. 실로 감미로운 어감이야."

콜렛의 실수를 나무라지 않으며 소녀—— 오메가는 귀엽게, 그러나 왠지 지성적인 미소를 띠었다. 그리고 그 미소를 띤 채로 말했다.

"감미로운 겸에 뭐하지만, 먹을 것은 없을까? 아무래도 뜨거운 물을 마시니 잠들어 있던 위장이 활동을 재개한 것 같아서. ……배고파서 못 견디겠어."

투정을 잘 부리는 건지 못 부리는 건지, 영 애매한 느낌을 받으면서 콜렛은 오메가의 요구에 쾌히 응하기로 했다.

다행히 콜렛의 오두막에는 오메가를 건지기 직전에 잡은 토끼가 있었기에 그것을 잽싸게 처리해서 공복인 오메가를 위해 조리했다.

"흠. 콜렛, 너는 아직 어린데도 날붙이깨나 다룬 솜씨인걸. 토끼를 해체하는 손길에도 망설임이 없어."

"나, 부모님이 안 계셔서 일찍부터 어른 일을 돕고 있었거든. 그래서 이렇게 산토끼를 잡는 것도 특기니까. 아, 오메가는 고기 먹어도 괜찮아?"

"그래, 문제없어. 그나저나, 토끼, 토끼라……."

"——? 토끼가 왜?"

"아니, 토끼와는 가까운 곳에 인연이 있다 보니, 기구한 일이다 싶어서. 물론, 먹는 데에는 아무런 지장이 없어. 기대하지."

기대를 받자 콜렛은 이 드문 손님을 번듯하게 대접해 주어야겠다고 별렀다.

본래라면 시간을 들여 향초와 함께 굽고 싶지만, 공복이 너무 심해져 바닥에 쓰러진 오메가를 보면 아무래도 한시의 유예도 없을 것 같다.

별수 없이 페파와 솔테를 가볍게 뿌리고, 대강 모닥불로 구운 것을 속도 중시로 제공했다. 향에 끌려 비틀비틀 일어나는 오메가.

"자, 여기. 뜨거우니까 조심해서 먹어."

"이크, 그건 방금 물 마실 때의 실패를 봐서 하는 말이지? 확실히, 아까부터 몇 번이고 너에게는 내가 실수를 거듭하는 모습을 보였지만 한 번 저지른 실수를 반복하는 짓은 하지 않아. 이 몸의 혀는 아무래도 내 본래의 몸보다 뜨거운 데 약한 듯싶고."

솔직히 이젠 무슨 말을 하고 있는지 당최 알 수 없지만, 내민 토끼고기를 받아든 오메가는 꼼꼼하게 입김을 불고 나서 고상하게 물어뜯었다.

고상하게 물어뜯는다니 이상한 표현 같기도 하지만 최소한 콜렛의 눈에는 그렇게 표현할 수밖에 없게 보였다. 마을에서 제일 큰 집에 사는 팔미라도 이런 식으로 보기 좋게 먹을 수는 없을 것이다.

"아까 강에 떠내려오던 것도 그렇지만, 나는 꽤 오랫동안 잠들어 있었거든. 자기 발로 서서 걷는 것도 퍽 오랜만이야."

"그래? 그래서, 헤엄치는 법도 까먹은 거야?"

"아니, 헤엄은 원래부터 못 쳤지. 강에 떠내려가던 것은 목이 말라서 물을 뜨려다가 발이 미끄러졌기 때문이야. 기억보다 다리가 짧다 보니……."

뼈에 붙은 고기를 뜯으며 오메가는 헤엄을 못 친다고 장담하면서 다리를 흔들었다. 그녀와의 대화는 느릿하고 지루한 시간을 때우는데 익숙하던 콜렛에게는 신선했다.

들으니, 오메가는 정처 없는 여행 도중이라고 한다. 솔직히 오메가의 나이와 상황 처리 능력으로 나 홀로 여행은 이만저만 위험하지 않을까 싶었다.

거기서 콜렛은 망설이면서도 이런 제안을 해 보았다.

"저기, 만약 괜찮으면 한동안 내 오두막에 묵고 가지 않을래? 앞으로 더 추워지니 여행 준비는 제대로 하는 편이 좋을 거야."

"흠. 그건 고마운 제의로군. 하나 네가 그렇게까지 해 주어도 내가 돌려줄 수 있는 건 많지 않다만……."

"……그렇다면, 이야기를 들려줘."

"이야기라고?"

제안에 긍정적인 대답이 나와서 콜렛은 오메가가 망설이는 이유를 먼저 치워냈다.

400년 이상이나 장수하는 엘프. ——지금 세상을 살아가는 많은 사람들이 모르는 사건을 친근하게 알고 있는 존재.

"내가 모르는 이야기를 들어 준다면 무척 기쁠 거야. ……예를 들면, 아주 옛날의, 다들 모르는 시대의 이야기라거나."

"————."

콜렛이 그렇게 청하자 오메가는 한쪽 눈을 감고 끄덕였다.

그리고——.

"역시, 보통은 알고 싶어 하기 마련이지. 그 점에서도 그 남자는 별났었어."

"――?"

"미안하다. 이쪽 이야기야. ――그러지. 원래 누군가와 대화하는 건 내가 좋아하는 일이니까. 그런 걸로 좋다면 한동안 신세를 질까."

오메가는 옅은 미소와 함께 콜렛의 제안을 받아들였다.

3

"400년 전, 세계는 인간에게는 살기 힘든 세상이었어. 어느 나라에도 마법은 아인족이나 정령의 전매특허여서 말이야. 인간은 불을 피우는 것도 고생하곤 했지."

그렇게 이야기하면서 오메가는 손가락을 딱 튕겨 모닥불의 불길을 춤추게 했다.

오메가가 콜렛의 오두막에서 지낸 지 며칠. 극히 짧은 시간에 이 어린 모습의 엘프는 잇달아 콜렛의 상식을 새로 칠해 주었다.

처음에 강에 떠내려왔을 때는 위태로움의 화신 같던 오메가지만 일상의 다양한 상황에서 지식과 마법을 선보이는 그 모습에 콜렛은 인식을 고쳤다.

오메가는 섣부르고 경솔하다. 그러나 그런 성질의 그녀가 태연히 여행할 수 있던 것은 그럴 수 있을 만한 '힘'을 지니고 있기 때문이다.

손가락만 까닥해 불을 만들어 내고, 물을 끓이고, 바람으로 장

작을 패고, 흙을 가는 모습을 목격하면 오메가가 얼마나 힘이 있는 존재인지 금세 알 수 있다.

"마법 실력? 그렇지. 이런 건 연습하면 누구나 할 수 있어진다……고 말하고 싶지만, 그건 무리야. 마법도 기술이니까 개인의 자질에 의존하는 면이 커. 내가 알기로는, 나와 같은 행위가 가능한 것은 역사상 두세 명밖에 없어."

세계가 아니라 역사라는 표현에서 오메가가 거물이라는 상상을 자극한다.

자랑하는 것도 아니며 과장스럽다고 웃어넘길 맘도 일지 않도록 큰소리치는 오메가의 옆얼굴을 홀린 듯 바라보던 콜렛은 퍼뜩 정신을 차렸다.

자신은 세계에서 손꼽히는 존재라고, 교만과는 무관하게 호언장담한 오메가. 그런 그녀의 모습에 콜렛의 뇌리에 어느 단어가 스쳤다.

그 말을 과감하게 입에 담는다면, 오메가는 어떤 반응을 할까.

"——하고 싶은 말이 있다면, 말해 보면 어때?"

침묵한 콜렛을 보자 오메가가 잔잔한 음성으로 말했다.

그, 맑고 파란 눈에 사로잡히는 기분으로 콜렛은 그 '단어'를 입에 담았다. 그 단어를 들은 오메가는 여태까지 봤던 얼굴 중에서 가장 넋이 나갈 미소를 띠고는.

"암, 그렇다마다. ——나는, 나쁜 마녀라고?"

그렇게 대답했다.

——즉, 콜렛의 생활은 태고의 시대를 아는 『마녀』와의 나날이 된 것이다.

4

"왜 사이즈가 맞지 않는 외투를 입고 있었느냐고? 그건, 이게 원래 내 소지품이 아니라 남에게서 물려받은 것이기 때문이야."

세탁한 외투를 말리고 있는 콜렛의 질문에 오메가는 유유히 대답했다.

질문을 좋아하는 콜렛은 숙박 조건으로 제시한 '이야기'를 자주 보챘다. 말하는 것을 좋아하는 오메가로서도 콜렛의 왕성한 호기심에는 호감이 갔다.

"여하튼 웬만한 상대는 내가 기분 좋게 이야기하다 보면 흘려들으려 하거나 애초에 입을 다물라고 억지로 다그치곤 하니까."

"그래? 그치만 근데, 그런 건 아까워. 오메가의 이야기는 아주 재미있고 모르는 사실을 많이 알 수 있는 멋진 일인데."

"응응, 좋은 일이지. 지식은 아무에게도 빼앗기지 않는 보물이야. 그리고 재산이라는 것은 기본적으로 많이 가진 편이 인생에 유리해."

지식이 없으면 괜히 먼 길로 돌아갈 수밖에 없는 상황이 여럿 있다.

마법을 쓸 수 없었을 적의 인간들은 불을 피우는 것조차 고생이었지만, 불 피우는 법을 배울 수 있으면 그 고생도 크게 경감

되었다.

"지식이 있으면 죽지 않아도 될 상황에서 목숨을 걸지 않아도 되지. 물론, 보물을 썩히는 꼴이 되어서는 안 되니까 사용하는 요령에는 재능이 필요하지만."

"재능……."

"그래. 가진 지식이 없거나, 가졌어도 재능이 없으면 부득이하게 빼앗길 수밖에 없지. 예를 들어 이 외투를 내가 가지고 있듯이."

말린 외투를 손가락으로 가리키고 강에서 세탁 중인 콜렛에게 가르침을 내린다.

그다지 많지 않은 오메가의 짐이지만 그 태반은 원래 임자에게서 빌려온 것이다. 그렇지만 돌려줄 가망은 현재로서 없다. 원래 임자는 이미 죽었기 때문이다.

물론, 그들도 오메가로부터 빼앗으려던 결과이기에 이해해 주고 있을 것이다. 동물이 다른 동물을 잡아먹듯이 이 세계는 적자생존이니까.

"아니, 정확히는 약육강식 쪽이었을까. 단어로서는 적자생존 쪽이 내 취향이지만 되도록 정확한 표현을 쓰고 싶은 성미라……."

"오메가도 많은 일이 있었구나. 역시 오래 살아서 그래?"

"오래 사는 만큼 여러 가지로 배울 기회가 있던 것은 사실이지. 하나 살다 보면 사는 만큼 알아야 할 사항이 늘어나지. 지식욕이 바닥나지 않는 한 죽고 싶은 마음이 들 날은 오지 않을 거야. 그 점에서 나는 인생을 만끽하고 있다는 느낌이 들어."

"어— 저기, 그런, 거야?"

애써 이해하려고 해 주지만 콜렛에게는 어려운 화제였던가.

머리에서 김이 날 것 같은 콜렛에게 오메가는 한쪽 눈을 찡긋하고 기지개를 쭉 켰다. 그런 뒤에 세탁 중인 콜렛 쪽에 눈길을 주고 말했다.

"콜렛, 너의 그 팔찌 말인데."

"……아, 이거? 빨래하고 있으면 강물로 젖잖아? 만약 흘러가거나 녹이 슬었다간 곤란하니까 풀어 두는 거야."

"——흐응."

강기슭에 있는 그루터기 위, 다소곳이 놓인 은빛 팔찌는 안쪽과 바깥쪽에 각각 기하학적인 무늬의 세공이 된, 어느 정도 공예품으로 보이는 물건이다. 그럭저럭 값비싼 물건이라는 티가 나서 숲속에 사는 소녀가 차기에는 어울리지 않았다.

"번듯한 내력이 있을 법한 물건인데, 어디서 손에 넣은 거지?"

"이거? 이건 아버지와 어머니의 유품이야. 두 분이 죽었을 때 남겨 준 것이라…… 그러니까, 몸에서 떼지 않고 가지고 다니고 있어."

"부모님의 유품인가. 과연."

"두 분은 마을 밖에 나가는 일을 하고 계셨어. 이 팔찌도 밖에서 가지고 돌아온 것이었고. 나는 어려서 따라가지 못했으니까 아버지의 여동생…… 고모 집에 맡겨져서, 거기서 이것저것 배웠어."

취사와 세탁, 거기에 수렵 같은 생활 솜씨는 거기서 배웠다는 뜻이리라.

부모님의 죽음이라는 마음의 상처도 그녀 안에서는 이미 아물어서 딱지가 진 내색이다. 누군가가 고의로 벗기려고 하지 않는 한, 상처는 천천히 아물며 언젠가 신경 쓰이지도 않게 되리라.

그게 바로 사람이 살아가는 시간의 축적. ――그 사실이 오메가는 흡족하다.

"콜렛, 아직 세탁하느라 시간이 더 걸릴 것 같다면 잠시 산책하고 와도 상관없을까? 돌이켜보면 나는 한동안 네 집과 강을 왕복하기만 했어."

"강에서 오두막까지도 내가 끌어당겨 주었지만……."

제안에 야릇한 표정이 돌아오자 오메가는 콜렛의 주저에 갸웃했다. 단순한 산책 허가인데 꽤 의미심장한 반응이다.

"무슨 문제라도?"

"아니, 아니야. 문제는 없어. 그냥, 그렇지. 너무 숲의 동쪽에는 가지 않는 편이 나을 거야. 그게…… 마수가 살고 있다는 소문이라 마을 사람도 접근하지 않거든."

"알았어. 숲의 동쪽 말이지. 걱정해 주어서 고마워."

세탁을 마저 하는 콜렛을 강에 남기고, 그녀의 배웅을 받으면서 오메가는 산책에 나섰다. 그렇게 콜렛이 시야에서 사라지자 기지개를 쭉 켜고 읊조렸다.

"그래, 동쪽은 마수가 나온댔나."

위험한 마수가 나온다면, 콜렛이나 마을 사람에게 사활 문제라고 할 수 있을 것이다.

웬만한 인간에게 마수란 생명을 위협하는 순수한 위협이다. 마수의 종류도 천차만별, 그 위험성도 크고 작게 다양하지만 어느 종류라도 일반인에게는 틀림없이 위험하다.

그렇게 생각하면서 오메가의 발은 숲의 '동쪽' 으로 천천히 나아갔다.

"———."

물론, 오메가는 무의미하게 콜렛의 충고를 어기려는 것이 아니다.

뜻밖일지도 모르지만 이래 봬도 의외로 오메가는 콜렛의 후의에 감사하고 있었다. 그런 콜렛이 마수를 두려워한다면 치워버릴 마음도 없지만은 없다.

하기야 그건——.

"——흠."

숲의 동쪽, 약간 나무들이 트인 공간을 맞닥뜨렸을 즈음, 오메가는 자신의 분홍빛 머리카락을 살짝 어루만지고 눈앞의 광경에 실눈을 떴다.

——눈앞에 펼쳐진 광경은 살며시 서리가 내린 대지와 그런 흙 위에 뜨문뜨문 보이는 돌탑이었다. 돌탑은 대강 서른 이상이나 될까.

한둘이라면 어린아이가 장난기를 발휘한 결과라고도 여기겠지만 한곳에 이만한 수가 있다면 즉시 깊은 의미를 띠기 시작한다.

정성껏 쌓은 돌탑. 그것이 수십이나 되면 그 의도는 명백하다.

이곳은――.

"――누구야?"

등 뒤에서 건넨 목소리에 오메가는 그다지 놀라지 않았다.

누군가가 다가오는 기척은 발소리와 냄새로 감지하고 있었다. 예상 밖의 일이 있다면 상대가 말을 걸어 왔다는 것. 철석같이 다짜고짜 공격해 올 줄 알았는데.

"일단, 나에게 너에 대한 적의는 없어. 여기에 발을 디딘 것도 뭐, 고의이긴 하지만 악의는 없다고 주석을 넣어 두고 싶군. 그래그래, 특히 이렇다 할 무기류도 없으니 지금부터 천천히 뒤돌아서겠지만, 흥분하지 말아 주겠나?"

"……그, 나불나불 자기 선전을 떠드는 입을 다물면, 뒤돌아."

오메가는 두 손을 들어 적의가 없음을 표시하고 상대의 지시에 따를 의도를 표시하고자 입도 다문 뒤, 천천히 뒤로 돌아섰다.

"……못 보던 얼굴이야."

그렇게 말하고 오메가를 내려다본 것은 키가 큰 소녀였다.

색이 짙은 머리카락을 길게 기르고 검은 옷을 껴입은 단정한 이목구비의 인물이다. 단, 찢어진 눈매의 삼백안은 매우 가시가 돋아 그녀의 인상을 몹시 날카롭게 만들고 있었다.

"흠."

그런 첫인상을 다 소화하고서 깨달은 점은, 눈앞의 소녀도 그다지 나이가 많지 않다는 사실이다. 기껏해야 열다섯 살로, 콜렛과 그렇게까지 차이가 나지는 않을 듯하다. 인상에서 차이 나는 건 분위기와 그냥 신장 차이 때문이리라.

"뭐야, 그 반응. 짜증 나는 아이네."

"초면인 어린아이 상대로 네 쪽이야말로 꽤 가시가 돋치지 않았나. 게다가……."

"왜."

"아니 뭘, 그런 것을 들고 다니는 것도 제법 충격이어서 말이야."

등 뒤에서 걸어왔을 때의 기척—— 주로 냄새로 알고 있었던 사실이지만 눈매가 사나운 소녀의 팔에는 꽤 쇼킹한 물체가 안겨 있다.

하얀 천으로 둘러싼 생물의 시체였다.

원래는 멀쩡한 형태를 하고 있었겠지만 원형이 남아 있지가 않았다.

"수렵이라고 부르기에는 처리 방식이 과한걸. 그래서야 고기도 가죽도 훼손될 테지. 모피나 식량을 확보할 거라면 방식이 좋지 않아. 물론……."

거기서 말을 끊은 오메가가 소녀의 반응을 살피면서 뒤이었다.

"그저, 죽이는 것이 목적이라면 내가 할 말은 없지만."

"——안다는 투로, 말하지 마."

소녀는 언짢게 내뱉고, 오메가 옆을 지나서 시체—— 아마도 '토끼였던 것' 이라고나 해야 할 물체를 지면에 두고는 함께 들고 온 작대기로 구멍을 파기 시작했다.

시체를 묻고 흙을 덮어, 그 위에 돌을 쌓는다. ——그 행위를 보고 오메가는 자신이 처음에 받은 인상이 틀리지 않았다고 확신을 얻었다.

역시 이곳은 묘지다. 쌓인 돌 아래에는 지금의 '토끼였던 것'과 비슷하게 동물의 송장이 여럿 묻혀 공양받고 있을 것이다.

"나도 어지간히 무덤과 인연이 있군그래."

"……너, 누구야? 어디서 왔어?"

일련의 매장 작업을 마치고 일어난 소녀가 오메가에게 물었다.

피에 물든 손을 숨기지 않는 모습은 꽤 박력이 있어서 답변을 실수하면 자칫 오메가도 이 묘지의 동무가 될 듯한 분위기였다.

그 때문은 아니지만 오메가는 우호적인 접촉을 바라며 자기소개를 했다.

"나는 오메가. 뭐, 여행하는 나그네쯤 되지. 이 주변에는 강을 따라 내려가는 도중에 들렀을 뿐이야. 그리 오래 머물지는 않을 거야. 언짢게 여기지 말아 줄 수 있을까."

"여행자라. 그런 나이로…… 아니, 그 귀, 엘프?"

오메가의 특징적인 귀를 알아채자 소녀는 노골적으로 싫은 티를 냈다. 이 시대, 엘프에 대한 짙은 차별 의식이 남아 있는 것은 이해하지만 그런 일반적인 반응과는 다르게 보였다. 그녀가 엘프를 혐오하는 것은 그에 따라오는 다른 이유—— 그러나 소녀는 그 점을 추궁하기보다 먼저 피투성이 손도 내버려 둔 채 왔던 길을 돌아가려 걷기 시작했다.

"괜한 오지랖일지도 모르지만 손을 씻을 거라면 강은 저쪽이야."

"……오래 머물지 않는다고 말했지. 나쁜 마음으로 하는 말이 아니니까, 얼른 떠나."

"대화가 서로 일방적이군. 내가 말하는 재주가 없나?"

소녀는 너스레를 받아주지 않고, 발길을 멈추지 않은 채로 강과는 다른 방향으로 걸어갔다. 그리고 그녀의 등이 사라지기 전에.

"그러지 않으면, 곧 너도 '짐승'에게 갈기갈기 찢길 테니까."

그 말만 남긴 채 소녀의 모습은 오메가의 시야에서 사라졌다.

퍽이나 의미심장하고, 남의 말을 듣지 않는 소녀였지만.

"—— '짐승', 이란 말이지."

5

"그런 말을 들었는데, 콜렛은 짚이는 데가 있을까?"

모닥불을 끼고 저녁밥을 먹으면서 오메가는 동쪽 숲의 사건을 콜렛에게 들려주고 있었다. 그 이야기를 듣자 채소가 든 수프를 마시던 콜렛이 볼을 부풀렸다.

"동쪽 숲에는 가지 말라고 그랬는데……."

"응? 아아, 그랬었지. 다만 마수 때문에 곤란하다면 힘이 되어 줄 수 있을 줄 알았어. 나라면 웬만한 마수는 덤벼도 쓰러뜨릴 수 있으니까. 하긴 마주친 건 마수가 아니라 마수만큼 눈매가 사나운 여자아이였지만."

"……그건, 팔미라일 거야."

눈매가 사납다는 말만으로도 특정되는 건, 과연 당사자에게 명예로운 일일까. 오메가가 아는 눈매가 사나운 소녀이라면 불명예라고 목청 높여 떠들 것이다.

“그건 그거대로 애교가 있다고 생각하지만…… 뭐, 당사자 마음은 아무리 해 봤자 타인이 헤아릴 수 없는 것이니 어쩔 수 없나.”

“그래서, 그, 팔미라와는 무슨 얘기를 한 거야?”

“얘기다운 얘기는 하지 않았지만…… 그렇지. 목숨이 아까우면 오래 머물지 말고 얼른 숲에서 떠나라는 말을 들었을까.”

“——큭! 그런 건……!”

곧바로 콜렛이 언성을 높이며 그 자리에서 일어섰다. 그 바람에 무릎 위에 올려두었던 그릇이 기울어져 수프 내용물이 지면에 쏟아졌다.

“콜렛, 데지 않았나? 바로 찬물로 식히는 편이…….”

“그런 건, 그런 건 엄청 자기 맘대로야. 팔미라는 왜 그런 소리를…….”

빠르게 말하면서 콜렛이 떨리는 눈으로 오메가를 보았다.

“저기, 오메가. 오메가는 떠나거나 하지 않을 거지?”

콜렛은 무릎에 쏟은 뜨거운 수프도 개의치 않으며 오메가에게 물었다.

그 소녀—— 팔미라의 말에는 귀를 기울이지 말고 자신과 함께 있어 달라는 듯이. 그러나 오메가는 그 바람을 이루어 줄 수 없다.

“네 마음은 기쁘지만 처음부터 오래 머물지 않을 셈이었어. 이 며칠 만에 몸 상태도 꽤 회복되었으니. 최소한 신세나 갚으려 숲의 마수라는 녀석만 정리하고 싶었지만.”

"————."

"콜렛?"

긍정도 부정도, 아무 반응도 얻지 못한 데에 오메가가 눈썹을 찌푸렸다. 그러자 그 부름에 콜렛은 "아." 하고 작게 숨을 내쉬고 대답했다.

"그, 그렇……지. 응, 당연해. 원래 오메가는 살짝 샛길로 빠졌을 뿐이었으니 다시 여행하러 나가는 건 당연하지. 당연한 거야."

오메가에게 들려준다기보다 자기 자신에게 타이르는 말투였다. 그 뒤로 콜렛은 식기를 들고 아직 먹다 만 음식을 치워 버렸다.

콜렛의 심상찮은 분위기에 오메가는 차마 말을 걸지 못했다. 자기 몫의 저녁밥을 치우자 콜렛은 미소와 함께 말했다.

"괜찮아, 오메가. 나, 쓸쓸하지만, 조금도 쓸쓸하지 않아. 그러니까."

"사양 말고 여행을 떠나 달라고? 뭐, 그럴 셈이긴 하지만……."

"응, 그렇게 해 줘. 그러는 게 나아. 분명히, 그게 제일이야."

그렇게 말한 콜렛은 오메가에게 뒤돌아섰다. 그 작은 등이 쓸쓸하게 보였지만 무슨 말을 할 수 있는 것도 아니라며 오메가는 침묵을 관철했다.

가차 없는, 무자비한 침묵을 관철한 것이다.

6

"————."

그날 밤, 오메가는 침상에서 천천히 눈을 떴다.

솔직히 잠에서 일어날 때 편한 편은 아니다. 이것은 몸 상태의 문제가 아니라 영혼 쪽 문제라고 생각한다. 돌이켜 보면 자기 몸일 적부터 잠에서 일어날 때는 상태가 영 좋지 않았다.

의식하지 않았지만 저혈압이라는 것일지도 모른다.

영혼의 용기(容器)가 바뀌어도 혈압 문제가 일절 해결되지 않는 것은 이상한 이야기다. 다만 지금은 영혼과 혈압의 관계성에 대해서 고찰하고 있을 때가 아니다.

"……없어."

바닥에 이불을 깔았을 뿐인 어설픈 침상, 그 머리맡에 두었을 파란 휘석(輝石)이 어디에도 보이지 않는다. 오메가는 평소에 목에 끈을 달아 걸고 있지만, 잠을 잘 때는 역시 벗고 있다. 오늘 밤도 자기 전에 그런 기억이 있었다.

"콜렛?"

캄캄한 오두막 안, 오메가가 세운 손가락 끝에 불이 붙었다. 바로 옆의 침상에 콜렛의 모습은 눈에 띄지 않아 벽에 기대어두었을 그녀의 외투도 어디에도 없었다.

사라진 콜렛과 오메가의 휘석. 이 인과관계는 말할 필요도 없으리라.

"설마, 돈이 되는 물건이 목적이었다고도 생각하기 어려우니."

오메가는 졸린 눈을 비비며 서둘러 외투를 걸치고 오두막 밖으로.

밤의 숲에 감도는 공기는 차가워서 하얀 숨결이 다리 힘을 빼았는다. 하지만 휘석을 방치하고 침상에 돌아간다는 선택지는 없다. ──그것은 떼어놓을 수 없다. 이 세상에서 가장 소중한 것 중 하나다.

"────."

걷기 시작했을 즈음, 오메가의 고막에 떨리는 소리── 아련한 울부짖음이 들린다.

숲속에서 울려 퍼지는 그 소리는 밤공기에 식은 밤하늘 저 너머까지 닿을 만한 날카로운 울음소리였다. 그 소리를 듣고 오메가의 뇌리에 '짐승' 이라는 한마디가 스쳤다.

"마수가 아니라, '짐승' 이라."

그렇게 말을 남기고 간 팔미라의 모습을 떠올린 오메가는 재차 첫걸음을 내디뎠다. 가는 방향에 망설임은 없다. ──동쪽 숲이다.

"────."

낮에도 방문한 숲속의 개활지, 묘지에 들어선 오메가는 실눈을 떴다.

콧구멍을 스친 피 냄새는 낮에 맡았을 때와는 비교가 되지 않게 농밀하다. 그럴 만도 하다. 묘지에는 대량의 신선한 혈육이 새롭게 뿌려져 있었으니까.

"흠."

붉게 물든 묘지를 바라보며 오메가는 살짝 끄덕였다.

흩뿌려진 혈육은 어느 것이나 이 숲에 있던 동물의 것이리라. 언뜻 처참한 현장으로 보이지만 인간다운 시신은 눈에 띄지 않는다. 그것은 '짐승' 이 가진 양심의 표현이거나.

"혹은, 이미 최초의 표적을 결정했기 때문이겠군."

관찰하면서 오메가는 시체와 묘지를 천천히 둘러보았다. 두터운 구름에 달빛이 가려져 지상은 죽고 싶어질 만큼 고요한 어둠에 휩싸였다.

——그런 암흑을, 오메가가 만들어낸 몇 개의 화구(火球)가 가차 없이 갈랐다.

그것은 말 그대로 등불이 되어 주위, 피투성이 상황을 더욱 뚜렷하게 드러냈다. 그리고 그것은 곧 빛을 좋아하지 않는 어둠의 주민에게 혐오스러운 행위다.

"카아아——!!"

어둠의 장막 속에서 사납게 울부짖는 '짐승' 이 튀어나온다.

바람 같은 속도로 육박한 '짐승' 이 무시무시한 기세로 오메가에게 발톱을 후려쳤다. 그 직격을 맞은 결과물이 주위에 흩어진 혈육일 것이다.

그렇다고 오메가에게는 이 공격을 기민하게 피할 각력도 없다. 신체 능력에 관해서는 겉모습대로 가녀리고 약한 어린아이나 마찬가지인 것이다.

호리호리한 주제에 거암도 때려 부수는 규격 외의 하프엘프와는 사정이 다르다.

"나 원 참, 싫은 게 떠올랐군."

발톱이 목을 헤집을 때까지 눈 깜빡일 순간, 오메가는 자신의 뇌리에 스친 기억에 싫은 표정을 지었다.

진짜 성능을 발휘했을 때의 사고 속도란, 실제로 육체를 움직이는 속도보다 까마득히 빠르다. 죽기 직전에 보는 주마등은 생명의 위기에 빠진 뇌가 자신의 기억 속에서 그 위기 상황을 벗어나기 위한 수단을 찾는 탐색 행위라는 설도 있다.

그 정도로 사고의 속도란 압도적이다. 오메가가 시답잖은 사고의 샛길에서 빠져 나올 때까지도 아직 '짐승'의 발톱이 닿지 않았듯이.

——따라서 흙의 방벽은 쉽사리 상대의 공격 앞에 끼어들었다.

"도나."

영창은 필수가 아니다. 애초에 흙벽이 솟아오르는 쪽이 오메가의 입술보다 더 빨랐다. 그런데도 구태여 영창하는 이유는 일어난 사건의 설명을 좋아하기 때문이다.

"————."

바로 아래서 융기한 흙벽에 찍힌 '짐승'이 밤하늘로 날아간다. 빙글빙글 도는 작은 그림자. 순간적으로 가까운 나뭇가지를 박차 회전의 기세를 죽이고 대지에 떨어진다. 머리와 등 쪽으로 낙하하는 사태를 능숙하게 피해 지면에 사지를 디딘 것은 나쁘지 않다.

그러나——.

"내가 방금 막 그 지면을 이용해 너를 때렸을 텐데?"

임시방편에 불과한 대처로는 결코 이쪽 공격을 웃돌 수 없다.

착지한 '짐승'이 다음 행동을 일으키기 전에 공격이 시작된다. 또다시 대지가 꿈틀대고 이번에는 '짐승'의 손발을 그 내부로 집어삼켜 구속했다.

"——칵?!"

손발이 팔꿈치와 무릎까지 흙 밑에 삼켜지면 힘을 줄 곳이 어디에도 없다. 운신할 수 없어져도 버둥대는 가엾은 '짐승', 그 무방비한 배를 흙덩이로 된 말뚝이 흉악하게 올려쳤다.

"카아아——."

"몸 주변에 있는 것 전부를 손발처럼 쓰는 게 마법사의 실력을 보일 부분이지. 바람도 흙도, 물도 불도, 모든 것이 다 내 뜻대로. ——이것이, 세계를 적으로 돌리는 감각이야."

흉악한 한 방을 처박고 오메가는 아무 감개도 없는 기색으로 중얼거렸다. 그 말에 배에 일격을 맞은 '짐승'은 고통의 신음을 —— 집어삼키고, 이빨을 드러내며 고개를 들었다.

"카악——."

"흠. 아직 건강한 모양이군. 두세 번 더 해 두어야 할까?"

포효할 기운이 남은 '짐승'을 보면서 한쪽 눈을 감은 오메가가 손바닥을 겨누었다.

배를 지르는 흙 말뚝, 조금 전은 힘을 조절하느라 말뚝 끝부분을 뭉툭하게 했지만, 뾰족하게 세운 한 방을 쏘는 편이 손쉬울지도 모른다. 일단, 움직임을 막기 위해서 유혈을 강요하는 편이 낫다면, 그렇게 해도——.

"——이제 그만해!"

손바닥을 내뻗어 공격을 거듭하려던 오메가의 움직임이 멈추었다.

그 차가운 파란 눈에 비친 것은 흙에 손발이 묶여 버둥대는 '짐승' 과, 그 '짐승' 을 등 뒤에 감싼 소녀—— 팔미라였다.

팔미라는 길게 째진 눈에 굵은 눈물을 그렁거리며 오메가를 노려보았다.

"무슨 생각이지?"

"부탁이니까, 이제 그만해! 더 이상 필요 없잖아?!"

"네가 두고 보지 못하는 건 네 자유지만, 이걸 방치해 두는 편이 무책임한 느낌이 들 뿐이야. 애초에 너도 곤란해하고 있었을 터잖아? '짐승' 을 꺼리고 있었을 텐데."

"아니야! 나는, '짐승' 을 죽여 달라는 생각은 안 했어!"

물어뜯듯이 오메가의 말을 덧칠하고 눈물을 흘리면서 팔미라가 뒤돌았다. 그리고 그녀는 손발이 흙에 구속된 '짐승' 을 껴안았다.

"나는, 콜렛을 『마녀』로 만들고 싶지 않았어. 이 아이를, 구하고 싶었단 말이야!"

그렇게, '짐승' —— 아니, 콜렛을 안으면서 필사적으로 외쳤다.

7

——이상한 점은 처음부터 여러 곳에서 찾아볼 수 있었다.

예를 들어 콜렛의 생활 환경이다. 불과 열두세 살짜리 소녀가 왜 마을 바로 근처 숲속, 허름한 오두막에서 홀로 살고 있는가.

그녀는 부모님이 죽어 버렸다고 말했지만 독립하기에는 과히 어린 나이다.

만약 태어난 고향이 바로 옆에 있다면, 마을 주민이 돌보아 줄 나이다. 그런 상부상조 정신 없이 집단생활은 성립될 수 없다.

그게 없다는 말은――.

"어린 소녀가 혼자, 숲의 허름한 오두막에서 살고 있는 환경 자체가 콜렛이 마을 사람들로부터 경원당하고 있다는 증거지. 어른의 도움을 빌리지 못한다면 혼자서 살 수밖에 없어. 의외로 다부지게 살고 있던 것 같지만."

사냥이나 요리 실력에 관해서는 부모가 살아 있을 적에 체득했을 것이다. 부모로부터 받은 애정이 마을 사람의 애정을 받지 못해도 그녀를 죽게 하지 않았다.

단, 경원당해 마을로부터 거절당한 소녀의 고독은 또 다른 문제를 끌어들였다.

그것이, 팔미라가 외친 문제――.

"――마녀라. 기구한 팔자로군."

콜렛의 생활 환경, 팔미라가 말한 '짐승'의 존재. 그리고 버둥대는 콜렛을 안으면서 외친 『마녀』.

맞춰진 퍼즐 조각에서 이 눈 내린 숲을 둘러싼 전체상이 보이기 시작한다.

그것은 도망칠 수 없는 『마녀』라는 공포가 만들어낸, 어두운 나선이었다.

"처음에는, 콜렛의 부모님이 돌아가셨을 때였어."

짐승처럼 신음하며 몸을 트는 콜렛을 붙들어 안으며 팔미라가 이야기하기 시작했다.

콜렛의 부모님의 죽음. ――모든 것의 붕괴, 그 발단이 된 사건을.

"콜렛네 집이 마수에게 습격받은 거야. 그래서, 콜렛의 부모님은 두 분 다 살해당하고, 콜렛만이 남아서……."

집 안은 처참한 몰골로, 마수에게 습격당한 콜렛의 부모님은 차마 보지도 못할 상태였다고 한다. 그런 피투성이 집에서 콜렛만이 살아남고 말았다고.

그 뒤, 콜렛은 마을 안에 있던 친척의 집에 입양되어 거기서 생활하기 시작했다.

그러나 비극은 그녀를 놔주려 하지 않았다.

"마수는 미처 죽이지 못한 콜렛을 잠자코 보내 주지 않았어. 콜렛이 입양된 집을 발견해 그 집의 사람들까지……."

"해쳤단 말인가. ――마수는 인류의 원수다. 죽이기 위해서라면, 상처 주기 위해서라면, 그러한 못된 꾀를 발휘하는 게 있어도 이상하지는 않지."

"……마수의 피해는, 그것만으로 끝나지 않았어. 몇 번이나, 이어졌어."

마수는 집요하게 콜렛을 쫓아다녔다.

콜렛이 입양될 때마다 그 집에는 비극이 발생한다. ――그런데도, 마수는 콜렛만은 죽이려 하지 않았다.

그렇게 피해가 번져 나가면 아무리 마음 착한 마을 사람들이라도 감당할 수 없어진다. 콜렛이라는 소녀의 존재를 무거운 짐으로 느낀다.

"결국, 모두 소름 끼쳐 하며 콜렛을 떠맡으려 들지 않았어. 그러기는커녕 콜렛을 숲속 오두막에 내쫓아서…… 그래선, 마치."

"——인신공양."

말문이 막힌 팔미라를 대신해 오메가가 그 한마디를 입에 올렸다.

듣자마자 팔미라의 표정이 굳었다. 얼굴에 어울리지 않게 순진한 소녀다. 자란 환경에 비해서는 선량한 마음의 소유자라고 바꿔 말해도 될지 모른다.

단, 그것은 사실과 비교하면 무의미한 감상이라고 할 수밖에 없다.

"마을을 지키는 것을 생각하면 위험한 마수를 토벌하는 것보다 콜렛 한 명을 제물로 바치는 편이 피해가 적다고 생각한 거겠지. 리스크 관리 면에서는 당연해."

동서고금, 제물을 바치는 의식은 날씨의 회복이나 결실 있는 풍요를 빌기 위해 치러졌다.

솔직히 오메가는 의지가 없는 상대에게 제물을 바칠 타당성을 찾아낼 수 없지만, 상대가 구체적인 위협이라면 그 온정을 끌어내려는 시도는 나쁘지 않은 수단이라고 할 수 있다.

"하기야, 그것이 대화가 통하는 상대라는 게 전제지만."

"나도 알아. 영문 모를 마수가, 콜렛을 바친다고 물러나 주겠어? 나는 이해할 수 없었고, 지금도 수긍을 못하겠어. 그렇지만 다른 마을 사람들은 공포에 씌었던 거야. 그러니까 콜렛을…….”

“제물로 바치려 했다. ……아니지, 그게 다가 아니군. 팔미라, 네가 나에게 해 준 충고를 감안하면, 그건 명백해.”

“——————.”

“그다지 이상한 건 아니지. 마을 사람은, 콜렛이야말로 마수의 주인이라고 여겼던 거지?”

그 또한 자연스러운 추이라고 할 수 있으리라.

수도 없이 마수의 습격을 받고 그때마다 콜렛만이 살아남는다. 그런 일이 반복되면 콜렛에게 의심의 눈길이 쏠리는 것은 당연하다. 마수에게 바치는 제물이라는 말은 겉치레만 꾸민 변명이고, 속내는 위험한 콜렛을 마을에서 떨어뜨려 놓는 데에 있다.

콜렛을 죽이려 하지 않은 것은, 마을 사람에게 그나마 남은 양심일까.

“뭐, 자기 보신이겠지. 인간은 여유가 없을 때에 타인을 배려해 줄 수 없어.”

“그렇게 되어서, 마을 사람들은 콜렛을 이렇게 부르기 시작했어. ——마녀라고.”

“——그렇군. 그건, 더없이 확실한 절연의 증거인걸.”

이 세계에서 가장 기피되는 존재를 의미하는 멸칭을 입에 담은 이상, 관계 회복은 더 이상 바랄 수 없다. 콜렛이 숲에서 홀로 고독하게 사는 의미도 알 만하다.

그리고 오메가의 추측이 옳으면 인간 사냥이 끊어진 대신에 사건이 시작되었을 터다.

"숲에서, 동물이 처참하게 살해당하는 사건이 발발했겠지? 이 묘지는, 피해를 입은 동물을 매장하기 위한 장소야. 그것도, 네가 만들었지. 내 말이 맞나?"

"……어째서."

"단순한 거라네, 왓슨 군."

중간 중간에 끼워 넣는 불필요한 한마디는 필사적인 팔미라에게는 닿지 않는다. 오메가도 자신의 지식을 과시하고 싶을 뿐이지 딱히 긍정적인 의미는 없는 장난이다.

너스레가 무시당한 점은 언급하지 않으며 오메가는 주위의 묘비를 손으로 가리키면서 말했다.

"실은, 400년 전에도 비슷한 일은 곳곳에서 있었거든. 그 시대, 『마녀』가 되는 조건은 애매한 것이었어. 그러니까 반대로 말하면 조건만 만족하면 누구나 마녀가 될 수 있던 게 아니냐는 생각도 있었지. 그러기 위해서 이상한 의식이 횡행하기도 했다고."

일반적인 감성을 가진 자라면 눈을 돌리고 싶어질 만한 잔학한 의식이 여럿 있었다. 그야말로 세계가 가장 암흑을 맞이한 시대였다고 할 수 있으리라.

"관계는 없지만, 어째서 의식이라는 건 잔학한 방향으로 격화되는 걸까. 이따금 꽃을 바닥에 깔거나, 밤이 아니라 낮에 치르는 의식이 있어도 좋지 않을까?"

"너는 무슨 말을 하고 싶은 거야……."

"이크, 실례. 뭘, 어려운 이야기가 아니야. ――즉, 마을 사람에게 『마녀』 취급받은 소녀가, 아예 진짜 『마녀』가 되어 주자고 생각했다. 혹은, 자신이 『마녀』가 되었다고 믿었기에 의식을 시작했다는 거야."

그것이 본인의 의사와 무관해도, 상황만 갖춰지면 의식은 효과를 발휘한다.

숲에서 홀로 사는 콜렛이 본인도 모른 채로 그 상황을 만들어내고 말았다.

"인자(因子)는, 적격자를 가리지. 처음 발견되었으면 『마녀』로 가는 길은 열렸겠지만…… 아쉽게도 아무래도 이 시대의 마녀 인자는 이미 적격자를 찾아낸 모양이야. 하긴, 혼자서 여러 개 보유한 아이가 있는 탓에 마녀 부족 시대지."

애초에 인자의 소유자를 이 시대에는 『마녀』가 아니라 대죄주교라고 부르고 있다던가. 호칭을 바꾸어도 취급이 변함없는 것도 그럴 만하다.

"이야기가 또 탈선했나. 아무튼, 그런 사정으로 콜렛은 마을에서 격리되고, 혼자가 된 그녀는 『마녀』가 되고자 잔학한 의식에 손을 물들이기 시작했다. ……다행히, 동물을 죽이는 것 이상으로는 손을 더럽히지 않은 모양이지만 그것도 시간문제야."

"……저 아이는 분명히, 내버려 두다간, 누군가를."

"그렇겠지. 이거 참, 틀림없이 그 첫째 후보는 나였겠어. 혹은 너였으려나. 숲으로 꾀어낸 것은 나나 너나 똑같아."

오늘 밤, 팔미라가 이 묘지에 있던 것은 근시일 내로 상황이 변하리라고 예감했기 때문일까.

이것이 능동적으로 치러진 의식이라면 집착을 끊어냄으로써 『마녀』로 가는 길을 개척하자는 발상은 나쁘지 않다. 눈독 들인 포인트가 실로 샤프하다.

단, 팔미라의 예상은 여기서 빗나간다. ——콜렛에게, 그럴 맘은 없다.

“아쉽게도 이 아이는 『마녀』가 아니야. 말을 더 보태자면 ‘짐승’ 이 이 아이의 본성이라는 것도 아니고. 그런데 팔미라, 물어봐도 될까?”

“뭐야. 뭐든지 다 안다면, 이제 와서 무엇을…….”

“마을 사람들이 두려워하는 마수 말이지만, 그 모습은 아무도 보지 못했겠지?”

그렇게 말하면서 오메가는 얼싸안은 두 소녀에게로 걸어갔다. 그리고 여전히 버둥대는 콜렛에게 손을 뻗어—— 그 손목에 찬, 팔찌를 슬쩍 빼냈다.

그러자마자 그때까지 발버둥 치던 콜렛의 몸에서 힘이 빠졌다.

“……콜렛? 콜렛! 너, 무슨 짓 한 거야?!”

“접속이 끊겨서 의식이 꺼졌을 뿐이야. 본래라면 쓰지 않는 체력을 썼어. 덜컥 잠에 빠져도 이상할 건 없지. 그건 그렇고…….”

당황하는 팔미라를 아랑곳하지 않은 채 콜렛은 조용한 숨소리를 내고 있다. 처참한 상황과는 어울리지 않는 천사 같은 얼굴이지만 그도 어쩔 수 없다.

그녀에게는 ‘짐승’ 이라는 자각이 없을 테니까.

“『미티어』…… 소원을 이루어 주니까 ‘유성’ 이라고 이름 지었지만.”

그런 소원도 헛되이, 영 제작자의 의도에서 벗어난 트러블만 일으키는 온상이 된 것이 지금도 옛날도 『미티어』의 고민거리다.

인간의 소원 쪽이 나쁜 것인지, 아니면 도구 쪽이 나쁜 것인지. 어쩌면 취급 설명서라도 하나쯤 있는 편이 나았을지 모른다.

“보면 대체로 어떤 용도의 도구인지 상상이 가야 할 텐데.”

당최 그렇게 되지 않을 때가 많은 것은, 오메가가 대중을 과대평가해서 그런가.

어쨌든 간에——.

“콜렛이 날뛸 일은 이제 없어질 거야. 이 팔찌만 처분하면 말이지.”

“그거, 콜렛의 부모님이 남긴, 유품…….”

“이건 『수호륜(獸護輪)』…… 그런 이름의 『미티어』야. 특별한 힘이 없어도 기동할 수 있는 도구로, 본래라면 힘이 없는 사람이 몸을 지키기 위해서 이용하는 장비지.”

과거, 인간에게 외적이 너무나 많았던 시대. 야영하는 데에도 목숨을 걸던 인간들을 가엾게 여겨 그 도움이 되라고 만들어낸 것이 『수호륜』이다.

“신변의 위험을 느끼면 일시적으로 소유자의 마나를 증대해 싸울 수 있는 몸으로 만들지. 대신에 이성이 현저하게 감퇴해서 짐승처럼 되니까 『수호륜』이라고 이름 지었어.”

“그럼 콜렛의 부모님도, 다른 희생자도, 이 팔찌 때문에…….”

"양친은 외부와 거래가 있던 상인이라더군. 아마도 어디서 『수호륜』을 손에 넣은 거겠지. 그것을 딸에게 선물했어. 그리고."

운명의 밤, 『수호륜』은 콜렛을 '짐승'으로 바꾸어 살육이 일어났다.

본래라면 신변의 위험이 다가오면 발동하는 『미티어』지만, 무지한 소녀가 느끼는 신변의 위험이야 꿈자리가 사나운 정도라도 이상하지 않다.

"같은 일이 입양된 곳에서도 발생해 급기야 이 아이는 혼자가 되었지. 얄궂은 이야기지만 모든 악의 근원 취급받음으로써 자신을 위협하다고 여긴 콜렛은 반대로 팔찌를 제어할 자격을 얻은 거야. 그 뒤의 동물 살육은 그나마 콜렛이 저항한 결과고."

그것이, 이 숲에서 홀로 살던 소녀, 콜렛을 둘러싼 이야기의 진상이다.

가족을 잃고 마을 사람들에게 경원당해 숲으로 내쫓긴 소녀는 무시무시한 '짐승'을 봉한 대신에 스스로 『마녀』가 되기 위해서 의식을 반복했다.

그리고 들른 여행자를 제물 삼아 이번에야말로 진짜 『마녀』가 되자고――.

"――어처구니없는 이야기지."

"――――."

"산토끼를 죽일 대로 죽이면 『마녀』가 될 수 있을 줄 아나? 그거야말로 어린애의 꿈이지."

그렇게 말하면서 오메가는 머리 위를 쳐다보았다. 변함없이 두터운 구름에 가린 하늘에는 별도 보이지 않는다. 그것이 거추장스러워서 팔을 휘둘렀다.

그때, 아득한 상공으로 말려 올라간 바람이 구름을 흩고 푸른 달이 나타났다.

"——아."

창백하게 쏟아지는 달빛이 숲의 틈새에 머무른 소녀들을 비추었다. 그리고 '짐승'을 껴안고 옛 존재와 대치한 소녀가 숨을 집어삼켰다.

왜냐하면 소녀의 눈앞에 서 있던 것은——.

"——그렇군. 나를 봐도 멀쩡하다니, 제법이야."

——희미하게 웃음을 띤 백발의 『마녀』였다.

"마을 사람들은 콜렛을 『마녀』라고 매도했겠지? 그건 좋지 않아. 이까짓 게 『마녀』라고 착각당해서야 나도, 그녀들도 체면이 서지 않지."

"힉."

"마을은, 이쪽이 맞았던가? 나는 방향치라서."

『마녀』는 목청을 떠는 팔미라에게 웃어 주고 물었다. 그 질문에 겁먹은 팔미라는 아무런 생각도 못한 채 그저 연거푸 끄덕였다.

"고마워."

그 반응에 감사를 표한 『마녀』는 천천히 걷기 시작했다. 마을 방향으로. 『마녀』를 착각한, 무지한 사람들에게 진실을 깨우쳐 주기 위해서.

"――――――."

그리하여 멀어지는 『마녀』를 배웅하면서 심장이 얼어붙는 기분을 맛본 팔미라는 하늘을, 달을 우러렀다.

――푸른 달은 얼싸안은 두 소녀를 고요히 굽어보고 있었다.

8

남아 있던 말린 고기를 씹고, 미지근하게 식힌 끓인 물로 몸을 내부부터 데운다.

마른 외투를 걸치고 고쳐 신은 신발의 감촉을 확인하면, 여행 준비는 완료다.

"생각보다 오래 머물고 말았지만…… 생각보다 즐길 수 있었나."

미지의 사건이라면 모든 것을 즐길 수 있는 성품 앞에서는 그저 그런 나날조차도 보물이나 다름없다. 그 나날이 해프닝으로 풍성하다면 더할 나위가 없다.

"그렇지만 형태 있는 것은 아무것도 남지 않지. 그것도 나의 숙명인가."

오메가는 차분한 음성으로 그리 중얼거리고 며칠 동안 신세를 진 오두막을 나갔다. 오두막의 주인은 없기에 이별을 전할 상대도 없다. 감사의 편지도 아마 민폐이리라.

"날아가는 새는 자취를 남기지 않는 법이지. 뭐, 충분히 어지럽힌 뒤니까."

그런 잡상을 흘리고 오메가는 오두막을 떠나 숲을 지나서 아무도 없는 묘지를 넘어간 뒤에 숲 밖의 길로 발을 디뎠다.

또다시 정처 없는 여행을 재개한다. 그런 마음가짐인 오메가를——.

"——오메가, 혼자서 어디 가는 거야?"

"……이건 뜻밖의 재회군."

누군가가 등 뒤에서 불렀다. 오메가는 살짝 놀라면서 뒤돌아보았다. 뒤돌아본 오메가의 시야에 비쳐든 것은 나란히 선 두 소녀였다.

콜렛과 팔미라, 두 소녀가 손을 잡고 오메가를 바라보고 있다.

"설마 일부러 배웅하러 와 준 건가? 내가 말하기도 뭐하지만 너희와는 별로 좋은 모양새로 헤어지지 않았다고 생각하는데."

"그걸 알면서 용케 말해. ……자, 두고 간 거야."

그렇게 말한 팔미라가 무언가를 던졌다. 포물선을 그린 그것을 오메가는 반사적으로 손을 뻗어서 받았다. 받으려고 했다. 실패했다. 땅바닥에 떨어졌다.

"——아아, 아차. 하마터면 깜빡할 뻔했어."

"……진짜냐. 소중한 거잖아. 정신을 어디다 두고 있어."

발밑에 떨어진 소중한 것—— 파란 휘석을 주워 들고 미소 지은 오메가의 말에 팔미라가 탄식했다. 그런 팔미라 옆에서 콜렛이 "오메가." 하고 목소리를 높였다.

"저기, 저기, 나, 많이 미안하다고 해야 할 일이 있어서. 왜냐면 나는 오메가를……."

"죽이려고 했었다고? 뭐, 살다 보면 그럴 일도 있겠지. 실제로는 미수로 끝났으니 그다지 신경 쓸 필요 없어."

"그런 건! 그런 건 너무해. 저기, 제발 똑바로 말하게 해 줘. 그런 식으로, 뭐든지 멀리하고 문을 걸어 잠그지 마."

"————."

필사적으로 말을 거듭하는 콜렛의 태도에 오메가는 또다시 말을 잘못 골랐다고 반성했다. 마음에 두지 말라는 말을 하고 싶을 뿐인데, 왜 이렇게 된단 말인가.

"나에게 감사할 필요는 없어. 네가『마녀』취급당한 것은 불행한 우연이 겹친 결과다. 그 원인은 특정되었고 오해 또한 풀렸을 거야. 이제는 마을의 누구도 너를『마녀』취급하지 않겠지?"

"응, 응, 그래. 그건 정말로 그래."

"그런가. 그렇다면 다행이야."

이것저것 수습할 수 없는 실패가 많지만 하나 정도는 잘 풀려서 다행이다.

진짜『마녀』의 방문에 마을은 아비규환의 지옥으로 화했다. 최대한 가벼운 트라우마로 끝나도록 연출했기에 마을 사람들은 평생 악몽을 꾸는 것만으로 그칠 테지만.

"나머지는 깜빡 토사물로 목이 막히지 않기를 빌 뿐이지."

"……너, 자기가 무슨 말 하고 있는지 알고나 있어?"

"——음? 냉정한 관점에서 나온 지적이지만 뭔가 이상했었나?"

오메가가 갸우뚱하자 팔미라는 크게 한숨을 쉬었다. 그녀의 반응을 이해하지 못하고 있으려니, 대신에 콜렛이 "저기 있지." 하고 말을 꺼냈다.

"오메가 덕분에 마을 사람들은 내가 『마녀』가 아니라고 믿어줬어. '짐승' 에 대해서도 오해가 풀리고…… 그래도 있지."

"그래도?"

"내가 『마녀』의 친구라는 것도 알려졌어."

"――그건."

밋밋한 가슴을 쓰다듬은 콜렛의 말에 오메가는 떫은 표정을 지었다.

진짜 『마녀』의 출현으로 콜렛이 가짜 마녀라고 증명하는 것은 성공했다. 그러나 아무래도 약이 과하게 들었던 모양이다. 마을 사람들은 진짜 『마녀』가 나타난 원인을 갈구해 재차 화살을 콜렛에게 돌렸다는 뜻이다.

즉――.

"이번에야말로, 마을에도 숲에도 있을 수 없어졌어."

"그……렇군. 응. 그건, 뭐라고나 할까, 그렇지. 나도, 책임의 일부를 느끼지 않는 것은 아니라고 할까……."

"아니, 네 책임 맞거든."

차가운 눈빛의 팔미라가 말을 잇지 못하는 오메가를 막으며 분명하게 단언했다. 그 기세에 찍소리도 못할 것만 같으면서도, 문득 오메가는 두 사람의 복장에 눈길이 멎었다.

곰곰이 보니 두 사람은 여행복 차림이다. 그것도 조촐한 소풍이라는 분위기가 아니라 본격적인 여행 채비였다.

"말했잖아? 마을에 있을 수 없어졌어."

"나도 이제 그 마을에 정나미가 떨어졌어. 그러니까 콜렛이랑 같이 갈래."

"그래서 있지, 지금부터가 상담할 내용인데…… 오메가, 혼자서 괜찮아?"

그것은 진짜 의미로 오메가에게 예상 밖의 물음이었다. 그러니까 무심코 표정을 바꾼 오메가를 보고 두 소녀가 각자 눈을 빛냈다.

한 사람은 솔직한 기쁨으로, 다른 한 사람은 심술궂은 기쁨으로.

"……몇 번씩 말하지만 정처 없는 여행이야. 너희가 바라는, 스펙터클한 대모험 활극이 된다고는 도저히 약속할 수 없어."

"스펙……? 으응, 잘 모르겠지만, 그래도 오메가랑 함께라면 분명히 아주 즐거울 거야. 친구랑 외출하는 건 두근거리는걸!"

"나는 그렇게까지 너를 신용하지 않지만…… 그래도 콜렛도 너도, 내버려 두면 위태로울 성싶으니까."

부루퉁한 팔미라의 팔을 콜렛이 기쁘게 껴안았다. 그리고 함박웃음을 보내는 소녀에게 오메가는 깊이 숨을 내뱉었다.

그리고——.

"알았어. 『수호륜』의 사용법을 가르칠 필요도 있지. 어디까지 함께할 수 있을지는 모르겠지만 너희가 싫어질 때까지는 마음대로 하도록."

"와아, 만세! 앞으로 잘 부탁해, 오메가!"

단념하고 걷기 시작한 오메가 옆으로, 총총 빠른 걸음으로 콜렛과 팔미라가 붙었다.

생각지 못한 곳에서 동행자를 얻었으나, 정처 없는 오메가의 여행은 계속된다.

"——정처 없는 여행이라. 뭐, 그 칙칙한 여행과 비교하면 훨씬 나으려나."

언젠가 있었던 사건을 회상하면서 오메가는 소녀들과 함께 걸었다.

목에 건 파란 휘석이 흔들리며 햇빛을 반사해서 눈부시게 빛났다. 그것이 마치, 오메가에게 무슨 말을 하는 것처럼 보이기도 해서——.

그러나 그 휘석의 호소는 오메가 말고 다른 누구의 귀에도 닿지 않았다.

《끝》

후기

네, 안녕하세요! 나가츠키 탓페이에다 네즈미이로네코입니다!

이번에는 단편집 6, 함께해 주셔서 감사합니다! 본편이 20권의 자릿수를 넘어 마침내 단편집도 여섯 권째…… 제법 대장편 작품의 양상을 드러내고 있습니다.

자, 그런 『Re: 제로부터 시작하는 이세계 생활』입니다만, 이 책이 발매되는 7월 현재, TV 애니메이션 제2기가 경사스럽게 방송 중입니다! 내용으로서는 본편 9권까지 거슬러 올라가게 됩니다만 이 단편집에도 등장한 캐릭터(표지에서 우쭐대고 있는 마녀 포함)가 잇달아 나오는 내용입니다. 작가 개인으로서도 매우 기대하는 내용이기에 꼭 함께 리얼 타임으로 신나게 봅시다!

자, 그럼 기왕의 단편집이니 각 단편의 내용을 언급해 보려 합니다.

『외딴 마을의 오니 자매 Ex 축복의 날』.

이쪽은 람과 렘의 자매애를 그린 로즈월 저택의 한 장면. 타이

밍으로서는 2장이 끝난 직후의, 아직 온화한 나날의 막간이라는 느낌이네요.

기본적으로 선량하고 뭘 숨기는 데에 적성이 없는 로즈월 저택의 사람들 상대로 영리하고 눈치가 빠른 람이 휘둘리지 않는다는 사실을 숨기다가 휘둘린다는 내용이 핵심입니다. 서프라이즈에 속아 주는 점에서 언니는 너무 착하세요. 한편으로, 일은 유능하게 하는데 이런 중요한 장면에서 맹해지는 렘. 평상시부터 맹한 에밀리아나 스바루와 합쳐서 화기애애한 나날을 그림으로써 3장 서반의 스바루가 얼마나 못났는지 두드러집니다. 이 시기의 이야기는 쓰면 쓸수록 훗날의 스바루가 못나게 보인다는 신비.

『바보 삼총사가 간다! 저주받은 여신상 편』.

초기 단편에 스바루가 여장하는 이야기가 있었습니다만, 로즈월 저택에도 남성 캐릭터가 늘었다면 기어코 해야 할 여장 이야기. 메인은 바보 삼총사들의 여장입니다만 이야기의 내용으로서는 좌충우돌하면서 역전하는 재판 같은 전개를 이미지. 사건과 용의자, 잇달아 부상하는 새 정보와 등장인물의 해괴한 언동, 휘둘리는 명탐정 '오드리 수플레'의 명운이 어찌 되는가?! 라는 내용입니다. 쓰면서 무지 신나더군요.

『마녀의 애프터 티 파티 : 마녀의 조건』.

4장에서 이야기를 온통 헤집던 나쁜 마녀의 후일담을 그린 이야기. 만반의 준비가 갖추어진 묘소 안에서 대기하고 있을 때라면 몰라도, 일상에 풀려 나오면 이 마녀, 너무 부주의하다.

곳곳에서 괴멸적인 일상 적성을 발휘하는 에키드나도, 그 방대한 지식 덕에 한 번 보면 웬만한 문제와 그 해결법은 다 간파하는 실력자. 생활력과 균형이 맞지 않는 능력이지만 동행하는 두 여자아이의 도움을 받아 400년 뒤의 상식을 배우는 중입니다. 소녀들의 별난 여행길은 한동안 이어지기에 또 뒷이야기를 쓸 기회를 바라고 있습니다.

그런 식으로 술술 쓰는 사이에 늘 하는 인사의 말로 옮길 타이밍입니다.

담당자 I님, 이번에도 여러 스케줄 관리가 험난한 가운데, 진행 감사합니다. 여러 가지로 고생도 했었습니다만 애니메이션도 방영 중. 당분간 더 힘내 보죠!

일러스트의 이세가와 야스타카 선생님, 이번에도 신 캐릭터(여장)를 포함한 다수의 일러스트 감사합니다! 표지에 나온 마녀의 절묘하게 의기양양한 표정, 역시 보통 솜씨가 아니십니다.

디자인의 쿠사노 선생님, 이번에도 멋진 마무리 감사합니다! 문장이 있고, 일러스트가 있고, 디자인으로 화룡점정. 언제나 고맙습니다!

만화판 관계로는 「월간 코믹 얼라이브」에서 아토리 선생님&아이카와 선생님의 4장 만화판, 그리고 노자키 츠바타 선생님의 『검귀연가』가 연재 중! 또, 만화 「UP!」 에서는 츠카하라 미

노리 선생님의 『빙결의 인연』이 미려한 그림으로 게재되고 있습니다. 감사합니다!

그리고 MF 문고 J 편집부 여러분, 교열 담당자님과 각 서점 담당자님, 영업 담당자님과 많은 분들의 힘을 빌려서 이 책은 완성되었습니다. 감사합니다.

애니메이션 스태프 여러분의 협력으로 방송 중인 애니메이션은 물론, 여기까지 응원해 주신 독자 여러분께도 최대급의 감사를!

그럼, 이번 권도 감사합니다! 또 다음 한 권에서 만나 뵐 수 있기를 진심으로 기대하고 있겠습니다! 서적도 애니메이션도 잘 부탁해요!

2020년 7월

《애니메이션 방송 직전, 시작을 손꼽아 기다리면서》

애니메이션 2기 축하합니다!

이번에는 팔미라&콜렛의 디자인을 맡았습니다.

"하아…… 그건 그렇고, 큰일을 겪고 말았네요……."
"오오? 꽤 지쳤잖아, 오드리 언니."
"아아, 가넷인가요. 아니, 그거야 그렇죠. 오히려 당신이 그렇게 기운찬 게 저로서는 신기하다고요."
"위험한 순간을 오드리 언니의 임기응변으로 벗어났잖아. 그렇다면 남은 건 『바라몬의 급류 타기』나 다름없지."
"그렇게까지 홀가분한 기분은 되지 못하겠습니다만…… 말해 봤자 별수 없겠네요. 좋아, 마음을 다잡죠. 갈아입기 전의 마지막 일입니다."
"헷, 그렇게 나오셔야지. 그럼 바로 공지라는 걸 해 볼까!"
"네! 자, 우선은 다음 한 권입니다만…… 예정된 것은 본편 24권이 9월 발매라는 것이겠네요."
"모래탑에 들어간, 나츠미 큰언니 일행이 어떻게 되느냐는 이야기 말인가."
"뭐, 탑에 들어간 것은 나츠미 씨가 아니라 나츠키 씨지만, 그 사소한 차이는 상관없겠죠. 솔직히 따라가지 못한 게 통한의 기분입니다만……."
"이봐, 이봐, 큰언니네도 어린애가 아니라고. 나나 오드리 언니가 없어도 잘 해내 주겠지. 그게 큰언니라고?"
"견해의 차이일까요. 그리고, 이 책이 발매되는 7월 현재, 『Re: 제로부터 시작하는 이세계 생활』의 TV 애니메이션 제2기가 방송 중입니다. 마침——."

"나나 오드리 언니가 출장할 때의 이야기지."
"정확히는 오토 스웬과 가필 틴젤이지만 말이죠!"
"나 참, 사소한 데 너무 신경 쓴다고, 오드리 언니는. 그래 가지고는『모르타우 평원의 이판사판』같이 될걸?"
"걱정 감사합니다. 자, 다음은……."
"앙? 없어."
"네?"
"그러니까, 이걸로 끝났어. 공지 종료래."
"어, 어떻게 그럴 수가?! 그도 그럴 게, 콘솔 게임의 발매 발표나 스마트폰 게임화의 속보 등도 있을 텐데……."
"아— 자잘한 이야기는 좀 더 나중에 한다네. 그러니까 여기서 얘기할 건 끝났어. 뭐야, 오드리 언니, 기쁘지 않은 거냐고."
"우, 계속 생트집을 떠맡아 왔기에 갑자기 이쪽을 배려한 작업량으로 억제하면 헛물 켠 감이 있달까……."
"오드리 언니…… 그거, 너무 딱하잖아."
"네, 저도 그렇게 생각해요! 네, 젠장!"

※일본어판 발매 당시 내용입니다.

Re:제로부터 시작하는 이세계 생활 단편집 6

2021년 01월 25일 제1판 인쇄
2024년 05월 31일 제3쇄 발행

지음 나가츠키 탓페이 | **일러스트** 이세가와 야스타카

옮김 정홍식

발행 영상출판미디어(주)
등록번호 제 2002-000003호
주소 07551 서울특별시 강서구 양천로 570 NH서울타워 19층
대표전화 02-2013-5665

ISBN 979-11-6625-552-6
ISBN 979-11-319-0097-0 (세트)

Re : ZERO KARA HAJIMERU ISEKAI SEIKATSU TANPENSHU Vol.6

NOVEL ENGINE

나가츠키 탓페이 관련작 리스트

Re : 제로부터 시작하는 이세계 생활 1~23

Re : 제로부터 시작하는 이세계 생활 단편집 1~6

Re : 제로부터 시작하는 이세계 생활 Ex 1~3

Re : 제로부터 시작하는 이세계 생활 Re : zeropedia

[코믹스]

Re : 제로부터 시작하는 이세계 생활 제1장 왕도의 하루 1~2 (완)

· 만화 : 마츠세 다이치 (원작 :나가츠키 탓페이/캐릭터 원안 : 오츠카 신이치로)

Re : 제로부터 시작하는 이세계 생활 제2장 저택의 일주일 1~5(완)

· 만화 : 후게츠 마코토 (원작 :나가츠키 탓페이/캐릭터 원안 : 오츠카 신이치로)

Re : 제로부터 시작하는 이세계 생활 제3장 Truth of Zero 1~8

· 만화 : 마츠세 다이치 (원작 :나가츠키 탓페이/캐릭터 원안 : 오츠카 신이치로)

[단행본]

Re : 제로부터 시작하는 이세계 생활

오츠카 신이치로 Art Works Re:BOX

· 오츠카 신이치로 (원작 :나가츠키 탓페이 / KADOKAWA)

제15회 MF문고J 라이트노벨 신인상 《최우수상》 수상작
지금은 죽고 없는 명탐정의 조수는 무엇을 생각하는가——.

탐정은 이미 죽었다

1~2

고등학교 3학년인 나, 키미즈카 키미히코는 한때 명탐정의 조수였다.

"너, 내 조수가 되어줘." ——시작은 4년 전, 지상 1만 미터 위의 상공. 하이재킹을 당한 비행기 안에서 나는 천사 같은 탐정 시에스타의 조수로 선택되었다.

그로부터 3년, 우리는 눈부신 모험극을 펼쳤고—— 죽음으로써 헤어졌다. 홀로 살아남은 나는 일상이라는 이름의 현실에 빠져 안주하고 있었다. ……그걸로 괜찮냐고?

괜찮고말고. 다른 사람에게 피해를 주는 것도 아니니까.

그렇잖아? 탐정은 이미, 죽었으니까.

니고 쥬우 지음 | 우미보즈 일러스트 | 2021년 1월 출간

청춘의 상상, 시동을 걸어라!